하늘의 피리 소리

한 줄로 읽는 고전

하늘의 피리 소리

맹난자 지음

도서출판 북인

책을 펴내며

생명력의 회복을 위하여

인류는 코로나로 인해 말할 수 없는 고통을 겪고 있다. 역사학자 유발 하라리는 이 펜데믹의 시대를 '과학의 승리, 정치와 리더십의 대재앙'이라고 진단한 바 있다.

인간의 몰락을 일찍이 이와 같이 경고한 선인들의 지혜가 시급히 요청되는 때이기도 하다.

우물을 길는 한 노인이 있었다. 지나가던 공자의 제자 자공이 '용두레'라는 편리한 기구를 일러주자 노인은 "기계에 의존하는 마음이 생기면 마음의 순백純白함이 없어져서 영묘靈妙한 생명의 역할도 없어지고 도道에서 멀리 벗어나게 된다"고 말하였다. 장자莊子는 이 짤막한 우화로 과학만능을 경계했다. 자공의 '용두레'는 인위人爲를, 노인의 무위無爲는 도가道家에 견준 것이리라.

"백성들에게 편리한 기구가 많으면 나라는 더욱 어지러워진다"는 노자老子를 다시금 생각하게 된다. 기후의 변화와 생태위기, 그리고 코로나의 재앙, 그것은 다름 아닌 인간의 이기심과 욕망이 불러들인 과보이기 때문이다.

삶은 어떻게 달라지는가? "한 시대의 병病은 사람의 '양식 변화'로 치료된다"고 말한 이가 있다. 오스트리아의 철학자 비트겐슈타인이다. 그는 사람의 '사유'가 삶의 양식 변화를 일으킨다며 삶을 변화시켜야 진짜 철학이라고 언급한 바 있다. 생각이 바뀌어야 삶이 달라진다. 하여 이 책에서는 동서양의 철학자, 그리고 경전과 고전문학 속에서 자신의 편견과 오류를 정정하고 바른 사유의 전환을 돕는 내 나름의 안구眼句를 뽑아보았다. 그러나 내 시야란 자신의 한계까지임을 밝힌다. 그동안 생의 기준이 되는 유용한 질문과 답으로써 우리의 몽매를 깨우친 삼현三玄(『노자』, 『장자』, 『주역』)의 서書를 특히 주목하며 나아가 인류의 스승들께 감사드린다.

2019년부터 2021년까지 2년 가까이 문화일보에 연재한 「한 줄로 읽는 고전」 91편과 나머지 66편을 보태 『하늘의 피리소리』를 묶었다. 영묘한 생명력이 회복되고, 청정한 우리 본래의 마음을 찾는 데 도움이 된다면 더없이 고맙겠다. 여든의 노필老筆로 귀한 말씀을 후배들에게 전할 수 있어 행복하다. 문화일보의 지면과 도서출판 북인에 감사한다. 이생에서 만난 모든 인연에 감사하며 늘 평안하시기를 바란다.

2022년 봄 觀如齋에서

孟蘭子 두 손 모음

| 차례

제1장

도道

도道를 형통하여 액을 뚫다
도란 무엇인가
도는 이름이 없다
도道는 하나를 낳는다
모든 길은 하나로 통한다
무명無名이 천지의 근원이다
하늘의 도, 성인의 도
도道와 덕德
도道는 스스로 본원이 되고 근거가 된다
곡신불사谷神不死
생이불유生而不有
유有와 무無
쓸모 없음의 쓸모 있음
나비의 꿈
반기진反其眞
자공과 노인의 대화
유토피아와 디스토피아

도道를 형통하여 액을 뚫다

천天이 액아이우阨我以遇어든 오吾는 형오도亨吾道하여
이통지以通之하면 천차아天且我에 내하재奈何哉리요.

하늘이 내게 액을 주시거든 나는 내 도를 형통해서
그것을 뚫으면 하늘인들 또 내게 어찌하랴.

『채근담』의 말씀이다. 부엌도 없는 남의 집 뒷방, 직장도 치우고 불교학과 강의실에 앉아 생사生死의 이치며, 인간의 운명에 대해 간절히 알고 싶었던 20대 중반, 나는 이 글귀와 만났다.

"하늘이 내게 박복으로써 대하면 나는 내 덕을 두텁게 하여 그것을 맞이할 것이며, 하늘이 내게 몸으로써 고달프게 하거든 나는 내 마음을 편안히 가져 그것을 보충할 것이며, 하늘이 내게 액을 주시거든 나는 도道를 형통하여 그것을 뚫으면 하늘인들 또 내게 어찌 하겠는가?" 『채근담』의 그 마지막 구절에 붙들리고 말았다.

덕을 두텁게 하고 마음을 편안히 가져 그 박복과 고달픔은 보충한다고 하더라도 막힌 액은 어떻게 뚫나? 그것을 뚫고 싶었다. 도를 형통해서 그것을 뚫으라고? 그렇다면 도道란 무엇인가? 나는 도를 알고 싶었다. 제방의 선지식들을 찾아뵙고 손이 닿는 대로 동서양의 경전과 고전을 들추기 시작했다.

도의 본체를 노자는 『도덕경』에서 말한다.

"도道는 도라고 할 수 있으나 항상한 도는 아니고, 이름[名]은 이름 지을 수 있으나 항상한 이름이 아니다."(제1장)

대자연의 본체를 굳이 표현하자면 '도'라 하나 표현된 '도'나 '이름'은 이미 본체가 아니요. 형상도 이름도 없는 본체를 굳이 또 표현하자면 '무無'라고 한다. 때문에 항상한 없음[無]으로 그 묘한 본체세계를 보아야 하고, 항상한 있음[有]으로 현상세계를 보고자해야 한다. 왜냐하면 이 두 가지는 같은 데서 나와 이름이 달라진 것뿐이기 때문이다. 노자는 이 같음[有·無]을 현묘하다고 하며 온갖 '묘용妙用의 문'이라고 칭송하였다. 즉 무無의 본체와 유有의 현상을 같이 보아야 진정한 도를 알게 된다는 것이다. 그리하여 노자의 유有와 무無, 불교의 공空과 색色, 그리고 주역의 음과 양의 이치를 알지 않으면 안 되었다.

도란 무엇인가

일음일양지위도一陰一陽之謂道.

일음일양은 도道다.

'한번 음 되고 한번 양 되는 것이 도'라고 공자는 「계사전」에 적고 있다. 주역은 "역易에 태극이 있으니 이것이 양의兩儀(음양)를 낳는다"는 구절에 근거한 음양의 학설이기도 하다. '역'이란 해[日]와 달[月]이 결합된 상형문자로 천도의 운행을 뜻한다. 한번 추우면[陰] 한번 덥고[陽], 한번 밤[陰] 되면 한번 낮[陽] 되는 이 까닭을 일러 도道라고 한다. 음이 극에 달하면 양으로 변變하고, 양이 극에 달하면 음으로 화化하는 변화의 철학이 주역周易이다. 변하지 않는 것은 역易이 아니다.

자연계로부터 인간 사회에 이르기까지 변하지 않는 것이 없다고 보고 모든 사물의 변동을 영허盈虛, 소장消長, 흥망성쇠의 과정으로 개괄하였다. 소멸하고 자라나며, 가득 차고 비는 소식영허의 법칙은 순환왕복의 현상이다. 모든 사물은 반드시 한번 성盛하면 한번 쇠衰한다. 성쇠를 반복한다. 주역의 손損괘와 익益괘도 그와 같아서 손해가 극에 달하면 채워주고, 이익利益이 극에 달하면 반드시 덜어낸다. 자연의 이법理法이다. 그것은 어떤 외부의 힘에서가 아니라 그 자신이 스스로 그러하다는 것이다. 모든 사물은 극처에 달하면 원점으로 돌아온다. 주역에서는 이를 '극즉반極則反'이라 하고 노자는 '물극필반物極必反'이라 하며 '되돌아가는 것은 도의 움직임'이라고 말하였다.

얼마나 다행한가. 한번 밤이 되고 한번 낮이 되는 이 천도天道의 운행運行. 그리하여 인생은 어둠만 있는 것도 아니고 긴 겨울의 추위만 있는 것도 아니다. 찬 것이 가면 더운 것이 온다. 한래서왕寒來暑往이다. 해와 달은 차면 기운다. 일월영측日月盈昃이다. 그러니 낮이라고 좋아하고, 밤이라고 싫다하겠는가. 삶은 좋다고 하고, 죽음이라고 싫다 하겠는가.

한번 낮 되고, 한번 밤 되는 이치가 '일음일양의 도'이다.

도는 이름이 없다

도에는 필경 어떤 명칭도 붙지 못한다네道不當名.

장자는 「지북유」에서 노자의 도를 다음과 같은 우화寓話로 알기 쉽게 설명한다.

태청泰淸이 무시無始에게 물었다.

"여보게, 무궁無窮은 도를 알지 못한다고 말했고 무위無爲는 자신이 도를 안다고 말했는데 누가 옳고 누가 그른 것인가?"

무시가 말했다.

"도를 모른다고 한 것은 깊고, 도를 안다고 한 것은 얕다네. 모른다고 한 것은 내면에 속한 것이고, 안다고 한 것은 표면에 불과할 뿐이지."

태청이 무시에게 다시 물었다.

"모르는 것이 바로 아는 것이고, 아는 것이 오히려 모르는 것이니, 어느 누가 모르는 것이 아는 것不知之知임을 알겠는가?"

무시가 답했다.

"도는 귀로 들을 수 있는 것이 아니니, 들을 수 있는 도라면 그것은 도가 아니라네. 도는 눈으로 볼 수 있는 것이 아니니, 볼 수 있는 도라면 도라고 칭할 만한 것이 아니지. 도는 말로 설명할 수 있는 것이 아니니, 설명할 수 있는 도라면 이 어찌 최상의 도라고 칭하겠는가?

그대는 도가 형상形相을 형상이게끔 주재하면서도 그 자신은 형상이 되지 않는다는 걸 알고 있는가? 도에는 필경 어떤 명칭도 붙지 못한다네. 도는 물을 수 없는 것이며 설사 묻더라도 응답할 수 없는 것이라네."

장자가 붙인 작중 인물의 이름 태청泰淸, 무시無始, 무궁無窮, 무위無爲가 재미있다.

도道는 하나를 낳는다

도생일道生一하고 일생이一生二하고 이생삼二生三하고 삼생만물三生萬物하나니 만물萬物은 부음이포양負陰而抱陽하야 충기이위화沖氣以爲和하니라.

도는 하나를 낳고, 하나는 둘을 낳고 둘은 셋을 낳고 셋은 만물을 낳으니 만물은 음陰을 짊어지고 양陽을 안아서 빈 기운[沖氣]으로 조화를 이룬다.

만물 생성의 원리를 노자는 『도덕경』 제42장에서 위와 같이 말한다.

이 '하나'는 도에서 나온 생명의 원기로 주역의 원리로 보면 바로 태극太極을 지칭한다. 하나가 둘을 낳는 것은 마치 '태극'이 양의兩儀 즉 음과 양을 낳는 것과 같다. 우주 만물은 태극과 음양陰陽 기운을 근원으로 하여 나온다. 태극과 음과 양을 합하면 곧 셋이 되니, 이 셋이 만물을 낳는다고 하는 것이다. 만물의 나옴出生은 음을 지고 양을 안아서 이 음양의 사귐負陰而抱陽으로 말미암아 모든 생명들이 태어난다.

우주 내에 모든 항성들이 조화를 이루며 운행하는 것이 충기沖氣의 작용에 의하듯, 모든 생명 활동도 음 기운과 양 기운의 충기 작용에 의한다. 이 충화沖和의 기氣야말로 만물을 만물케 하는 근본 원기인 것이다. 우주의 맨 처음 유일절대의 실재인 도의 작용에 의해 천지天地가 열렸다. 하늘은 하나인 도를 얻어 깨끗이 맑아지고, 땅은 하나인 도를 얻어 안정하고, 만물은 도를 얻어 생존한다. 이렇게 하늘과 땅과 만물이 모두 하나에서 나왔으니 이 모두가 이르는 것은 결국 하나이다. 하나에서 나와 하나로 돌아가는 가운데 온갖 변화가 내재되어 있다.

『천부경』은 하나[一]에서 시작하여 하나[一]로 끝을 맺고 있다. 즉 "하나에서 비롯하되 비롯한 하나는 없고一始無始一 하나에서 마치되 마친 그 하나는 없다一終無終一. 그런데 이 하나가 신묘하게 펴져서 만 번 가고, 만 번 오는데 작용은 변해도 근본은 움직이지 않는다一妙衍萬往萬來用變不動本. '용변用變'은 현상계의 작용이며 '부동본不動本'은 도의 본체, 그 '하나'를 말한다. 이 하나를 얻어 만물이 나왔고 결국 이 모두가 끝내 이르는 곳은 하나이다. 뭐라 표현할 수 없는 도의 근원을 굳이 말하자면 '하나[一]'라고 밖에 할 수 없는 것이다.

모든 길은 하나로 통한다

역왈易曰 동동왕래憧憧往來면 붕종이사朋從爾思라 하니 자왈子曰 천하天下에 하사하려何思何慮리오. 천하天下는 동귀이수도同歸而殊塗하며 일치이백려一致而百慮이니 천하天下에 하사하려何思何慮리오.

『주역』「계사하전」 제5장의 말씀이다. 주역 택산함咸괘에 "마음이 뒤숭숭하니 온갖 생각들이 왔다갔다 한다"는 구절에 공자는 "천하에 골똘히 생각할 것이 무엇이 있겠는가? 천하의 만 가지 상이한 길은 하나로 통한다. 온갖 생각이 하나로 통하나니 천하에 골똘히 생각할 것이 무엇이 있겠는가"라고 반문한다. 천하가 돌아가는 곳은 같으나 그 길이 다를 뿐, 결국 도달하는 곳은 하나라는 뜻이다. 별안간 간디의 어록이 떠올랐다. "여러 가지 종교가 있지만 그것들은 모두가 한 지점으로 가는 여러 가지 길인 셈이다.

같은 목적지에 도달하는 한, 우리들이 서로 다른 길을 가려한들 상관없는 일이 아닌가."

'동귀이수도同歸而殊塗'의 '동귀同歸'란 천하의 만물이 모두 진리로 돌아감을 뜻한다. 진리는 정점에서 만난다. 만물이 마침내 돌아가는 곳은 하나이며, 하나로 시작해도 시작한 그 하나가 없고, 하나로 마쳐도 마친 그 하나가 없는 원시반종原始反終인 것이다. 현상은 다르게 펼쳐지나 본질의 핵심은 같다. 길은 다르나 귀착지는 같다. 천하天下는 이치를 하나로 하는데 사람이 생각을 달리하며, 자연의 법칙은 한 군데로 돌아가게 되어 있는데 사람들이 사심私心을 가지고 그 의견을 달리하는 것이다.

이에 공자는 덧붙인다. 우주의 현상은 해가 지면 달이 뜨고, 추위가 지나가면 더위가 오며 한서寒暑가 서로 밀어 일 년이 된다. 음양이 일월과 한서를 서로 밀어내는 데에 '변화'가 있다. 자벌레가 몸을 펴기 위해서 움츠리는 것이나, 뱀이 겨울잠으로 몸을 보전하는 그것처럼 '변화'를 활용하여 그저 몸이나 편안히들 하라고 충고한다. 왜냐하면 우리도 저들과 다름없는 자연의 일부이기 때문이다.

무명無名이 천지의 근원이다

무명無名은 천지지시天地之始요, 유명有名은 만물지모萬物之母라.

이름 없는 것[無名]은 천지의 근원이요, 이름 있는 것[有名]은 만물의 어머니다.

노자 『도덕경』 제1장의 말씀이다. 하늘과 땅은 이름할 수 없는 데서 생겨난 것이다. 만물의 시작에는 오직 도道가 있을 뿐이다. 그것에는 구별도 없으며 명칭도 없다. 즉 그 무명無名을 가령 '도道'라고 한다면, 그 이름할 수 없는 도가 천지天地를 낳은 것이다. 유명有名은 만물의 어머니라 무명無名이 유명有名으로 발전한 곳에서 만물이 발생하였다.

"고故로 상무욕이관기묘常無欲以觀其妙하며 상유욕이관기요常有欲以觀其徼로다."

그러므로 늘 무욕無欲으로써 그 묘妙를 보며, 늘 유욕有欲으로써 그 요徼를 본다. 대립이 없는 무명無名의 도에서 놀라운 조화가 일어난다. 하나의 도에서 천지만물이 태어나 영원히 변화한다는 것은 참으로 묘한 일이다. 이 미묘한 근본작용은 욕심이 없는 무위無爲라야 보게 된다. 욕심에서 벗어나지 못하는 유위有爲는 그 요徼를 본다('요'를 생성하는 구멍이라고도 하고 '결과'의 뜻으로 풀이한 학자는 중국의 왕필이었다).

"차양자此兩者는 동출이이명同出而異名이니 동위지현同謂之玄이라. 현지우현玄之又玄은 중묘지문衆妙之門이라."

이 두 가지는 같은 데서 나왔으나 그러고도 이름을 달리하니, 한가지로 이것을 '현玄'이라 한다. 현의 또 현은 중묘衆妙의 문이로다. 만물의 근원은 시원과 단 하나밖에 없는 절대적인 존재, 둘이자 하나인 것은 즉 같은 한 사물의 양면에 지나지 않는다. 실재하는 사물이라는 면[道]과 그 작용[德]이라는 면을 동시에 지닌다.

하늘의 도, 성인의 도

천지도天之道는 기유장궁호其猶張弓乎인저 고자高者를 억지抑之하고 하자下者를 거지擧之하여 유여자有餘者를 손지損之하며 부족자不足者를 보지補之한다.

하늘의 도는 오히려 그 활을 당기는 것과 같구나. 높은 부분을 눌러 밑으로 가게하고, 낮은 부분을 쳐들어 높이는 것이다. 하늘의 도는 필요 이상 남으면 그것은 덜어서 부족한 것에 보충한다.

『도덕경』 제77장의 말씀이다. 오로지 활과 시위의 균형을 이루게 할 뿐, 어떠한 사사로운 감정이란 추호도 없다. 이것이 하늘의 도인 것이다. 그런데 욕심 사나운 부자들은 약육강식하여 더욱 부자가 된다. 누가 자기의 것을 덜어 부족한 사람에게 나누어줄까? 그런 분은 오직 도道 있는 사람, 성인聖人이시다.

성인은 쌓지 않고 모든 사람을 위함으로써 자기는 더욱 가지게 되고, 다 사람에게 줌으로써 자기는 더욱 많아지게 되나니 "하늘의 도道는 이利하되 해치지 않으며, 성인의 도는 하되 다투지 않는다天之道 利而不害 聖人之道 爲而不爭"는 말씀으로 그는 『도덕경』 5천 언言의 결론을 내리고 있다. '위이부쟁爲而不爭'의 언급을 주시하게 된다.

도道와 덕德

도생지道生之하고 덕휵지德畜之하고 물형지物形之하고 세성지勢成之다. 시이是以로 만물萬物이 막불존도이귀덕莫不尊道而貴德이라. 도지존道之尊과 덕지귀德之貴는 부막지명이상자연夫莫之命而常自然이라.

노자『도덕경』제51장의 말씀이다.

도道가 이(만물)를 생하고 덕德은 이를 기르고, 물物은 이를 형形하고 세勢는 이를 이룬다. 이로써 만물은 도를 존尊하고, 덕을 귀貴여기지 않음이 없다. '도의 존尊'과 '덕의 귀貴'는 대저 이에 명命함이 없이 하되, 늘 스스로 그러함이라. '스스로 그러함의 자연自然'이라는 말은 노자가 여기서 처음으로 사용한 말이다. 도는 조물주나 여호와의 명령에 의해 타연적으로 만물을 그렇게 하도록 만든 것이 아니라, 독자의 힘으로 자기 자신에 의해 그렇게 되고 있다는 의미이다. 타연他然이 아닌 자연自然인 것이다.

도는 만물을 낳고 덕은 이를 기른다. 도와 덕이 존귀한 이유는 늘 변함이 없어서 저절로 그러할 따름이기 때문이다. 도의 작용은 만물에 부여된 각각의 본성에 따라 현상계에 나타난다. 가령 하늘이 맑고 푸른 것은 하늘의 본성을 통해 나타난 도의 작용이다. 대지가 안정되어 있는 것은 땅에 내재하는 도의 작용이 땅의 본성에 따라 나타난 모습이다. 개개의 현상에는 각각 그 자체의 자연이 있다.

그런데 요즘 우리의 하늘과 땅은 어떠한가? 하늘은 본디 푸른 색을 잃었고 지진과 해일로 지구는 몸살을 앓고 있다. 인류는 지금 자연을 파괴한 과보로 코로나19의 대재앙을 겪고 있다. 노자가 충고한 '무위無爲'를 생각한다. "무위를 행하면 곧 다스려지지 않음이 없고"(『도덕경』 제3장) "함이 없음에 이르게 되면, 곧 하지 않음이 없게 된다"(제48장)는 말씀을.

우리가 자연에 부과한 인위적인 행위는 대자연의 근원인 도에 반反하는 것으로서, 우리는 도에서 점점 멀어지고 있다. 자연에서 멀어지면 멀어질수록 인간은 위태롭게 된다는 그분의 경고가 새삼 우리의 경각심을 더하는 요즘이다.

도道는 스스로 본원이 되고 근거가 된다

부도夫道는 유정유신有情有信 무위무형無為無形이다.

가전이불가수可傳而不可受나 가득이불가견可得而不可見이라.

자본자근自本自根이다. 미유천지未有天地며 자고이고존自古以固存이라. 신귀신제神鬼神帝하고 생천생지生天生地하다.

재태극지선이불위고在太極之先而不為高하고 재육극지하이불위심在六極之下而不為深이라. 선천지생이불위구先天地生而不為久며 장어상고이불위노長於上古而不爲老니라.

『장자』「대종사」 편의 글이다.

대저 도란 겉으로 드러나는 작용이 있고, 그것이 존재한다는 증거가 있으나 행동도 없고 형체도 없다. (그것을) 전할 수는 있으나 (물건처럼) 주고받을 수는 없다. 터득할 수는 있으나 볼 수는 없다. 스스로 모든 존재의 본원本源이 되고 스스로 근거가 된다. 천지가 아직 생기기 전의 옛날부터 본래 존재하며, 귀신이나 상제上帝를 영묘靈妙하게 하고, 하늘과 땅을 낳고 있다. 가장 높은 곳[太極]보다 더 위에 있으면서 높은 척하지 않고, 가장 깊은 곳보다 밑에 있으면서 깊은 척하지 않는다. 천지보다 먼저 생겨났으면서도 오랜 세월이라 여기지 않고, 까마득한 옛날보다 더 오래면서도 늙었다고 생각하지 않는다. 왜냐하면 도란 있지 않는 곳이 없으면서 있는 곳이 없기(형체) 때문이다.

장자는 터득할 수는 있으나 볼 수 없는 도道의 실재實在를 이같이 피력하고 있다. 모든 사물은 도에서 생겨나고 도에 의거하지만, 도는 모든 사물의 근원이므로 다른 것으로부터 생겨나거나 의지하지 않는다는 것이다. '자본자근自本自根'을 주목하게 된다. 작용은 있으나 형체가 없는 도道. 현상으로 모습은 드러나지만 본질은 숨어서 고요하다. 본래적本來寂이기 때문이다.

곡신불사谷神不死

곡신谷神은 불사不死하니 시위현빈是謂玄牝이오. 현빈지문玄牝之門은 시위천지근是謂天地根이니 면면약존綿綿若存하야 용지불근用之不勤이니라.

노자 『도덕경』 제6장의 말씀이다. 그는 죽지 않는 골짜기의 신[谷神]을 가믈한 '암컷[玄牝]'이라 일컫고 그것이 천지의 뿌리라고 말한다. 이어지고 또 이어지니 면면綿綿하여 존재하는 듯 약존若存하며 이를 쓸지라도 마르지 않는다며 도의 작용을 이같이 압축한다.

곡신과 현빈. 이들은 모두 비[虛]어 있기 때문에 신묘한 도의 작용이 가능하다. 산이 높으면 골이 깊다. 봉우리는 양陽이요 골짜기는 마르지 않는 샘, 음陰이다. 남자의 심볼보다 여자의 그것이 직접적인 생성의 모체이기 때문에 '암컷[현빈]이 천지의 뿌리라는 것이다. 그러나 만물이 만물로서 존재하려면 음양의 두 기운을 교화交和케 하는 충기沖氣가 필요하다. 이 충화沖和의 기氣야말로 만물을 만물케 하는 근본 원기이며 생명인 것이다. 도의 본체가 허무虛無인 것처럼 골짜기가 비어 있기 때문에, 암컷이 일체의 만물을 낳을 수 있고, 자연의 도는 무궁하게 이어진다는 요지이다.

노자는 도道를 신비한 '암컷'에 비유하고 여성적인 것을 자주 언급한 바 있다. 때로는 물을 인용하면서 '부드럽고 유약한 것이 강한 것을 이긴다'며 암컷의 여성성을 찬미하고 '상선약수上善若水'로 도의 작용을 상찬하였다.

"영원히 여성적인 것만이 우리를 천상으로 인도한다"는 『파우스트』의 결미도 인상에 남는다. 서구 작가들은 이 '곡신불사'에서 많은 시적 영감을 받았다고 한다. 시인에게도 골짜기와 같은 이 충허沖虛의 빈 마음이 필요하다. 그래서일까. 시인 말라르메, 괴테, 예이츠, 에즈라 파운드, 헤세, 이백, 도연명, 소동파는 말할 것도 없고 일본의 바쇼나 남미의 옥타비오 파스는 노자에게 몹시 경도되어 있었다. 도의 근원인 무無에 대한 심오한 사상, 그것들의 상징적인 비유. 5천 자에 함축된 간결한 언어는 시인들에게 많은 영감을 불러일으키기에 충분했으리라고 사료된다.

생이불유生而不有

만물萬物은 작언이불사作焉而不辭하며 생이불유生而不有하며 위이불시爲而不恃하며 공성이불거功成而不居라.

만물은 이에 지어도 사양하지 않으며 생겨도 소유하지 않으며, 하되 기대지 않으며, 성공해도 거居하지 않는다. 노자 『도덕경』 제2장의 말씀이다.

만물이 제멋대로 생성될지라도 자연은 싫다거나 귀찮아하지[不辭] 않고, 그것이 자라나도 나의 소유라고 생각하지 않으며, 잘 자라게 하고도 그것에 기대거나 의지하지 않는다. 공功을 이룰지라도 그 공로에 머물지 않는다. 내가 특별히 이 구절에 마음이 끌린 것은 '생이불유'와 '위이불시' 때문이다. 생生하되 생한 것을 소유하지 않는다는 '생이불유', 일을 성취하고도 나의 공이라고 생각하지 않는다는 '위이불시'를 본받고 싶었다. 노자도 이 부문을 우리에게 간곡히 일러주고 싶었는지 제51장에서 또다시 언급한다. "생이불위生而不爲하며 위이불시爲而不恃하며 장이부재長而不宰하나니 시위현덕是謂玄德이로다"라고.

도는 일체만물의 어머니로되 만물을 낳아도 그것을 나의 소유라 하지 않고, 여러 가지로 뒷바라지를 해주되 그것을 자기 공적으로 내세우지 않는다. 또 성장시킬지라도 스스로 주인이 되어 그들을 주재主宰하지 않는다. 노자는 이를 '현덕玄德'이라고 했다. 이 대목을 주목한 이는 영국의 철학자 버트런드 러셀이다. '생이불유生而不有'를 '소유 없는 생산'으로 번역하고 '위이불시爲而不恃'는 '자기 주장 없는 행동'으로 그리고 '장이부재長而不宰'는 '지배 없는 발전'으로 압축해서 도의 작용을 설명한 바 있다.

인간 존재의 최대 비극은 자기가 생한 것은 모두 자신의 소유라고 생각하는 데 있다. 내가 낳은 자식은 말할 것도 없고 내 힘으로 일어난 단체라 하여 내 것으로 오인하는 경우도 있고, 자리에서 물러난 뒤에도 주인 행세를 멈추려고 하지 않는 사람들도 있다. 가을에 잎을 다 떨군 나무에 돋아난 새 잎을 보며 그들의 말 없는 질서에 그만 숙연해지고 만다. 공명을 이룬 뒤에는 그 자리를 물러남이 하늘의 도功遂身退 天下之道라던 노자의 말씀을 되새긴다.

유有와 무無

삼십복三十輻이 공일곡共一轂하나니 당기무當其無하여 유차지용有車之用이라.

30개의 바퀴살輻이 한 바퀴 구멍轂에 둥글게 꽂혀 있지만, 그 바퀴통 복판의 비어 있는 무無에 의해서 수레가 굴러가는 작용을 하는 것이다.

노자 『도덕경』 제9장의 말씀이다. 수레가 바퀴에 의해서 움직이는 것은 알아도, 수레가 움직이기 위해서는 그 바퀴 구멍이 비어[無] 있어야 하는 것은 자칫 놓치기 쉽다. 빈 공간에 바퀴 축軸이 꽂혀야만 수레가 갈 수 있기 때문이다. 즉 수레가 수레로서 제 구실을 하는 것은 바퀴구멍이 비어 있기 때문이다.

이같이 사물이 쓸모 있는 것은 무無 때문이라며 노자는 몇 가지의 예를 더 들고 있다. 가령 진흙을 이겨서 그릇을 만들지만, 그릇의 빈 공간으로 인해서 그 그릇의 쓰임새가 있다는 것이다. 문이나 창을 내서 방을 만들지만, 그 방의 비어 있는 공간[無]에 방의 쓰임새가 있다는 것이다. 그러므로 "유有가 이利 되는 까닭은 무無가 용用이 되기 때문"이라고 한다.

수레와 그릇과 방을 예로 들어 밝혔듯이 모든 유有가 현상으로서 작용하며, 그 가치를 발휘하는 이익점은 그 안의 근본적인 무無, 즉 본질의 빈[虛] 도道 때문이다. 근본을 알고 보면 속에 빈 도道가 위대한 작용을 하기 때문에 유有인 모든 존재 현상이 그 가치와 이익을 발휘하게 되는 것이다. 유有가 이利 되는 까닭은 무無가 용用이 되기 때문이라는 '유이有利와 무용無用'을 잊지 않으려고 한다.

쓸모 없음의 쓸모 있음

차여구무소가용구의且予求無所可用久矣 기사幾死, 내금득지乃今得之 위여대용爲予大用. 사여야이유용使予也而有用, 차득유차대야사且得有此大也邪

"또한 나는 쓸모없기를 바라온 지가 오래되었다. 지금까지 여러 번의 죽을 고비를 넘겨, 이제야 나의 쓸모없음을 큰 쓸모로 삼게 되었다. 만약 내가 쓸모가 있었다면 어찌 이토록 커질 수 있었겠는가?"

『장자』가 「인간세」 편에서 '무용지용無用之用'의 중요성을 이와 같이 강조한다.

어느 날 대목장 석이라는 사람이 제자를 데리고 제나라로 가다가 토지신을 모신 상수리나무를 보았다. 굵기는 백 아름이나 되고, 높이는 산을 내려다볼 정도인데 그가 거들떠보지도 않자 제자가 물었다. "저는 도끼를 잡은 이래로 이토록 아름다운 나무는 처음 보았는데 선생님은 왜 그냥 지나쳐버리십니까."

석이 답한다. "그건 쓸모없는 나무다. 그것으로 배를 만들면 가라앉고 널을 짜면 곧 썩는다. 기물을 만들면 곧 망가지고 기둥을 만들면 좀이 생긴다. 재목감이 못 돼, 아무 소용이 없으니 저처럼 오래 살 수 있었지."

그날 밤 꿈에 상수리나무가 나타나 말한다. "너는 나를 무엇에다 비교하려느냐. 너는 나를 쓸모 있는 나무에 비교하려는 거냐? 배·귤·유자 따위는 열매가 익으면 잡아뜯기고 가지는 찢겨진다. 열매 때문에 제 삶이 괴롭혀지는 셈이다."

쓸모 때문에 희생되지 않고, 오히려 쓸모 없어 이렇게 커질 수 있었다는 장자의 논리는 '성인聖人의 무용無用'함과도 상통한다. 갑자기 한漢나라 유방에게 토사구팽 당한 맹장 한신이 떠오른다. 생명 보전에 실패한 그가 이것을 알았더라면 하는 아쉬움이 남는다.

"쓸모 없음을 발견하는 순간이야말로 인간이 '야만성'에서 '인간성'으로 도약하는 순간"이라고 언급한 오카쿠라 텐신(일본의 다도인茶道人)의 말이 폐부를 찌른다. 어쩌면 인생의 참다운 가치란 돈으로 환산될 수 없는 무용無用한 것들에 있지 않을까? 나는 예술가들의 위대한 빈 손을 생각한다.

나비의 꿈

부지不知 주지몽周之夢 위호접爲胡蝶, 호접지몽胡蝶之夢 위주여爲周與.

모르겠다. 내가 꿈에서 나비가 된 것인가, 아니면 나비가 꿈에서 나로 변한 것인가.

주周는 장자의 이름이다. 그는 자신의 핵심사상인 「제물론」 말미에 '나비의 꿈' 이야기를 우화로 그려넣고 있다. 그런 만큼 그의 의도를 제대로 알아야 하는데 장주와 나비가 꿈속에서, 또는 꿈밖에서 알쏭달쏭하다. 언제인가 그는 나비가 된 꿈을 꾸었다. 훨훨 날아다니는 나비가 된 채, 유쾌하게 즐기면서도 자기가 장주라는 것을 깨닫지 못했다. 그러나 문득 깨어나보니 틀림없는 장주가 아닌가? 도대체 장주가 꿈에 나비가 되었을까? 아니면 나비가 꿈에 장주가 된 것일까?

장주는 꿈을 꾸다가 일어나 물화를 생각한다. 물화物化라 함은 모든 존재하는 것은 다르게 있다는 말이다. 하나의 기준 속에 있는 것이 아니라 다 각기 자기 기준 속에 자기로서 있음을 말한다. 호랑나비는 호랑나비로 있고, 장주는 장주로 있으면 그만이다. 누구의 꿈인가를 따질 필요가 없다. 왜냐하면 물화에는 가치 척도의 기준이 없기 때문이다. 따라서 자연처럼 지금 그대로의 있음이지 비교와 판단의 구별로서 있는 것이 아니기 때문이다.

이러한 존재 양상을 제물齊物이라고 한다. '제齊'는 다 살린다는 말이요, '물物'은 이 세상 존재하는 모든 것을 가리킨다. 모든 것을 다 살려내는 제물, 여기에 장자철학의 핵심이 있다. 그는「제물론」의 서두에서 '대지가 토하는 숨결을 바람'이라고 하며 수 없는 것에 바람이 일면 나무 구멍의 모양에 따라 제각기 다른 소리를 내어 자기 상황 속에 다르게 존재하듯 호랑나비는 호랑나비로 있고 장주도 장주로 있으면 그만이라는 것이다. 서두에 모르겠다는 '부지不知'는 따지지 않겠다는 그의 판단중지로 보인다. 시비와 분별을 떠난 장주의 유토피아를 더듬어보게 되는 것이다.

반기진反其眞

하백왈河伯曰 하위천何謂天 하위인何謂人 북해약왈北海若曰 우마사족牛馬四足 시위천是謂天 락마수絡馬首 천우비穿牛鼻 시위인是謂人 고왈故曰 무이인멸천無以人滅天 무이고멸명無以故滅命 무이득순명無以得殉名 근수이물실謹守而勿失 시위반기진是謂反其眞.

『장자』 외편 「추수秋水」 장의 글이다.

하백이 북해약에게 물었다.

"무엇을 천연天然이라 하고, 무엇을 인위人爲라고 합니까?"

북해약이 답했다.

"소나 말에게 각기 네 개의 발이 있는 것을 천연이라 일컫고, 말 머리에 굴레를 씌우거나 소코뚜레를 꿰는 것을 인위라고 부른다. 그러므로 인위로써 천연의 성품을 훼손시키지 말 것이며, 고의로 성명性命을 없애지 말 것이며, (본래의 자연스런) 덕을 명성 때문에 희생시키지 말라고 하오."

이 세 가지를 지켜서 잃지 않도록 하는 일을 그는 '반기진'이라고 하였다.

'반기진反其眞'이란 인도적인 것을 모두 없애고, 천진한 자연의 본성으로 돌아감을 뜻한다.

그에 앞서 노자는 반박귀진返樸歸眞을 이렇게 언급했다.

박樸은 가공되지 않은 통나무로 자연 그대로의 도를 의미한다. 통나무를 베어서 가구를 만들고 집을 짓기도 한다. 그러나 인간들은 도구적인 작업에 몰두한 나머지 이런 것들의 고향이 '박'이란 걸 잊고 있다. 인공人工의 문명을 꾀하는 데 급급하여 자연을 파괴하고 스스로 인간 소외로 치닫고 있는 우리에게 노자는 원목 그대로인 진으로 복귀하여返樸歸眞 자연과의 조화를 잃지 말 것을 충고한다.

자공과 노인의 대화

오문지오사吾聞之吾師 유기계자有機械者 필유기사必有機事 유기사자有機事者 필유기심必有機心 기심존어흉중機心存於胸中 즉순백불비則純白不備 순백불비純白不備 즉신생부정則神生不定 신생부정자神生不定者 도지소부재야道之所不載也 오비부지吾非不知 수이불위야羞而不爲也

『장자』「천지」 편의 글이다.

공자의 제자 자공子貢이 초나라를 여행하고 진晉나라로 돌아오는 중에 한 노인을 만났다. 노인은 물동이를 안고 우물 안으로 들어가 힘들게 물을 떠오곤 하였다. 자공이 용두레라는 기계를 써 쉽게 물을 풀 수 있는 방법을 일러주었다. 그때 노인의 대답이 모두帽頭의 그것이다.

"나는 내 스승에게 들었소만, 기계를 갖는다면 기계에 의한 일이 반듯이 생겨나고, 그런 일이 생기면 반드시 기계에 사로잡히는 마음이 생겨나오. 그런 마음이 가슴속에 있게 되면 곧 순진 결백[本來天眞]한 것이 없어지게 되고, 그것이 없어지면 정신이나 본성의 작용[靈妙한 生命力]이 안정되지 않게 되오. 정신과 본성이 안정되지 않은 자에겐 도가 깃들지 않소. 내가 '용두레'를 모르는 게 아니오. (道에 대해) 부끄러워 쓰지 않을 뿐이오."

2300년 전, 장자는 벌써 인공적으로 변화하는 문명의 편향성과 인간의 이기심을 이와 같이 예견하고 염려했다. 장자가 말한 내 스승이란 "아무것도 따르지 않고 아무런 방법도 쓰지 않아야[無爲] 비로소 도를 깨달을 수 있다"고 한 노자 선생을 지칭함이다. 과학의 승리, 기계문명의 속도를 따라가지 못하는 나는 지금처럼 아날로그적 삶의 방식을 버리지 않으려고 한다. '포옹장인抱擁丈人'의 노인처럼 순백불비純白不備를 염려하면서 또한 내 마음의 자유를 위해서라 하겠다.

유토피아와 디스토피아

인간의 잠재성을 실현하기 위해서는 낙원을 상실해야 한다.

영국의 소설가 올더스 헉슬리(1894-1963)의 『멋진 신세계』(1932년)의 한 대문이다. 그는 과학이 고도로 발달하여 인간의 물질적인 생활뿐만 아니라 정신적인 생활도 완전히 통제되고 규격화되어 사회 전체로서 멋지게 운영되는 미래의 영국 사회를 펼쳐 보인다. 정부가 인간배아배양소를 운영하면서 발달 단계에 있는 배아는 잘 자라도록 관리하고 그렇지 못한 아이는 의도적으로 성장이 중단되도록 잔인한 화학처리를 가한다. 모든 아이들은 태어나자마자 엄격한 교육과 최면 또는 다른 심리적 주입을 통해 길들여지고 계급에 따라 차별대우를 받는다. 이 같은 사회제도는 사회적 안전망을 가져오지만 인간성과 개인의 자유의지를 희생시키는 대가를 치러야 한다.

생명공학기술에 의해 인류를 맞춤형으로 대량 생산하거나 인구를 통제하는 일도 가능하게 된 것이다. 심지어 '소마'라는 알약 하나로 배고픔과 고독과 인간의 절망까지도 해결이 가능하다. 환각제인 소마는 고통이 없는 지상천국, 파라다이스를 제공하지만 사실은 의식을 포기하는 수단임을 작가는 넌지시 귀띔한다. 따라서 인간은 주체성이 없는 '기계의 부속품' 결국 기계문명만이 남는다는 불평등 방정식을 제시한다. 인간의 잠재성을 실현하기 위해서는 '낙원'을 상실해야 한다는, 즉 '유토피아가 파멸'이라는 역설이다.

'유토피아utopia'라는 말은 토머스 모어가 쓴 『유토피아』라는 책에서 처음 사용된 말로 '아무 데도 없다'는 의미이다. 모어가 그린 '유토피아'는 모든 것이 인류 전체를 위해 최선의 상태로 질서가 잡혀졌고, 빈곤이나 불행 등의 사회악이 추방된 나라였다. 그러나 이것은 사회개혁의 아우트라인을 그린 것으로 현실화되지 못했다. 이후 '유토피아'는 현실과 동떨어진 '이상향理想鄕'의 뜻으로 쓰인다.

1958년 헉슬리는 『멋진 신세계』에서 예측한 대로 세상이 '디스토피아'로 향해가고 있다고 주장한 에세이집 『멋진 신세계에 대한 재고』를 발표하기도 했다. 88년 전, 그는 기계문명의 폐해를 이와 같이 예단했던 것이다.

제2장

주역周易

도의 움직임
무극無極이 태극이다
무無로부터의 우주
향기는 멀수록 더욱 맑아라
하늘은 검고 땅은 누르다
구름과 비, 이슬과 서리
우환의식
역易은 내 마음속에 있다
적연부동寂然不動
서화담徐花潭과 지뢰복
이理와 기氣의 근원에 대하여
무현금無絃琴
육우陸羽와 풍산점
화가 정선과 지산겸
간위산艮爲山
변화의 주재자가 신神이다
지혜의 서『주역』
신성神性의 원형의 존재를 증명할 뿐이다

도의 움직임

반자反者는 도지동道之動이요 약자弱者는 도지용道之用이니
천하지물天下之物은 생어유生於有하고 유생어무有生於無니라.

반복하는 것은 도의 운동이요, 약함은 도의 활동이다. 천하의 만물은 유有에 의거해서 생기고 유有는 무無에 의거해서 생긴다.

『도덕경』 제40장의 말씀이다. 반反이란 다시 돌아간다는 뜻이요, 즉 만물이 그 본원本源으로 돌아간 모습이다. 돌아간 그 모습은 정적靜寂이다. 만물이 본원으로 돌아가는 것은 그 스스로의 힘으로 가능한가, 그렇지 않다. 본원인 도道의 힘, 그 활동에 의해서 이루어진다. 도의 작용은 원래가 고요하고 약한 것이다. 약弱한 것은 도의 용用이다. 도의 근원은 고요하고 약함으로써 작용하고 있다. 이렇게 만물을 되돌아가게 하는 도의 움직임과 약함을 작용으로 하는 도로 인해서 만물은 근원으로 회복하게 된다.

그러면 만물은 어디로 돌아가는가? 『도덕경』 제1장에서 "없음은 천지의 처음을 일컫고, 있음은 만물의 어머니를 일컫는다無名天地之始, 有名萬物之母"고 한다. 천변만화千變萬化하는 세상의 물건은 만물의 어머니인 유有에서 나왔고, 이 유有는 천지의 비롯함인 무無에서 나왔으므로, 결국 도의 근원인 무無로 돌아간다는 것이다. 이것이 도의 작용의 본연의 모습이다. 절대의 입장에서 본다면, 나아가는 것과 물러나는 것은 같은 것이요, 가는 것은 그대로 되돌아오는 것이다. 이것을 생사生死에 붙여 죽음은 본래 없다고 하는 것. 다시 말하면 언제나 '영원한 현재'인 것이다.

무극無極이 태극이다

무극이태극無極而太極이니라 태극동이생양太極動而生陽하니 동극이정動極而靜하고 정이생음靜而生陰하니 정극부동靜極復動이라.

무극이 태극이니라. 태극이 움직여 양을 낳으며 움직임이 극에 달하면 고요하게 되고, 고요하게 되면 음을 낳으니 고요함이 극에 달하면 다시 움직이게 되는 것이다.

북송의 대유학자인 주돈이周敦頤(1017~1073)가 지은 『태극도설』의 서문이다. 이 『태극도설』은 『주역』「계사전」의 "역에 태극이 있으니 이것이 양의를 낳는다"는 구절에다 우주의 이론적 근거를 두고 그 내용을 발전시킨 것인데 핵심은 태극이 만물의 근원이 된다는 것이다.

'태극'이란 천지만물의 근원을 뜻한다. 태극이란 '무無'에 가까운 것이어서 '무극'이라고도 하는데, 거기에서 음양의 오행이 생겨나고 다시 만물이 생겨났다는 우주발생론을 내놓기에 이른다. 이것이 주자朱子에게 그대로 수용되어 훗날 그의 성리학에서 우주론의 토대를 이루게 된 것이다.

양이 변하고 음이 합쳐져서 수·화·목·금·토를 낳으니 이 다섯 가지 기운이 순조로이 펴짐으로써 사철이 운행되는 것이다.

오행은 하나의 음양五行一陰陽也이고 음양은 하나의 태극陰陽一太極也인 것이다. 태극은 본시 무극太極本無極也이다.

'태극본무극'의 본本은 곧 '본어本於'의 뜻이므로 무극이 태극의 본원이 된다는 것이다. '무극無極이란 말은 『노자』에서 비롯되며 '다함이 없다無可窮盡'는 뜻의 형용사로 사용되었다. 육상산은 "태극 위에 무극 자를 더 한다면 이는 바로 상床 위에 상을 포개놓는 격"이라며 주돈이는 "천지만물은 유有에서 생겼고 유는 무無에서 생겼다"는 노자에 가깝다고 비판했다. 논쟁의 핵심은 태극 이외에 별도의 무극을 인정해야 하는가에 있었다. 주자와 육상산과의 논쟁 중 그 대표적인 것도 '무극이태극론'이었다.

무無로부터의 우주

팽창하는 우주와 그 안에 존재하는 만물은 무無에서 시작되었다. 시간과 공간은 완전한 무에서 탄생했다.

미국의 우주론학자인 로렌스 크라우스가 『무無로부터의 우주』A UNIVERSE FROM NOTHING(2013년 출간)라는 책에서 밝힌 내용이다. 그는 이 책에서 무無는 극도로 불안정한 상태로서 이로부터 유有가 필연적으로 탄생했다는 것과 신의 손을 거치지 않고 우주가 완전한 무로부터 물리적 과정을 거쳐 탄생했다는 주장을 논리적으로 펼치고 있다. 138억 년 전, 눈에 보이지 않는 점보다 작은 상태에서 갑자기 폭발한 뒤, 엄청난 속도로 팽창해 지금의 우주가 된 것이라 한다. 태초에는 아무것도 없었다.

"모든 것은 무nothing로부터 나왔다. 현대물리학은 우주가 진공眞空으로부터 생겨났을 가능성이 있다"고 말한 사람은 『빅뱅 직전의 우주The Void』를 쓴 영국의 물리학교수 프랭크 클로우스이다. 보이드는 커다란 빈 공간, 때로는 무nothing, 때로는 진공의 의미로도 쓰인다. 양자역학의 불확정성 원리에 따르면 진공은 텅 비어 있지 않고 에너지, 입자, 장場 등으로 들끓으며, 전자와 양전자(반전자)와 같은 가상 입자들이 만든 장場으로 요동칠 수 있다. '양자요동'으로 불리는 이 현상은 양성자와 원자의 특성을 결정하는 데 큰 역할을 한다고 한다.

갑자기 일어난 폭발(빅뱅)에 의해 물질과 복사의 밀도에 작은 요동이 생기고, 이것이 훗날 중력을 통해 한 곳으로 뭉쳐서 은하와 별, 행성, 그리고 인간이 탄생했다면 지금 우리가 존재하는 것은 결국 무無에서 생성된 '양자요동' 덕분이라는 것이다. 폭발한 별의 잔해들이 다시 뭉쳐서 인간이 된 게 사실이라면 그리고 빅뱅이 정말로 일어났다면 우리 모두는 양자적 무無에서 탄생한 셈이라고 저자는 주장한다. 대폭발 당시 모든 입자는 질량이 없는 상태였다. 영국의 피터 힉스 교수가 입자들에게 질량을 부여하는 새로운 입자(힉스입자)를 발견해냄으로써 질량의 기원과 소립자들의 상호작용으로 우주가 생겨났다는 표준모형이론을 입증할 수 있었다. 없음의 세계였던 곳에서 오늘날의 우주가 생겨난 것이다. 노자가 일찍이 설파한 '유생어무有生於無'와 다르지 않다고 하겠다.

향기는 멀수록 더욱 맑아라

여독애련지予獨愛蓮之. 출어어니이불염出於淤泥而不染하고
탁청련이불요濯淸漣而不妖하며 중통외직中通外直하고
불만부지不蔓不枝하며 향원익청香遠益淸하며
정정정식亭亭淨植하니 가원관이불가설완언可遠觀而不可褻翫焉이라.

송대의 유학자 주돈이周敦頤의 '애련설愛蓮說'의 일부이다.

"내 홀로 연蓮을 사랑하노니, 진흙에서 나와 물들지 않고, 맑은 물결에 씻기어 요염하지 않으며, 그 대는 속이 비어서 구멍이 통해 있고 밖은 곧다. '중통외직中通外直'이다. 덩굴지지 않고 가지도 없으며 꽃의 향기는 멀수록 더욱 맑고, 물 가운데 우뚝 서 있으니 멀리(연당 언저리에서) 바라볼 수는 있지만 가까이 가서 매만지며 설완할 수는 없노라"고 찬탄했다.

여섯 가지의 미덕 중에서 나는 진흙탕 속에 발을 담그고도 거기에 물들기는커녕 오히려 청아한 한 송이의 꽃을 피우는 그 '불염不染'을 좋아한다. 연꽃은 덩굴지지도 않고 가지를 벌리지도 않으며 한 줄기로 곧게 뻗어 사사로이 한눈을 팔지 않는 '불만부지不蔓不枝'의 단정한 자세도 마음에 든다. 향기는 멀리 갈수록 맑다는 '향원익청香遠益淸'의 고결한 인품과 연당 가운데 우뚝 서 있으니 군자의 위엄이 이와 같다는 대목에서 작가 주돈이 선생을 뵙는 듯하다.

송대 도학道學의 비조답게 선생은 연蓮을 관조하는 경우에도 도리道理를 생각하며 도덕적 관념을 잊지 않았다. "국화는 꽃 중의 은일자요, 모란은 꽃 중의 부귀자요, 연꽃은 꽃의 군자"라며 덕 높은 군자를 닮은 연꽃을 특히 사랑하여 선생은 '애련설愛蓮說'을 지었다.

칠월, 푸르른 연밭에서 나는 어느 고귀한 정신과 만난다.

하늘은 검고 땅은 누르다

천지는 현황天地玄黃하고 우주는 홍황이라宇宙洪荒이라

하늘은 검고 땅은 누르며, 우주는 넓고도 거칠다.

『천자문』의 첫 여덟 글자다. 『천자문』을 지은 중국 양梁나라의 문인 주흥사周興嗣(470?~521)는 무슨 일로 황제의 노여움을 사 사형을 앞두게 되었는데 그의 재주를 아까워한 황제가 "하룻밤 안에 1천 자를 가지고 사언절구의 문장을 지어내면 죄를 사해주겠다"고 하니 그가 하룻밤 사이에 4자 1구로 250구를 이루어내니 날이 밝았고 그의 머리칼은 하얗게 세어 '백수문白首文'이라고도 부른다.

'천지현황' 그것은 『주역』 곤坤괘에 연원을 둔다. 변화를 중시하는 역의 이치는 '음변陰變 양화陽化'로 음이 다 자라면 양으로 변하고, 양이 극성極盛하면 음으로 화한다. 곤坤괘, 상6에 "용전우야龍

戰于野하니 기혈其血이 현황玄黃이라." 용이 들판에서 싸우니 그 피가 검고 누르다고 한 것은 곤괘 상6(䷁)의 음은 다 자란 음이므로 음[女]이 극성하여 커지면 양[男]과 대적하여 들에서 싸운다는 것이니 그 싸움으로 양은 검고 음은 누런 피를 흘린다其血玄黃다는 것. 곧 남녀의 교합을 의미하기도 한다. '현玄'은 하늘의 색이요, '황黃'은 땅의 색으로天地玄黃, 두 색을 합하면 푸른 색[蒼]이 나오니, 천지의 교합으로 생긴 만물을 '창생蒼生이라 일컬음도 여기에 기인한다.

천지현황, 하늘은 끝이 없어 시야에 가물가물하니 이를 검은 빛으로 대표하고(가물 현, 검을 현), 땅은 속으로 깊이 파들어가면 누런 빛이 나오므로 황색으로 대표한다. 공자는「곤문언坤文言」에서 "음이 양을 의심하면 반드시 싸우나니 그 양이 없음을 의심함이라. 그러므로 용이라 일컫고 오히려 그 동류를 떠나지 못하는지라, 그러므로 혈이라 일컬으니 무릇 '현황'이라는 것은 '천지의 섞임天地之雜也'이니 하늘은 검고 땅은 누르니라"고 하였다. 곤坤은 땅의 도, 처妻의 도, 신하의 도이다.

"곤坤은 이룸이 없되 이어서 마침을 둔다無成而我有終也"고 한 그 '유종有終의 미'가 얼마나 아름다운 미덕인가를 생각하게 된다.

구름과 비, 이슬과 서리

운등雲騰하야 치우致雨하고 노결露結하야 위상爲霜하니라.

구름이 올라 비가 되고, 이슬이 엉키어 서리가 된다.

『천자문』 아홉 번째의 글귀다. 구름과 비 사이의 인과관계, 이슬과 서리의 차제次第. 눈여겨보면 그 가운데에 천도의 역리易理가 숨어 있다. 『천자문』 다섯 번째의 '한래서왕寒來暑往'에 이어 '추수동장秋收冬藏, 윤여성세閏餘成歲 율려조양律呂調陽' 그 다음이 '운등치우'다.

오래 전 나는 홍제동 화장터에서 피어나는 구름과 마주한 적이 있었다. 동생을 잃고 바라보던 솜뭉치 같던 구름. 구름은 비가 되어 지상에 내려와 얼음이 되고, 얼음은 녹아 다시 수증기로 증발해 구름이 된다. 우리의 생사生死를 물과 얼음에 비유한 한산寒山스님의 시구는 얼마나 나의 가슴을 뛰게 하였던가. 이는 질량과

에너지의 변화일 뿐, '불생불멸不生不滅'이라는 이치에 닿아 있다. 생멸하는 현상 속에 변치 않는 실재, 죽되 죽지 않는 그 한 물건[一者]을 생각하기에 이른다.

지금은 상강 무렵, 서리의 계절이다. '노결위상露結爲霜' 이슬이 엉키어 서리가 된다.

"이상履霜하면 견빙堅氷이 지至하나니라." 서리를 밟으면 굳은 얼음에 이른다고 주역 곤坤괘 초육은 말한다. 곤(☷)괘는 여섯 효가 모두 음효로 초6은 맨 아래에 위치한다. 음이 처음 엉기는 것이 서리이니, 그것이 자라 장차 극성하게 될 것임을 경고한 것이다.

"선善을 쌓은 집에는 반드시 남은 경사가 있고, 불선不善을 쌓은 집은 반드시 남은 재앙이 있나니 신하가 그 인군을 죽이고, 자식이 그 아비를 죽임은 하루 아침 하루 저녁의 연고가 아님이라. 그 말미암아 온 바가 점차漸次한 것이니 일찍 분별치 못한 때문이라"고. 그러니 견기이작見幾而作하여, (그 미세한 기미幾微를 알아차리고) 미리부터 대비하라고 『주역』은 귀띔한다. '점의漸矣' '차제次第'에 깃든 천도의 역리易理를 가늠하게 된다.

우환의식

작역자作易者 기유우환호其有憂患乎인뎌

역을 지은 사람은 우환이 있었는가보다.

공자는 「계사전」에 이렇게 쓰고 있다. 역易을 지은 이란 주나라 문왕文王을 일컬으니 은나라 폭군 주왕紂王과 관련된 일이다. 폭군 주는 달기에게 빠져 국정은 돌보지 않고 주지육림 속에서 횡포만을 더해갔다. 이때 문왕은 서쪽 제후로 봉해져 선정을 베풀고 있었다. 이에 불안해진 주는 문왕의 지혜를 시험코자 그의 맏아들인 백읍고를 죽여 끓인 국을 그의 앞에 내놓았다. 이 같은 사실을 알고 국을 먹지 않으면 죽임을 당할 게 뻔하므로 그는 마음속으로 피눈물을 흘려가며 그 국을 먹었다고 한다. 뿐만 아니라 폭군 주紂는 충언을 멈추지 않는 비간比干에게 "성인의 심장에는 자고로 7개의 털이 있다는데 과연 그것이 들어 있나 보자"면서 칼로 그의 심장을 찔러 죽였다. 문왕은 이렇게 절박한 상황 속에서 우환의식을 가지고 안으로는 밝은 덕을 품고, 밖으로는 유순하게 대처하면서 유리옥에 갇혀 오로지 주역 연구에 박차를 가했다.

역易을 지은 자란, 즉 역의 성립은 약 5,000년 전 문자가 없던 상고시대에 복희씨가 황하에서 출현한 용마의 등에 55개의 점을 보고 우주 만물의 생성의 이치를 깨달아 8괘를 그으니 시획始劃 8괘로서 그는 역의 조종祖宗이 되었다. 두 번째는 주나라 문왕이 '복희의 역'을 연구해 주역 64괘의 차례를 다시 정하고 괘사卦辭를 붙이니 문자로 된 역易이 시작된 것이다. 이에 문왕의 아들 주공周公이 64개의 효384爻마다 설명[爻辭]를 붙였으니 문왕의 괘사와 주공의 효사를 합하여 『주역경문周易經文』이라고 한다.

그러나 공자의 '찬역贊易[十翼]'이 없었다면 주역은 경전으로, 철학서로 자리매김하지 못하였을 것이다. 공자 또한 궁핍한 가운데 정치적 포부를 펼치고자 천하를 주유했건만 뜻을 이루지 못하고 13년 만에 귀향하나 아내는 이미 2년 전에 세상을 떠났고, 외아들마저 그의 앞에서 숨을 거둔다. 손자인 자사子思를 데리고 이따금씩 왕의 자문에 응하면서 만년을 오로지 『주역』 연구에만 몰두했다. 이때 주역 책의 가죽끈이 세 번이나 끊어졌다는 '위편삼절韋編三絶'의 고사가 생겨났다. 사람은 다소 불우해져야 도에 다가서게 되는 것 같다. '작역자 기유우환'에는 공자 자신의 심정도 은유적으로 표현된 것이 아닌가 한다.

오래 전 나는 태산에 올라, 천가天街라는 패방 앞에 놓인 돌에서 공자의 마음을 읽을 수 있었다. 주서朱書로 쓰인 '자강불식自強不息'과 '후덕재물厚德載物', 그것은 공자가 건곤乾坤괘에다 붙인 대상大象의 말씀으로 "하늘의 운행이 굳건하니 군자가 이로써 스스로 굳세어 쉬지 않는다"와 "땅의 형세가 곤坤이니, 군자가 이로써 두터운 덕으로 만물을 싣는다"는 가르침이었다. 대자연의 이치를 본받아 사람으로서 마땅히 행하여야 할 도덕적 지표를 그와 같이 제시하며 자신 스스로도 '자강불식'을 되뇌었을 그분의 심정이 짚어졌다. "천명天命을 깨달으니 나를 아는 자, 저 하늘인저!"라고 외치던 그분의 울울한 심정 속에서 나는 그분의 우환의식을 떠올렸다.

역易은 내 마음속에 있다

수연雖然이나 역지유괘易之有卦는 역지이형자야易之已形者也오.
괘지유효卦之有爻는 괘지이현자야卦之已見者也니
이형이현자已形已見者는 가이언지可以言知어니와
미형미현자未形未見者는 불가이명구不可以名求니
즉소위역자則所謂易者는 과하여재果何如哉아.
차 학자소당지야此 學者所當知也라.

비록 그렇지마는 역易에 괘卦가 있는 것은 역이 이미 형상形象한 것이요, 괘에 효爻가 있는 것은 괘가 이미 나타난 것이니, 이미 형상하고 이미 나타난 것은 가히 써 안다고 하거니와, 형상하지 않고 나타나지 않은 것은 가히 써 이름을 구하지 못하나니 즉 이른바 역易은 과연 어떠한 것인가? 이는 배우는 자가 마땅히 알아야 할 바다.

「역서易序」의 결구이다. 출판사 명문당의 『주역』을 펼치면, 작자 미상의 이 글귀가 맨 앞장에 붙어 있었다. 나는 작자가 늘 궁금했었다.

이미 형상하고 이미 나타난 것은 가히 알 수 있다고 하거니와, 나타나지 않은 것은 알 수가 없다. 그러므로 한 생각도 일으키지 않는 무심無心에서는 무동무효無動無爻이다. 주역 점의 동효動爻가 일어나지 않는다. 어디에 따라붙을 길흉이 있겠는가? 그래서 무심 도인은 나쁠 일이 없는가보다.

지려가 뛰어나 앞일을 잘 알았다는 소강절邵康節(1011~1077) 선생이 말한다.

"착한 것에 복을 주고 지나친 것에 화를 내리는 것은 누가 주관하는가? 귀신이 그렇게 한다는 것이다. 그러나 귀신이 아는 것은 말과 행실이다. 그러면 선하고 악한 삶의 길흉화복은 누가 주관하는가? 그 역시도 귀신이 한다. 귀신이 한 일이지만 그 귀신을 그렇게 만든 것은 자신의 말과 행동이다. 그렇다면 길흉화복은 어디에서 비롯되는가? 그것은 자신의 말과 행동이다. 자신의 말과 행실을 아는 사람이 시초를 빌어 길흉화복을 귀신에게 물어보겠는가? 그렇지 않다면 자신의 말과 행실을 돌아보겠는가?" 선생은 우리에게 이렇게 묻고 있다.

그러므로 '역易에 능한 사람은 점을 치지 않는다'고 말씀한다. 왜냐하면 역易이 내 마음속에 있기 때문이다.

"한 생각이 움직이지 않으면 귀신도 알지 못하나니 나로 말미암지 않고 다시 누구를 말미암겠는가? 만약 일이 마음에서 싹트면 귀신이 그것을 먼저 알 것이다. 길흉吉凶과 회린悔吝에 각기 해당하는 수數가 있으나 내가 예단해서 아는 것은 어떤 도인가?"

선생은 "내 마음의 역易에서 구할 뿐"이라고 『황극경세서』 외편에 적고 있다.

소옹邵雍의 미리 아는 능력에 대해 정이천程伊川 선생은 다음과 같이 말한다.

"소강절의 마음은 허령해서 앞일을 잘 알았다其心虛明, 自能知之."

마음이 텅 비면 신령스러워진다. 소강절은 늘 직直과 성誠을 강조했다. 지극한 성실만이 신명神明과 통한다는 것이다. '지성여신至誠如神'이다. 지극한 성실은 신명神明과도 같고 또한 허령虛靈은 무사無私해서 사私가 없다는 것이다.

'기심허명其心虛明'을 마음에 새긴다. 이 글을 쓰면서 전후 상통하는 문맥으로 보아 아마도 「역서易序」의 주인공은 소강절 선생이 아닐까 하는 생각을 지울 수 없다.

적연부동寂然不動

역易은 무사야無思也하며, 무위야無爲也하여 적연부동寂然不動하다가 감이수통천하지고感而遂通天下之故하나니 비천하지지신非天下之至神이면 기숙능여어차其孰能與於此리오.

공자의 「계사전」 제10장의 말씀이다.

"역은 아무런 생각이 없으며 함이 없어서, 고요히 움직이지 아니하다가 느낌에 천하의 현상을 모두 통달하나니, 천하의 지극한 신묘함이 아니고서 누가 이럴 수 있겠는가?" '무사無思 무위無爲'로 역에 통달한 사람만이 그렇게 할 수 있다는 것이다. '무사 무위'는 생각이나 행동에 어떤 하고자 하는 의도나 욕심이 전혀 없는 허령虛靈한 마음 상태를 일컫는다. '무사無思'는 미발未發이고 '무위無爲'는 정靜이다. 행동이 밖으로 나가기 전[未發]의 지극한 고요함 속에 적연부동으로 움직이지 않다가 일단 감응이 생기기만 하면 교감의 작용이 일어난다. 외감내응外感內應으로 드디어 천하의 연고에 통하나니 '감이수통천하지고'하게 된다. 느낀다는 것은 자연과 일체가 되는 것이다. 한몸이 되기 때문에 알려고 하지 않아도 저절로 알게 된다.

어느 가을날, 찬비 내리는 이경二更, 빈 방에 홀로 앉은 당나라 시인 왕유王維는 이렇게 읊었다.

"우중산과락 등하초충명雨中山果落 燈下草蟲鳴"
우중에 산 과일 떨어지고, 등불 아래 풀벌레 운다.

방 안에 앉아서 산 과일 떨어지는 소리, 풀벌레의 울음으로 우주의 소식을 듣는다. 감이수통感而遂通이다.

"울타리 아래서 국화를 따다가 허리를 펴니 남산이 유연히 눈에 비쳐온다. 산 기운은 저녁 나절에 더욱 좋고 새들이 짝지어 돌아온다. 이 가운데 참다운 이치[眞意]가 들어 있으니 말하려고 하나 이미 말을 잊었노라[已忘言]"고 한 도연명은 말과 생각이 끊어진 이언절려離言絶慮의 자리에서 '무사 무위'의 역易에 참여하고 있다.

'적연부동'은 도의 본체, 이곳은 무동無動 무효無爻로서 감히 길흉이 따라붙지 못하는 자리이기도 하다.

서화담徐花潭과 지뢰복

불원복不遠復이라, 무지회無祇悔니 원길元吉이라.

상왈象曰 불원지복不遠之復은 이수신야以脩身也라.

복괘의 유일한 양효(䷗)인 초구는 "머지않아 회복함이니, 뉘우치는 데까지 이르지 아니하니 크게 길하다. 상에 말씀하기를 그 불원지복不遠之復은 몸을 닦음으로써니라."

주역 지뢰복地雷復괘 초구 효사의 말씀이다. 이 뜻을 취해 화담 서경덕 선생은 '복재復齋'라고 자호했다. 그는 어려서부터 같은 잘못을 거듭하지 않았다고 한다.

복괘란 지地와 뢰雷가 만나서 지뢰복괘가 된 것인데 복괘의 기호를 보면 오음五陰 밑에 일양一陽이 일어나고 있는 형상이다. 음이 극성한 동짓달 11월, 얼어붙은 땅 속에 초목의 종자가 발아하는 모습이다. 이를 본받아 군자는 어려운 과정을 이겨내고 사람으로서의 본성을 회복한다는 극기복례克己復禮의 뜻이 담겨 있다.

어릴 때 선생은 어머니의 심부름으로 들에 나가 나물을 뜯다가 새 새끼가 나는 것을 보았다. 벌거숭이 종달새 새끼가 털이 나고 날개가 생기더니 공중에 날아오른다. 김을 매다보니 땅 속에서는 씨앗이 돋는다. 무엇이 그렇게 하는가? 끝없는 궁리를 거듭하다가 육안으로는 볼 수 없는 '무형無形의 지기地氣'를 깨닫는다. 땅[地]에서 움직이고[雷] 일어나는 기운. 누가 그렇게 하는가? '기자이氣自爾' 기가 스스로 그렇게 한다는 것이다. 기론氣論은 그의 철학의 모태이자 출발점이 된다. 「원리기原理氣」「이기설理氣說」「태허설太虛說」「귀신생사론」 등의 글을 남겼다.

사람이 죽어 흩어짐은 형체만 흩어질 뿐이요, 담일 청허한 기운의 뭉침은 끝까지 흩어지지 아니하느니 흩어진다 해도 태허太虛 담일한 안에 있어 그와 동일한 기라는 것이다. 그는 또 "복復괘에서 천지의 마음을 본다復基見天地之心說"는 명문을 남겼다. 동짓날은 하늘과 땅이 회선回旋을 시작하는, 즉 음양이 변화하는 날이다. 사람에게 있어 인과 지智의 본성이나, 충서忠恕의 도리는 지일至日의 이치에 부합된다고 보며 그는 "사람이 능히 복復의 이치를 알면 도에서 멀지 않다"고도 말했다.

이理와 기氣의 근원에 대하여

무외왈태허無外曰太虛요, 무시자왈기無始者曰氣며

허즉기야虛卽氣也니라. 허본무궁虛本無窮이니 기역무궁氣亦無窮이라.

한이 없는 것을 '태허'라 하고, 시작이 없는 것을 '기氣'라 하는데, '허공'은 곧 '기'인 것이다. 허공은 본시 끝이 없으며 '기'도 역시 끝이 없다.

기氣 철학자 화담 서경덕의 「이기설理氣說」(『서화담문집徐花潭文集』)의 서두이다. '이理'는 우주나 자연의 원리 같은 것을, '기氣'는 만물이 이룩되기 전부터 있었던 원소元素와 같은 기운을 뜻한다. 송대宋代에 이르러 우주나 인간의 원리를 연구하려는 철학적 경향이 짙었는데 이를 '이학理學' 또는 '성리학性理學'이라 불렀다. 성리학에서는 '이'와 '기'가 가장 중요한 학문상의 명제命題가 되고 있다. 화담의 기철학은 중국의 『사고전서四庫全書』에 등재될 만큼 높은 평가를 받았다.

'허즉기야虛卽氣也, 허공은 곧 기다.' 그의 「이기설」은 이렇게 이어지고 있다.

"기氣의 근원은 그 처음이 '일一'이다, 이미 '기'라고 한다면 '일'은 곧 '이二'를 품고 있게 되며, '태허太虛'도 '일'이 되니 그 가운데에도 '이'를 품고 있는 것이다.('일'이 '이'를 낳는데 '이二'란 음양을 뜻한다.) 이미 '이'가 되면 이제는 열림과 닫힘[闔闢]이 없을 수가 없고, 움직임과 고요함[動靜]이 없을 수가 없고, 생겨남과 극복함[克]이 없을 수가 없게 되는 것이다."

(그것은 무슨 까닭인가? 우주의 기틀이 스스로 그렇게 한다는 것이다. 어느 날 밤송이 가시 속에서 알밤이 튀어나올 때 그것은 '기자이氣自爾'다. 여자의 몸도 어느 때가 되면 '생리'로써 출산의 문이 열리고 스스로 닫힌다. 누가 그렇게 하는가? '기 스스로 그러하다'는 화담 선생의 '기氣철학'에 내가 경도된 것도 그 때문이었다.)

"그처럼 열리고 닫힐 수 있고, 움직이고 고요할 수 있고, 생겨나고 극복할 수 있는 까닭이 되는 근원을 따져, 그것에 이름을 붙여 '태극太極'이라고 하였다.

'기'의 밖에는 '이理'가 없는데, '이'는 '기'의 지배자[宰]인 것이다(기외무리氣外無理니 이자기지제야理者氣之帝也). 이른바 지배자라는 것은 밖으로부터 오는 것이 아니며, 지배자로서 그 '기'의 작용을 지시하여 바르게 저절로 그렇게 될 근거를 잃지 않도록 하기 때문에 그것을 지배자라고 말하는 것이다.

이理는 기氣보다 앞선 것이 아닌데, 기는 시작이 없으니氣無始 이는 본시부터 시작이 없는 것이다理固無始. 만약 이가 기보다 앞서는 것이라 한다면 곧 기는 시작이 있게 될 것이다.

노자老子가 말하기를 "공허함은 기氣를 낳을 수 있다"고 하였는데 그렇다면 기는 시작이 있고 한계가 있게 되는 것이다.

화담은 이와 같이 짚었다. 태허는 곧 '기氣'이다. 비고 고요함[虛靜]은 기의 본체이고, 모이고 흩어짐[聚散]은 그 작용이다. '허虛'가 비어 있는 게 아님을 알았으니 그것은 '무無'라고 말할 수는 없을 것이다. 노자는 "무無에서 낳는 것이 있다"고 하였는데 '허虛'가 곧 '기氣'임을 알지 못한 때문이다. 만약 '허'가 '기'를 낳는다고 한다면 곧 그것이 생기지 않았을 당시에는 '기'가 있지 않았을 것이니 '허'는 죽은 게 된다. 이미 있지 아니한데 기는 또 어디로부터 생긴단 말인가. 화담은 「태허설太虛說」 결구에서 또 이렇게 쓰고 있다.

"'기'는 시작도 없고 낳음도 없다. 이미 시작이 없다면 어디서 끝날 것인가? 이미 낳음이 없다면 어디서 없어질 것인가? 노자가 '허무虛無'를 말했고 붓다는 '적멸寂滅'을 말했는데 이것은 '이기理氣'의 근원을 알지 못했던 때문이니, 어찌 도道를 알 수 있겠는가?"

화담 선생의 보충설명을 따라 읽는다. "역易이라는 것은 음양의 변화이다. 음양陰陽 두 '기'. 이것은 태일太一이다. 둘이기 때문에 하나로 변하므로 오묘함은 변화 이외에 따로 있는 게 아니다. 일음, 일양 두 기가 생겨나고 또 변화하면서 끊임이 없는生生之謂易 이것은 곧 '태극'의 오묘함이다. 만약 겉의 변화를 가지고 오묘함을 말한다면 '역易'을 아는 사람이 아닐 것이다."

이는 또 무슨 말씀인가? 변역變易 속에 불역不易을 지칭한 게 아닌가 한다. 만물을 시시각각 변화하게 작용하면서도[變易] 변하지 않는[不易], 그 근본 이치를 '이理' 또는 '태극' 또는 '도道'라고 한다. 자연의 작용의 기틀이 스스로 그렇게 되니 이른바 '일一'의 음과 '일一'의 양을 '도'라고 한다는 그것이 아닐까 생각한다.

무현금無絃琴

금이무현琴而無絃은 존체거용存體去用이라.

비성거용非誠去用이오, 정기함동靜其含動이니라.

거문고에 줄이 없는 것은 본체[体]는 놓아두고 작용[用]을 뺀 것이다. 정말로 작용을 뺀 것이 아니라 고요함[靜]에 움직임[動]을 함유하고 있는 것이다.

화담 서경덕(1489-1546) 선생의 「무현금명無絃琴銘」의 서두이다. 줄 없는 거문고에 새긴 '명문銘文'인데 글은 다음과 같이 이어진다.

"그것을 소리를 통하여 듣는 것은 그것을 소리 없음에서 듣는 것만 못하며, 그것을 형체를 통하여 즐기는 것은 그것을 형체 없음에서 즐기는 것만 못하다. 형체가 없음에서 그것을 즐기므로 그 오묘함을 체득하게 되며, 소리 없음에서 그것을 들음으로써 그 미묘함을 체득하게 된다.

밖으로는 있음[有]에서 체득하지만, 안으로는 없음[無]에서 깨닫게 된다. 그 가운데에서 흥취를 얻는다는 것을 생각할 때 어찌 줄[絃]에 대한 노력을 기울이게 되겠는가? [一]

그 줄[絃]은 쓰지 않고, 그 줄의 줄 소리 밖의 가락을 쓴다. 나는 그 본연本然을 체득하고 소리로써 그것을 즐긴다. 그 소리를 즐긴다지만 소리는 귀로써 듣는 것이 아니요, 마음으로 듣는 것이다. 그러한 것을 지표로 삼고 있거늘 어찌 내 거문고를 귀로 들으랴. [二]"

화담 선생은 줄 없는 거문고 소리를 마음으로 듣는다. '오득기천吾得其天하고 악지이음樂之以音이라.' 그 본연을 체득하고 소리로써 즐기되 마음으로 듣는 것이요, '외득어유外得於有하고 내회어무內會於無라.' 밖으로는 있음[有]에서 체득하지만 안으로는 없음[無]에서 깨닫게 되기 때문이다外得於有 內會於無. 본질이란 무無에 가깝다. 고요함에 움직임을 함유하는 정기함동靜基含動은 도道의 모습이다. 자연과 융화되는 선생의 높은 경지를 엿보게 한다.

육우陸羽와 풍산점

육자陸子는 이름이 우羽이고, 자는 홍점鴻漸이며 어디 사람인지 모른다.

『다경茶經』의 저자 육우가 『육문학자전陸文學自傳』 첫머리에서 밝힌 글이다. 태어난 지 사흘 만에 그는 서호 강가에 버려졌다. 새들이 깃털로 영아를 감싸고 있는 것을 보고 스님이 데려와 절에서 길렀다. 울분을 억제하지 못한 청소년기, 그는 홀로 들판을 쏘다니다가 이슥해지면 소리내어 울면서 돌아왔다고 한다. 15세에 『주역』과 6경을 읽었다. 어느 날, 그는 주역 점을 쳐 수산건水山蹇괘를 얻었다. "험한 물이 앞을 가로막고 있어 나아가지 못하니 불길하다"고 하는 괘다. 다리 절뚝거릴 '건蹇' 자를 파자하면 언 발寒+足=蹇이 되니 더는 나아가지 못함을 뜻한다. "험난한 때의 쓰임이 크다蹇之時用 大矣哉"라고 주역은 일러준다.

공자는 "산 위에 물이 있는 것이 건蹇이니 군자가 이로써 몸을 돌이키고 덕을 닦으라"고 반신수덕反身修德을 주문한다. 본괘에 이어 6효의 변화를 알아보기 위해 그가 두 번째로 뽑은 지괘之掛는 풍산점風山漸괘였다. 본괘는 체体로서 운명괘에 해당하고, 지괘는 용用으로서 운명의 변화 과정을 나타낸다고 볼 수 있다. 즉 언 발로 나아갈 수 없는 '수산건'괘에서 입장과 형편이 향상되어 점점 나아간다는 '풍산점'괘를 얻은 것이다. "풍산점'은 안[山]으로는 멈추어 고요하고內艮止, 밖[風]은 겸손하고 순일하므로 나아감에 곤궁함이 없으니, 차례를 따라서 점점 발전한다"는 좋은 뜻을 담고 있다. 그는 풍산점 3효의 말씀에서 자신의 성씨와 자호를 자져왔다.

"홍점우육鴻漸于陸이라. 기러기가 뭍陸으로 나아감이니, 지아비가 정벌에 나아가면 돌아오지 못하고 지어미는 잉태하더라도 생육生育하지 못하리니 흉하다. 도적을 막는 것이 이로우니라."

이 효사 앞에서 물가에 버려진 어린 날을 떠올리고 자식을 버려야만 하는 어미의 입장을 포함한 자신의 운명을 상징한 괘라고 생각했던 것일까? 여기에서 그는 성을 육陸 씨로, 자는 홍점으로 낙점했다. "그 날개[羽]가 가히 본받을 만하다"는 풍산점괘 마지막 효사에서 '우羽'를 자신의 이름으로 삼았다. 육우陸羽, 그는 평생을 독신으로 오두막 띠집의 문을 닫아걸고 반신수덕하며 각고의 노력으로『다경茶經』을 완성했다. 사람들은 그를 '다성茶聖'이라 칭송했다.

화가 정선과 지산겸

구삼九三은 노겸勞謙이니 군자유종君子有終이라 길吉하니라.

상왈象曰 노겸군자勞謙君子는 만민萬民의 복야服也라.

구삼은 수고로워도 겸손함이니, 군자가 마침을 둠에 길하니라.

상에 가로되 '노겸군자'는 모든 백성이 복종함이라.

『주역』 지산겸地山謙괘의 3효 효사의 말씀이다. 화가 정선鄭敾(1676~1759)은 역리易理에 밝아 스스로 괘를 내었는데, 겸謙괘를 얻어 '겸재謙齋'를 자호로 삼았고 '겸노謙老'를 낙관으로 사용하기도 했다. 그는 명문가의 자손이었으나 일찍 아버지를 여의고 노모를 봉양함에 한때는 주역 점을 쳐서 생계를 도운 적도 있다.

겸(䷎)괘는 위에 땅이 있고 아래에 산이 있는 괘상으로서, 높은 산이 땅보다 아래에 처하여 겸손하므로 '지산겸地山謙'이라고 한다. 그 중에 구삼은 5음陰 가운데 유일한 양효로서 바른 자리를 얻었으니 위로는 임금이 신임하여 임무를 맡기고, 아래로는 모든 백성[五陰]들이 따른다는 판단이다. 그는 영조의 총애로 벼슬이 오를 때마다 사간원의 대신들은 '천한 재주로 이름을 얻고 잡된 길로 몸이 발탁되어 이미 지나침이 많건만…' 하면서 정선을 쫓아버리라고 상소문을 올렸으나 종2품 동지중추부사에 올랐다. 그는 겸괘의 말씀을 되새기며 몸을 낮추고 수고를 마다하지 않은 '노겸군자'로서 조선팔도를 돌아다니며 수없는 실경實景을 사생한 끝에 그 특유의 진경산수화풍을 창출해내었다. 〈풍악도첩〉 13폭, 내외금강산의 진경을 그린 〈해악전신첩〉 21폭이 모두 빼어났다.

"그림마다 음양의 대비가 더욱 극명하고 음중양陰中陽의 자연섭리가 더욱 자연스럽게 표출되며 음을 상징하는 토산은 더욱 임리淋離하고 양을 상징하는 암봉岩峰은 더욱 삼엄하다. (…) 과연 천공天工의 조화를 인공人工의 묘리로 빼앗은 느낌이 든다. 진정 화성畵聖의 경지에 오른 것이다." 미술평론가 최완수의 논평이다.

겸재謙齋 정선은 겸괘의 괘사대로 만년(84세)의 삶이 '유종의 미'를 거둔 바가 된 것이었다.

간위산艮爲山

위학일익爲學日益하고 위도일손爲道日損이라.

학문은 날로 채우려들지만, 도道는 날로 비우려 한다.

노자의 도를 숭상하면서도 나는 앎에 대한 욕망을 떨치지 못하고 지냈다.

어느 날 불 꺼진 전구처럼 눈앞이 갑자기 캄캄해졌다. 게다가 이따금씩 내리꽂히는 통증은 활시위 긋듯 했다.

잠들지 못하는 밤, 거실의 푸르스름한 어둠을 깔고 혼자 앉았다.

나는 '간위산艮爲山'이 되었다.

산이 중첩된 주역의 간艮괘는 가부좌를 틀고 앉은 사람의 형상이다.

순간 간괘의 지의止意 그 '멈춤'에 마음이 가닿았다.

"책을 읽지 않은 지 10년이다"라고 읊은 소강절(북송의 철학자)

에게 "그분은 읽음을 멈출 줄 알았다"고 말씀한 분은 화담 서경덕이었다.

독좌무언獨坐無言.

나는 야반삼경에 그분들의 말씀을 되새긴다.

변화의 주재자가 신神이다

지변화지도자知變化之道者는 기지신지소위호其知神之所爲乎인저!

변화의 도를 아는 사람은 그 신神의 하시고자 하는 바를 아는구나!

「계사전」 제9장에서 공자가 하신 말씀이다. 그리고 『논어』「술이편」에서 공자는 "나는 '괴, 력, 난, 신怪力亂神'을 말하지 않았다"고 언급했다. 그렇다면 이 '신神'이란 대체 무엇인가? 프랑스의 계몽주의 사상가 볼테르는 공자의 초상화를 집에 걸어놓고 예배를 드렸는데 공자가 신비함이나 기적을 말한 바 없이 최고의 덕목을 인仁에 두고 인간을 교화한 그의 인간성에 감격한 나머지 그렇게 했다는 것이다. 그러니까 공자가 「계사전」에서 언급한 신은 신비한 예언자로서의 초월적인 신god이 아니라 변화의 주재자를 신으로 보았던 것이다. 자연의 질서에 따라 봄, 여름, 가을, 겨울이 가고 오듯이 원형이정元亨利貞의 운행방식에 따라 변화하는 그 음양의 근거를 공자는 신神으로 보았다.

동양에서의 자연은 창조자의 피조물이 아니라 '스스로 그러함'의 자연自然일 뿐인 것. 가령 밤송이 가시에서 알밤이 튀어나왔을 때 무엇이 그렇게 했을까? 기氣 스스로 그렇게 한다는 것이다. 외부의 에너지를 필요로 하지 않고 자체적으로 운동할 수 있는 추동력, 그 근거가 바로 음양이며 도道이며 자연이고 신神인 것이다. 서양과는 달리 동양에서는 자연의 설계자 개념이 없기 때문에 따라서 세계의 창조자라는 개념도 없다.

자연自然이란 글자 그대로 '스스로 그러함'의 자연이다. 스스로 그러함이란 무엇인가. 한번 양陽이 되었다가 한번 음陰이 되는 그 운행의 자체 조직성이 그러하다는 것이다. 음양변화의 작용에 의해 헤아릴 수 없이 나타나는 이 '음양의 불측不測'을 일러 신神이라고 한다. 때문에 변화의 도를 알면 그 신神의 하시고자 하는 바를 알게 되며, 삶과 죽음의 이치까지도 알 수 있게 된다고 한 것이다.

지혜의 서『주역』

주역周易은 무의식을 의식화시키는 도구요, 수천 년 동안 사용되어진 유일무이唯一無二한 지혜의 서書다.

카를 구스타프 융(1875~1961)이 그의 자서전『회상·꿈·사상』에서 이같이 언급하며 "나의 인생은 무의식이 자기를 실현해가는 과정이다" 따라서 그는 자신의 생애를 '무의식의 자기실현의 역사'라고 말했다. 융은 의식 밑에 개인적 무의식, 그리고 그 밑에 다시 집단적 무의식이라는 3층 구조를 가진다고 했다. 의식은 우리가 보통 말하는 '마음'이고, 개인적 무의식이란 그 사람만이 가지고 있는 어떤 버릇을 말하며, 집단적 무의식이란 그 민족 혹은 인류 전체가 가지고 있는 하나의 버릇을 의미한다. 의식의 내용은 자기 자신의 통솔이고, 개인적 무의식의 내용은 갈등(콤플렉스)이고, 집단적 무의식의 내용은 원형原形이라고 했다.

정신병이란 개인의식의 분열에 문제가 있는 것이다. 건강하다면 의식이 무의식을 지배하는데, 약해지면 의식에 분열이 생긴다. 융은 이것의 통일을 위하여 무의식 안의 모든 내용을 완전히 의식화시킬 것을 강조하며 이것의 통합이 이루어져야 병이 치료된다고 했다. 그 방법으로서 그는 『주역』을 지목했다. 주역은 의식이 막다른 한계에 부딪쳤을 때, 절망적 상황에서 소용된다. 우리의 의식이 한계에 도달할 때, 거기 무의식의 내용이 활성화된다. 주역 점에 궁금한 것을 물으면 신명神明은 말로 할 수 없기에 괘卦라는 이미지를 통해 그 답을 일러준다. 주역의 신神은 고요히 움직이지 않다가寂然不動 느껴서 드디어 천하의 연고緣故에 통한다. 파장의 울림이 일 때 '외감外感의 내응內應' 같은 것이 일어난다. 여기서 주역의 신[至神]이란 초월적인 신god을 의미하는 것이 아니라, 융 심리학에서 말하는 '인간의 원형' 즉 내재적인 신을 뜻한다.

무엇보다도 융의 무의식관觀은 무의식이 자율성을 가진 창조적 조정능력을 가진 것으로 보았다. 주역의 점占도 무의식이 그 자체의 자율적인 의지에 의해서 의식을 자극하여 무의식을 깨닫도록 하는 능력을 발휘한다는 것. 그런 의미에서 무의식은 의식의 훌륭한 안내자이며 충고자라고 할 수 있다.

주역의 핵심은 괘이며, 괘는 바로 무의식의 세계에서 나타나는 이미지가 상징화된 것으로 정신분석학에서 말하는 '잠재의식 개발에 있어 『주역』은 중요한 고전'이라고 융은 밝혔다. 왜냐하면 정신분석학적인 과정에서 볼 때 주역의 64괘는 자아의 행동과 내성內性 깊이 성찰하도록 구성되어 있는 바, 이는 "현대정신분석학에서 말하는 잠재의식의 개발 방법과 일치한다"는 견해였다. 30년간 주역을 연구한 융은 주역 점도 능숙하게 다룰 줄 알았다. 친구인 빌헬름이 『역경』을 번역했을 때 「유럽 독자를 위한 주해注解」라는 장문의 서문을 썼으며, 1950년 그의 제자인 베인즈 부인이 빌헬름의 독일어판 『역경』을 영역하였을 때도 「역과 현대」라는 제목의 서문을 썼다. 쓰기 전에 『역경』이 과연 영어권 독자에게 어떻게 받아들여질 것인가에 대해 점을 쳐서 묻기도 하였다. 동전척전법으로 그가 얻어낸 답은 50번째 '화풍정火風鼎'괘였다. 그는 '화풍정'을 삶은 음식물을 담고 있는 제기祭器 혹은 '정신적인 음식물' 내지는 정제된 문화의 도구로서 『역경』을 솥에 비유했다. 변괘와 호괘를 살피며 그는 스스로 주의할 점도 기록하고 있다.

"역경의 말은 하나의 암시이다. 그 암시에서 자유로운 연상을 일으켜서 자기가 지닌 문제를 생각하고 해결해나가야 한다"고 적고 있다. 자기만의 유추와 해석은 오로지 당사자의 몫이다. 역易은 내 마음 속에 있기 때문이다. 융은 분석심리학의 창시자요, 인류의 원초적 상징의 해석자이며, 무의식의 언어를 해독하고, 개체화 과정을 통해 자신을 찾아가는 과정 중에 있는 사람들을 안내하고 지도한 영혼의 의사였다.

신성神性의 원형의 존재를 증명할 뿐이다

부르든 부르지 않든 신神은 항상 존재할 것이다Vocautus atque non vocatus deus aderit.

카를 구스타프 융(1875~1961)이 잠든 퀴스나흐트에 있는 그의 묘지의 묘비명이다. 또한 그의 집 현관 문에서도 만날 수 있는 글귀이다. 그의 『자서전』에도 등장하는 이 글귀는 심층심리학자인 융을 이해하는 키워드라고 할 수 있다. 집안에 목사가 여섯 명이나 되고 융도 신앙을 가지고 있었지만 그는 어떤 종파에도 속하지 않았다. 융의 수제자인 폰 프란츠는 자기 스승을 가리켜 '큰 샤먼'이라고 불렀다. 샤먼은 저승의 신들을 불러 환자의 병에 대해 묻는다. 이러한 입무入巫의 과정은 융의 '개성화과정'의 원초적인 유형이다. 그는 자기 연구의 주요 관심사는 노이로제를 다루는 것이 아니라 누미노제numinose 즉 신뢰와 함께 두려움을 자아내는 '신神

적인 것'에의 접근이라고 밝혔다. 누미노제를 체험하는 사람은 질병의 저주에서 풀려나게 되는데 그것은 병 자체가 누미노제적 성격을 가지는 것이라 했다. 융은 신神과 영혼의 관계를 설명하기 위해서 '내적內的인 신神'이라는 개념을 사용했다.

만년에 "신을 믿느냐?"는 기자의 질문에 그는 빙그레 웃으며 "신을 안다"고만 답했다. 그리고 "내가 신神의 존재를 증명하고 있다고 생각한다면 그것은 유감스럽게도 착각이다. 나는 신성神性의 원형의 존재를 증명할 뿐이다. 우리가 심리학적으로 신神에 대해서 말할 수 있는 것은 이것이 전부"라고 말했던 게 생각난다.

융은 '무의식'이 자율성을 가진 창조적 조정능력을 가진 것으로 보았으며 주역의 점占도 무의식이 그 자체의 자율적인 의지에 의해서 의식을 자극하여 무의식을 깨닫도록 하는 능력을 발휘한다는 것이었다.

공자는 「계사전」에서 말한다. "신神에는 방소方所가 없고 역易에는 체体가 없다"고. 형체가 없는 신神은 언제 어디에서나 존재한다. 그러므로 신神은 부르면 오고, 부르지 않으면 오지 않는다고 한 것이다.

제3장

자연

표상은 본체가 아니다

숭고한 정신은 표면에 나타나는 것이 아니요, 나타난 것은 일체의 의복이며 표상에 불과하다. 표상을 본체인 것처럼 망상할 때, 인류는 수렁으로 빠지게 된다.

영국의 비평가 토마스 칼라일(1795~1881)의 『의복철학』에서 만날 수 있는 글귀이다. 서른여섯 살이 되는 어느 여름날, 그는 특별한 체험을 경험한 뒤 이렇게 적었다.

"나는 나에게 물었다. 도대체 네가 무서워하는 것이 무엇이냐? 너는 왜 비겁하게 줄곧 울고 콧물을 흘리고 벌벌 떨면서 걷고 있느냐, 덜된 인생아. 네 앞에 놓인 최악의 경우가 도대체 무엇이란 말인가. 죽음이냐? 그래, 그렇다고 하자. 그리고 지옥의 고통이나 악마의 고문이 너에게 할 수 있는 전부이겠지. 그런데 너는 그것이 무엇이기에 그것을 이겨내지 못하고 비겁하게 쫓기고 있단 말인가. 생각해보라. 네가 비록 쫓겨났다고는 하지만 너는 그래도 자유의 아들이 아니냐? 지옥불이 너를 태워버리기 전에 너는 네 발을 들어 지옥불을 짓밟아버릴 수는 없단 말이냐? 무엇이나 올 테면 오너라. 부딪쳐보자구나. 그것이 지옥이건 악마건 맞서보자꾸나."

옷의 노예였던 인간이, 옷을 지배하는 인간으로 바뀌는 과정을 그는『의복철학』에 적었다. 한마디로 그것은 자유의 지칭이었다. 칼라일은 몸과 마음을 훌훌 벗어버린 자기를 보고서야 비로소 생사生死와 유무有無에 끌려다니지 않는 자기를 붙잡게 되었노라고 토로했다.

"꺼져라. 거짓 희망의 그림자여! 나는 더이상 너를 쫓을 생각은 없다. 나는 너를 이제는 믿지 않겠다. 그리고 너희들 굶주린 공포의 유령들이여, 너희와도 인연을 끊겠다. 너희들도 모두 그림자의 거짓이다. 자, 나는 이제부터 좀 쉬어야겠다. 여행에 지치고 삶에 지쳤다. 이대로 죽어버려도 좋다. 나는 이제는 자야겠다. 죽건 살건 나에게는 마찬가지다. 모두 아무 뜻도 없는 것이다."

그동안 나는 무엇에 시달려왔는가. 거짓 희망의 그림자를 이제야 깨닫는다. '희망은 최후의 적敵'이라며 그것마저 놓아버린 니코스 카잔차키스를 생각한다. "나는 아무것도 바라지 않는다"며 그는 마침내 '자유'를 외쳤다.

거기에서 또한 사람의 칼라일을 본다.

하늘의 피리소리

자유왈子游曰 지뢰즉중규시이地籟則衆竅是已 인뢰즉비죽시이人籟則比竹是已 감문천뢰敢問天籟 자기왈子綦曰 부취만부동夫吹萬不同 이사기자기야而使基自己也 함기자취咸其自取 노자기수사怒者其誰邪.

제자인 자유가 말했다. "땅의 피리地籟소리는 여러 구멍에서 나오는 소리이고, 사람의 피리人籟는 대나무로 만든 악기에서 나는 소리군요. 그럼 부디 하늘의 피리소리天籟에 대해 말씀해주십시오." 스승인 자기가 답했다. "(수없는 것에 바람이 불어 나무 구멍의 모양에 따라 서로 다른 소리를 내고 있어도) 각기 스스로가 소리를 내는 거야. 모두 제 스스로 초래한 소리라면 그렇게 사나운 소리를 나도록 한 것은 무엇인가?"

『장자莊子』「제물론齊物論」의 한 대목이다.

장자는 그들의 대화를 통해 무엇을 말하고자 함이었을까?

스승 남곽자기의 말을 더 들어보자. "말하자면 대지가 내쉬는 숨결을 바람이라고 하지. 그게 일지 않으면 그뿐이지만 일단 일었다 하면 온갖 구멍이 다 요란하게 울린다. 너는 저 윙윙 울리는 멀리서 불어오는 바람소리를 들어봤겠지. 산림山林 높은 봉우리의 백 아름이나 되는 큰 나무 구멍은 코 같고 입 같고 귀 같고 옥로 같고 술잔 같고 절구 같고 깊은 웅덩이 같고 얕은 웅덩이 같고 갖가지 모양을 하고 있지. 콸콸 거칠게 물 흐르는 소리, 씽씽 화살 나는 소리, 나직이 나무라는 듯한 소리, 흐흑 들이키는 소리, (…) 새가 울듯 가냘픈 소리 등 갖가지로 울리지. 앞의 바람이 휘휘 울리면 뒤의 바람이 윙윙 따른다. 산들바람에는 가볍게 응하고, 거센 바람에는 크게 응해. 태풍이 멎으면 모든 구멍이 고요해진다. 너는 나무가 바람 때문에 크게 흔들리기도 하고 가볍게 흔들리는 걸 보았겠지."

남곽자기는 대지가 토하는 숨결을 '바람'이라 하며 바람이 불지 않으면 그만인데 일단 바람이 일면 구멍이란 구멍은 모두 바람에 불려 요란한 소리를 내지른다고 한다. 그렇다면 바람이 없다면 어떨까?

적적요요寂寂寥寥, 자연은 본디 희언자연希言自然이다.

'소리'는 분별을 일삼는 우리의 언설言說일 테고 '바람'은 포착하기 힘든 우리의 '마음'을 상징하는 것 아닐까. 그것(바람)이 울리지 않으면 '구멍'은 본디 무심無心이다. 마음의 작용은 현상이요, 구멍은 희언자연, 본질이다. 마음이 멎으면 세상도 따라서 고요하다. 그러므로 하늘의 피리소리天籟는 나로부터 연유한 것임을 짐작이나마 해본다.

그렇다면 그렇게 사나운 소리를 나도록 한 것은 무엇인가? 내가 존재한다는 그 유신견有身見 때문이 아닐까. 소리를 나도록 하지 않으려면 어떻게 해야 하는가? 장자는 남곽자기를 통해 말한다. "금자오상아今者吾喪我 지금 나는 나를 잃어버렸다"고.

그것은 다름아닌 현상으로서의 자기 부정이 아닌가. 현상이 무너질 때 본질이 드러나는 법. 이는 본질[道]에의 계합이다.

2,300년 전의 그 장자가 무아無我로 내 앞에 우뚝 나타난다. 나도 즉시 '무념無念', 형체 없는 유령으로 어둠 속에 잠겨든다. 페이드아웃, 무대에 조명은 꺼지고 객석은 너른 들판. 다시 희언자연이다. 텅 빈 자연은 본래대로 고요할 뿐, 아무런 일이 없다. 우리는 잠시 그 길을 다녀갈 뿐이겠다.

장자가 만든 우화의 주인공 남곽자기는 책상에 기대 앉아 하늘을 우러르며 '후' 하고 길게 숨을 내쉬며 멍하니 자기 몸을 잊은 것 같다고 했다. '앙천이허仰天而噓' 이것이 바로 장자가 말하고자 한 '천뢰'가 아닐까. 천천히 내쉬는 숨을 '허噓'라고 한다. 생명은 다만 호흡, 그것은 그가 하늘을 향해 내는 피리소리이다. 지금 여기에 현존現存과 마주하는 순수의식, 호흡 외 다른 무엇도 없다. 그러므로 "지금 나는 나 스스로를 잃어버렸다"며 "너는 그것[今者吾喪我]을 알 수 있겠느냐?"고 물었던 장자의 의중, 그것은 오랫동안 내 안에 머물러 있던 질문이기도 하였다.

그러다 어느 날 문득 "모든 형상[諸相]에서 상 아님[非相]을 보면 진리[道]를 보리라"던 『금강경』 일구가 용케도 떠올랐다. 유에서 무無를, 현상에서 본체[道]를 보라는 말씀, 그래서 장자는 짐짓 자기 몸을 지웠던 것이 아닐까, 그 유신견有身見을. '금자오상아今者吾喪我'를 다시금 생각해본다.

*희언자연希言自然 ; 『노자』「희언장希言章」에 연유하며, 희언은 소리가 없는 말이다, 소리는 무엇과 무엇의 충돌이나 마찰될 때 생기는데 그것은 자연에 위배되는 것으로 소리 없는 무성無聲이야말로 자연의 본모습이라 하겠다.

본질은 불멸不滅한다

개인은 죽으면서 사라져버리지만 본질 자체는 종말을 맞은 것이 아니므로 우리는 죽음에서 잃을 것은 아무것도 없다.

쇼펜하우어가 「본질불멸론」에서 밝힌 내용이다. 그는 '죽어서도 우리의 본질이 불멸함에 관한 이론'이라는 제목으로 글을 썼는데 이것은 사후의 영혼이 존속한다는 '영혼불멸론'과는 다르다는 것을 전제한다. 영혼불멸설의 과오를 그는 이렇게 지적한다.

첫째, 우리의 영혼과 육체를 대립시킨 것이 잘못이고 둘째, 인격성으로서의 영혼을 물자체物自體의 지경에까지 끌어올린 것이 잘못이다. 그러므로 영혼불멸론은 우리의 본질이 불멸하다는 참된 인식에 방해가 된다는 것이다. 현상계는 시간과 공간, 그리고 인과성이라는 주관적 인식형식에 의존한 것이고, 본체계는 이러한 주관적 인식형성과는 무관하게 있는 것이다. 개인은 죽으면서 사라져버리지만 그럼에도 죽음에서 잃는 것은 아무것도 없다는 것이다.

인간은 죽음을 통하여 생명을 빼앗기게 되더라도 본질 자체가 종말을 맞는 것은 아니요, 한 인간의 죽음을 보고서 이들 물자체物自體가 무無가 되었다고 생각할 수는 없다는 것. 이는 오히려 어떤 현상이 그의 형식인 시간 속에서 종말을 맞게 된 것이지 그로 인하여 물자체가 피해를 입는 것은 아니라고 설명한다. 눈앞의 세계만을 실재하는 것으로 볼 때, 죽음은 무화無化이고 출생은 새로운 생성이다. 그러나 현상의 한계를 넘어서면 죽음이나 출생이나 다른 것이 없다. '죽는 것은 생生이 나온 것으로 되돌아감이요, 생의 근원과 죽어서 가는 곳은 같다.' 그러므로 생과 사는 둘이 아니다. 현상학적으로는 생사生死가 오고 가지만 본체계로 보면 출생도 죽음도 무엇을 오게 하거나 가게 하지 않는다는 것이다. 자연은 생성과 소멸의 지배를 받고 있으나 자연의 근저에 놓여 있는 본질[道]은 그것들의 영향을 받지 않는다는 것이다.

영허소장盈虛消長은 현상계의 작용일 뿐

객역지부수여월호客亦知夫水與月乎아.

그대는 저 물과 달을 아는가.

소동파의 시 「적벽부」의 일구이다. 임술년 가을 기망에 소동파는 객과 더불어 배를 띄우고 적벽 아래에서 노닐었다. '맑은 바람은 서서히 불어오고 물결은 일지 않더라.' 조금 있으니 달이 동산 위에 나타나 북두성과 견우성 사이를 배회한다. 흰 이슬은 강 위에 비껴 내리고 물빛은 하늘에 닿아 있다. 이때 어떤 객이 퉁소를 부는데 그 소리가 원망하는 듯 흐느끼는 듯했다. 동파가 '어찌 곡조가 슬프냐?'고 물었다. 객은 적벽강에서 참패한 조조를 떠올리며 "진실로 일세의 영웅인 그는 지금 어디에 있는가? 인간이 세상에 붙어 있는 것은 마치 하루살이의 짧은 삶을 천지간에 의탁한 거와 같고, 아득한 창해滄海의 좁쌀 한 알이라. 내 일생의 수유함을 슬퍼하고 강산의 다함없음을 부러워한다며 이 맑은 경치를 영원히 누릴 수 없으니 그것을 슬퍼한다"고 말한다. 이때 동파의 위로가 우리를 향한다.

"그대는 저 물과 달을 아는가? 흘러가는 것은 이와 같다지만 그러나 일찍이 가는 것만이 아닌 것을. 차고 비움[盈虛]이 저와 같으나 마침내 소장消長할 수 없음이라."

물이 흐르되 다 흘러가버린 적이 없고, 달이 만월이 되거나 기울어 초승달이 되어도 달은 끝내 없어지거나 사라지지 않는다. 영허소장盈虛消長은 현상계의 작용일 뿐, 본체는 변하지 않는다.

"대저 그 변變하는 자, 스스로 볼진대 곧 천지도 일찍이 한순간도 가만히 있지 못하는 것을." 변역變易이다. 그러나 그 변하지 않는 자, 불역不易의 관점에서 본다면 만물과 내가 모두 다함이 없음이다. 천지만물은 오직 하나의 근원이라, 나고 죽음이 따로 없다. 이때의 만물과 나는 영원한 것을. 어찌 인생이 짧다고 비탄에 잠길 필요가 있겠는가. 도道는 만물을 변화시키지만 그 자신, 본체는 변화하지 않는다는 것이다. 인간과 자연, 순간과 영원, 변화와 불변不變을 함께 보는 우주의 설리說理를 담은 드높은 글이다.

제상諸相에서 비상非相을 보면

범소유상凡所有相이 개시허망皆是虛妄이니 약견제상若見諸相이 비상非相이면 즉견여래卽見如來니라.

무릇 있는 모든 상相은 다 허망한 것이니, 만일 모든 상相이 상相 아닌 것으로 보면 곧 여래(진리)를 보게 되리라.

『금강경』의 핵심어로 진여와 실상이 같은 진리임을 여실히 보아야 한다는 「여리실견분如理實見分」의 말씀이다. "신상身相을 가지고 여래(진리)를 볼 수 있겠느냐"고 붓다가 묻자 수보리는 "신상[自身]으로써 여래를 볼 수 없습니다. 왜냐하면 신상은 곧 신상이 아니기 때문입니다"라고 하자 붓다께서 이때에 펼친 말씀이다.

존재하는 온갖 모습은 다 허망한 것이니 모든 상相(현상)에서 상 아닌 비상非相(본체)을 보면 곧 여래를 본다고 한 것이다. 여래如來란 법신法身 비로자나불로서 영원히 변치 않는 만유의 본체,

법성法性 혹은 진리를 말한다. 색신色身은 형상으로서 상相이 있으나, 법신法身은 성性으로서 모양이 없다. 상相에서 비상非相을, 색色에서 공空을 함께 보아야 여래[道]를 볼 수 있다는 뜻이다.

박종홍 교수가 실존사상에 대해 물으러 하이데거를 찾아갔을 때『금강경』을 보라고 했다는 그 말에 감동받아, 내가 공부를 발심한 것은 1960년 겨울이었다. 김동화 박사의 강의를 듣고도 근기가 부족한 나는 알 듯 모를 듯 60여 년을 지내오다가『금강경오가해』가 큰 지침이 되었다. 특히 야보冶父 선사의 시적 운문으로 된 게송을 좋아한다. 그는 이 대목을 이렇게 설파했다.

"어떤 모습이 있다 하여 찾는다면 모두 거짓, 형상 없어 못 본다면 이것 또한 삿된 소견. (…) 있음에 집착하고, 없음에 집착하는 것은 모두 함께 삿된 소견이 되니 '있음'과 '없음'에 집착하는 것이 둘 다 없어야 한 맛으로 법신이 항상 드러나리라"고 하였다.

무無의 본체와 유有의 현상을 같이 보아야 진정한 도를 알게 된다는『도덕경』의 말씀을 환기시킨다.

떨어지는 단풍이여

겉도 보이고/ 속도 보이며/ 떨어지는 단풍이여

일본의 와카和歌 시인이며 조동종 승려였던 료칸大愚良寬(1758~1831) 선사의 사세구辭世句이다. 길을 나서니 플라타너스 잎사귀 한 장이 발등에 떨어진다. 내 손바닥보다 큰 잎의 무게가 인기척처럼 느껴진다. '가을이네요.' 어깨를 스치는 눈인사 같다. 걸음을 멈추고 잠시 나무를 올려다본다. 장중한 낙하落下. 어김없이 내 입에서는 이 시구가 맴돈다.

"겉도 보이고/ 속도 보이며/ 떨어지는 단풍이여."

료칸 선사는 국상산國上山에 조그만 암자인 오합암五合庵을 지어놓고 청빈한 생활을 하고 있었다. 나이 칠십이 된 어느 날, 그는 정심니라는 젊은 비구니의 방문을 받는다. 그녀는 무사武士의 딸로 일찍 어머니를 여의고 의사에게 출가했으나 살림보다는 문학을 더 좋아했다. 이혼 후 불교에 입문한 그녀는 료칸 선사에게 깊은 감화를 받았으며 와카에 대해서도 지도를 받았다. 40년이란 나이를 건너 두 사람의 마음 밑바닥엔 영적 교류가 흘렀다. 73세가 된 여름부터 료칸의 병세가 깊어졌다. 연말에 이르러는 심한 설사로 중태에 빠졌다. 정심니는 선사를 성심껏 돌보았다. 그럼에도 나날이 수척하게 시들어만 가는 료칸 선사.

"생사生死의 경지를 넘어서/ 사는 몸이라 할지라도/ 다시, 이별이 있음을 슬퍼함이여."

정심니는 이와 같이 적어서 그에게 내보였다. 그때 선사가 그 옆에다가 적어놓은 시구가 바로 이것이었다. 이질로 설사 똥을 내놓으며 망가진 육체의 겉모습(현상)과 진여眞如의 법성을 갖춘 속마음(본체)도 함께 보이며 '떨어지는 단풍이여!'로 언하言下에 드러나는 선사의 진면목眞面目이라 하겠다.

1828년 일본에 대지진이 일어났을 때 그는 친구에게 보내는 편지에 이렇게 썼다.

"거미줄에 걸린 벌레가 살아날 방법은 없다. (…) 차라리 이것저것 고민하는 것을 그만두면 된다. 무심無心으로 되는 것이다. 이것이 재난을 피하는 묘법"이라고.

"죽을 시절에는 죽는 것이 좋다"던 그분의 말씀을 껴안게 된다.

월든 호숫가의 소로

자연을 놓고 천국을 이야기하다니! 그것은 지구를 모독하는 짓이 아니고 무엇이겠는가?

헨리 데이빗 소로(1817~1862)의 『월든』의 한 구절이다. 1845년 3월 그는 월든 호수 근처에 방 한 칸짜리 오두막을 짓고 2년 2개월 동안을 혼자 살았는데 이때의 기록이다. 숲으로 들어가면서 그는 삶의 본질적인 것들만 대면해보고 싶었고, 죽음을 맞게 되었을 때, 헛되지 않게 살았음을 확인하기 위해서라고 칩거의 이유를 밝혔다. 지병이던 폐결핵으로 44세의 나이로 생을 마감하였다.

1862년 5월 6일, 병상에 누운 그는 여동생에게 자신이 쓴 『콩코드 강과 메리맥 강에서의 일주일』의 마지막 장을 읽어달라고 부탁했다.

"나슈아 어귀를 지나쳤고, 곧 새먼 부룩도 지나칠 즈음, 우리의 배를 가로막는 것은 바람밖에 없었다."

이때 소로는 나직이 중얼거렸다. "이제야 멋진 항해가 시작되는군." 그리고는 잠시 뒤에 숨을 거두었다 한다. 오랫동안 그를 사로잡았던 생각은 '큰 사슴'과 '인디언'이었다. 미국 원주민 역사를 마무리하진 못하겠지만 메인 주에 대한 에세이는 단행본으로 낼 수 있겠다고 생각하며 온 힘을 다해 글을 썼다. 이 원고는 사후에 『메인 주의 숲』이라는 제목으로 출간되었다. "세계의 보전保全은 야생성에 달려 있다"는 그의 충고는 오늘날 우리가 각별히 되새겨야 할 경구라고 생각한다.

오래 전, 나는 그의 오두막을 찾은 적이 있다. 메사추세츠 주정부가 복원해놓은 예닐곱 평 정도의 작은 통나무집이다, 나무로 된 간이침대와 의자 하나. 거기에서 "모기의 울음소리에 호메로스의 진혼곡을 들을 수 있고, 이른 봄 얼음이 갈라지는 소리에서 우주 창조의 소리를 엿들으며 조미료를 치지 않은 거친 옥수수빵과 쇠비름풀을 삶아먹는 소식小食으로 미각을 정화하여 산기슭에서 따먹은 몇 개의 산딸기로 영혼을 살찌우는 하늘이 내려준 식량을 얻어낼 수 있었다"고 한 소박한 그와 만나며 내 식량食量이 갑자기 부끄러웠던 걸 기억한다.

자연은 약藥과 같다

자연은 영혼을 치유하는 성소聖所이다.

미국의 사상가이며 에세이스트인 에머슨이 『자연론』에서 한 말이다. 그는 결혼 1년 반 만에 신부를 잃고 충동적으로 무덤을 파헤치기도 했고 재혼하여 얻은 아들이 갑자기 성홍열로 죽자 비통한 심정을 에세이 「경험」에 이렇게 적어두었다.

"어둠이 전나무의 나뭇가지에 감겨 있듯, 죽음은 살아가는 동안 매 순간 우리 눈가에서 사라지지 않는다. 모든 것이 둥둥 떠다니다가 차츰 흐릿해지고 만다."

그러나 그는 비탄과 무상감에 오래 빠져 있지 않았다. '아무리 큰 슬픔이 있더라도 나와 함께 있으면 즐거울 것'이라는 자연이란 경전의 말씀을 경청하면서부터였다.

"자연은 약藥과 같다. 해로운 일이나 어려움 때문에 망가진 몸과 마음을 원래의 상태로 회복시켜준다"며 에머슨은 "자연은 영혼을 치유하는 성소"라고 일컬었다. 자연을 사랑하는 사람은 내부와 외부의 감각이 서로 조화를 이루며 현실이 아무리 슬퍼도 이들은 자연 앞에 서 있는 동안 황홀한 기쁨을 느낀다는 것이다. 그런 그의 모습은 『자연론』 제1장에서도 만나 볼 수 있었다.

"풀 한포기 자라지 않는 맨땅에 서서 계곡에서 불어오는 바람에 머리카락을 부드럽게 흩날리며 고개를 들고 무한하게 펼쳐진 하늘을 본다. 그러면 천박한 이기심은 모두 사라져버린다. 나는 투명한 안구眼球가 된다."

무한하게 펼쳐진 푸른 하늘, 천박한 이기심이 모두 사라져버린 그 맑고 투명한 안구에 나는 방점을 찍으며 그가 하버드대학에서 했다는 명연설의 한 토막을 떠올린다.

"자연의 아름다움은 자신이 지닌 마음의 아름다움입니다. 자연의 법칙은 곧 마음의 법칙입니다. 자연에 관하여 무지하다면 아직도 자신의 마음을 갖지 못하고 있는 것입니다. 그러므로 '너 자신을 알라'는 고대 격언과 '자연을 알라'는 현대 격언은 똑같은 뜻이 되는 것입니다."

이때 불현듯 '도법자연道法自然'을 말한 노자가 떠올랐다.

측천거사則天去私

도법자연道法自然.

도는 자연을 본받는다.

노자 『도덕경』의 말씀이다. 천지 만유萬有에 앞서 자연의 도가 있었다. 도에서 천지가 생겼고 만물이 생겼다. 때문에 "사람은 땅을 법法하며, 땅은 하늘을 법한다. 하늘은 도를 법하고 도는 자연을 법한다人法地 地法天 天法道 道法自然"가 그것이다. 도가 자연을 법한다는 것은 자연과 일치하여 자연 그대로가 되는 것이다. 도의 본연의 모습은 자연이다. 도의 세계는 보아도 보이지 않고 형태도 소리도 없다. 적막寂寞함이여, 요원寥遠함이여, 적막하고도 쓸쓸하다. 사방 어디에나 존재하는 도는 언제나 곤궁함을 모르며 막히는 일 또한 없다. 이 도道야말로 천지 만유를 낳은 근본이며, 만유를 낳은 어머니인 것이다.

'하늘을 본받고 나를 버린다'는 '측천거사則天去私'. 몇 해 전 일본 문학기행 중 구마모토 문학관에서 본 나츠메 소세키의 친필 족자가 떠오른다. 그는 죽기 얼마 전, "나는 쉰이 되어 비로소 내가 향해야 할 길이 무엇인가를 알아차린 어리석은 자입니다"라며 어느 스님의 연하장에 써보냈다고 한다. 집행이 유예된 사형수들의 아집을 다룬 작품 『명암』에 와서 나츠메 소세키는 절대 하늘의 길인 '측천거사'를 깨달았노라고 술회했다.

'도법자연', 나는 그런 그를 다시 생각한다.

스피노자의 신神

신은 자기 자신을 사랑하는 한에서 인간을 사랑하며 따라서 인간에 대한 신의 사랑과 신에 대한 정신의 지적知的 사랑은 똑같다.

바뤼흐 스피노자Baruch Spinoza(1632~1677)의 대표작으로 손꼽히는『에티카』(1677)의 한 대문이다. 그가 이 책에서 15년 동안 천착한 신과 자유에 대한 질문은 인간은 홀로 자유로울 수 없으며 공동체적 삶이 인간을 구원한다는 결론에 이르고 있다.

스피노자에 따르면 '신은 우주 속에 있는 무한하고 자연적인 힘'이며 존재하는 모든 것들에 공통적으로 존재하는 속성이 곧 신이며, 가치판단과 무관하게 만물을 낳는 무한한 능력이야말로 신의 능력이라고 파악했던 것이다. 소위 '범신론'이다. 범신론汎神論이란 신을 세계 밖에 있다고 하며 초월적인 신과의 견해를 달리한다. 신은 '영원하고 무한한 본질을 표현하는 무한한 속성들로 이루어져 있는 존재'라며 이 영원한 자기 원인의 실체, 즉 신을 '자연'이라고 불렀다. 자연 안의 질서(인과관계)를 인식한 자는 그 인식의 필연성 때문에 자연의 일부인 자신의 삶을 긍정하게 되고야 만다는 것. 신에 대한 사랑은 결국 '신의 자기 자신에 대한 사랑'이라는 것이다.

자연[神]이 지닌 질서를 바르게 이해하는 자에게 필연적으로 따르는 정서를 스피노자는 '신에 대한 사랑'이라고 언급했던 것이다.

들뢰즈는 이러한 스피노자를 "철학자들의 그리스도"라고 칭했다. '과학 없는 종교는 장님'이라던 아인슈타인을 탄복시킨 철학자 역시 스피노자였다.

"나는 인간의 운명과 행위에 관하여 신神이 아니라, 존재의 질서 있는 조화 속에서 스스로를 드러내는 스피노자의 신을 믿는다"고 한 아인슈타인의 말을 새삼 기억하게 된다.

노을

여행길에 병드니/ 황량한 들녘 저편을/ 꿈은 헤매이는도다.

일본의 시인 마츠오 바쇼松尾芭蕉(1644~1694)가 임종 나흘 전인 10월 8일 밤에 지은 마지막 하이쿠이다. '여즉인생旅卽人生'이라던 그는 인생 자체를 하나의 시간여행에 비유하곤 했다. 1689년 5월 제자 소라曽良와 함께 에도(도쿄)를 떠나 일본의 동북지방인 '오쿠奧'를 향해 출발하면서 "그야말로 머나먼 변경의 하늘 아래에서 백발이 늘어날 만큼 고생하는 일이 있더라도, 그동안 들어보긴 했어도 눈으로 직접 본 적이 없는 명소와 유적지를 찾아 돌아보고 난 다음, 만약 살아 돌아온다면 더 이상 뭘 바랄 게 있으리"라는 각오로 나그넷길에 올랐다. 그는 여행을 통해 여러 지방에서 만난 문인들과 하이쿠 문학의 장을 마련하고 자신이 지향하는 하이쿠의 시적 세계를 전파하는 데 온 힘을 쏟았다. 그 결과물이『오쿠로

가는 작은 길奧の細 道』이다. 이 책에서 그는 이렇게 밝힌다.

"해와 달은 영원한 여행객이고, 오고가는 해[年] 또한 나그네이다. 사공이 되어 배 위에서 평생을 보내거나, 마부가 되어 말 머리를 붙잡은 채 노경을 맞이하는 사람은, 그날 그날이 여행이기에 여행을 거처로 삼는다. 옛 선인들 중에도 많은 풍류인들이 여행길에서 죽음을 맞이했다."

사실 그가 흠모해 마지않았던 중국의 시인 이백이나 두보, 그리고 일본의 유명한 와카 시인인 사이교西行 법사와 렌가連歌의 지도자였던 소기宗祇도 객사를 면치 못했다. 시인 랭보와 에드거 앨런 포, 그리고 톨스토이 역시 나그넷길에서 숨졌다. 뿐만 아니라 바쇼 자신도 여행길(오사카)에서 51세의 나이로 생을 마감했다. 죽기 얼마 전 "이번 가을은/ 어찌 이리 늙었나/ 구름 속의 새"라고 읊었다. 병든 몸으로 표박漂泊만을 일삼아온 구름 속의 새는 바로 자신일 것이다. 여행 중 지병인 위궤양과 설사로 탈진한 상태라 제자에게 받아 적게 했다.

"여행길에 병드니/ 황량한 들녘 저편을/ 꿈은 헤매이는도다旅に病んで 夢は 枯野をかけ廻る"

황량한 벌판에 핏빛 노을이 번지는데, 그런 곳에 혼자 서 있노라면 나는 바쇼의 풍경 안으로 흡수되어버리고 만다. 가을 들녘을 헤매이는 어느 유혼遊魂처럼, 시계視界가 그만 아득해지고 만다.

상象을 얻으면 말을 잊는다

득어망전得魚忘筌.

물고기를 잡으면 통발은 잊는다.

『장자』「외물」편의 글이다. 통발은 고기를 잡기 위한 것이니 따라서 고기를 잡으면 통발은 잊어버린다. 덫은 토끼를 잡기 위한 것이니 토끼를 잡았으면 덫은 잊어버리듯, 말은 뜻을 이해하기 위한 것이니 뜻을 이해하면 말은 잊어버려야 한다는 것이다.

통발이나 덫이나 말은 모두 목적을 이루기 위한 수단이다.

이에 공자는 "글은 말을 극진히 하지 못하고書不盡言, 말은 뜻을 극진히 하지 못한다言不盡意"고 하였다. 또한 "성인은 상象을 세워서 뜻意을 극진히 하고 괘掛를 베풀어서 정위情僞를 극진히 하며 말辭을 여기에 붙여서 그 말言을 극진히 한다"고「계사전」에 적고 있다.

상象이란 뜻을 표현하는 것이며 말言은 상을 밝히는 것이다. 말은 상을 밝히는 근거이니 상을 얻으면 말을 잊는다. 이것은 토끼를 잡으면 올가미를 잊고, 물고기를 잡으면 통발을 잊는 것과 같다. 다시 말하면 말은 상象을 얻는 올가미이며 상은 뜻을 얻는 통발이다. 말言과 상象과 뜻意의 관계를 정리해본다. 작가가 글을 쓸 때 먼저 어떤 생각[意]이 있어야만 상징과 문자로 그것을 나타낼 수 있다. 뜻→상象→말의 순서로 표출된다. 그러므로 '뜻'이 근본이요 '상과 말'은 지엽이다. 바꾸어 말하면 뜻을 얻는 것은 상을 잊는 데 있고, 상象을 얻는 것은 말을 잊는 데 있다. 뜻을 얻었으면 말은 버리라는 것이다.

일찍이 장자는 '아무 말도 하지 않으면서 말하는 것을 덕德'이라 칭하였다. 말을 배제하고 뜻을 이해한 사람끼리는 언어를 초월한 절대의 경지에서 상대와 이미 둘이 아니었다. 석가가 꽃을 들자 가섭이 미소를 지은 것처럼. 이들은 말없이 이심전심以心傳心을 주고받았다. 그러므로 '무언어無言語는 언어의 불완전한 무한성을 깨뜨리는 2차적 사고思考의 폐기'라던 롤랑 바르트의 말을 음미하게 되는 것이다.

지극한 말은 말을 떠난다

언무언言無言이니 종신언終身言하여도 미상언未嘗言이요.

종신불언終身不言하여도 미상불언未嘗不言이다.

내 말에는 내가 없으므로 평생을 말해도 말한 적이 없고,

평생을 말하지 않아도 말하지 않은 적이 없다.

『장자』「우언寓言」에 있는 말씀이다. '언무언言無言'의 뜻을 헤아려본다. 말에 말이 없다니 이는 무슨 소리인가? 내가 하는 말이긴 하지만 사견私見은 아니라는 뜻으로 도로써 말하고 있음을 전제한다. 내가 말을 하거나 말을 하지 않거나 대자연은 말 없는 가운데 모든 걸 보여주고 있지 않은가.

말 없는 가운데 자연의 현상은 어김이 없다. 누가 시키지 않아도 천도天道의 운행은 스스로 굳건한 것처럼. 이에 공자는 '천행天行은 건健하다'고 하였다. 그리고 "앞으로 나는 말이 없고자 한다"

고 했을 때, 제자들이 놀라서 "그렇다면 저희들은 어떻게 배우겠습니까?"라고 여쭈니 그분의 답은 다음과 같았다.

"하늘이 무슨 말을 하더냐? 그래도 봄 여름 가을 겨울이 돌아가고 온갖 사물들이 생겨나나니, 하늘이 대체 무슨 말을 하더냐?"며 '언무언'을 말씀했다.

장자의 의중이 이것과 계합된 것이 아닌가 한다. 지극한 말은 말을 떠난다. 그래서 '아는 자는 말하지 않고 모르는 자가 말한다'고 한 것일까. 자연을 읽는 사람은 굳이 애써 말할 필요를 느끼지 않는다. 내가 곧 자연이기 때문이다.

"말에서 더 이상 끌어낼 것이 없다"던 극작가 베케트를 나는 종종 생각한다. 그는 자신이 쓴 작품을 "침묵과 무無 위에 남긴 불필요한 오점"이라고 토로했다.

말이란 무엇인가? '설說할 만한 어떤 법도 없기'에 붓다는 이를 일러 '법을 설한다'고 하였다.

괴테의 말대로 "자연은 살아 있는 한 권의 책이다. 불가해하면서도 뚜렷하고 명백하다", 그러니 어찌 이걸 다 말로 할 수 있겠는가.

말에 대하여

신언信言은 불미不美하며, 미언美言은 불신不信이라.

진실한 말은 아름답지 않고 화려하게 수식한 말에는 진실성이 없다.

노자는 『도덕경』 마지막 제81장을 「신언장信言章」으로 꾸몄다. 진실한 말은 꾸미지 않는다는 것이다. 왜냐하면 덧붙일 필요가 없기 때문이다. 진실하고 착한 사람은 말이 없다. 이에 노자는 '선자불변善者不辨이요 변자불선辨者不善'이라 하였다. 착한 자는 말을 잘하지 않고, 말을 잘하는 자는 착하지 않다는 것. 이에 공자는 "약삭빠른 말은 덕에 혼란을 가져오고巧言亂德, 교언영색巧言令色은 선善하지 않다"고 지적했다. 말은 심중心中의 생각에서 나왔기 때문에 말하는 사람의 그 사람됨[人格]을 드러낸다. 이에 공자는 「계사전」에서 말의 중요성을 누누이 강조한 바 있다.

“장차 배반할 자는 그 말이 부끄럽고, 마음속에 의심이 있는 자는 그 말이 가지를 치고, 길한 사람의 말은 적고, 조급한 사람의 말은 많고, 착함을 속이는 사람은 그 말이 놀고, 그 지킴을 잃은 자는 그 말이 비굴하다”고 하였다. 남을 속이고 모함하는 사람의 말은 그 말이 겉돌고 놀며[遊] 중심을 잃고 모호하다. 그러나 진실한 사람의 말은 적고, 간단하고 명백明白하다.

예로부터 선인들은 사람됨을 살핌에 ‘신언서판身言書判’을 기준으로 삼았다. 첫째가 신체적 용모요, 둘째가 말, 셋째가 글씨, 넷째가 사리事理에 맞는 판단능력이다. 서당에 처음 들어가면 몸가짐과 마음가짐을 위해 어린이들은 『사자소학四字小學』을 익혔다. ‘언사필충言思必忠’이요, 말을 할 적에는 반드시 충직하게 할 것을 생각하며, 용모에 대해서는 ‘구용九容’을 외웠다. “발은 반드시 무겁게 하고足容必重, 손은 반드시 공손하게 하고手容必恭, 눈은 반드시 단정하게 하고目容必端, 입은 반드시 다물고口容必止, 음성은 반드시 고요하게 하고聲容必靜, 기용은 반드시 엄숙하게 하고氣容必肅, 머리는 반드시 곧게 하고頭容必直, 서 있는 모습은 반드시 덕 있게 하고立容必德, 얼굴은 반드시 씩씩하게面容必莊하나니 이것을 구용이라” 한다. 그 중 나는 입은 다물고의 ‘그칠지止’에 자꾸만 눈길이 머문다.

왜 침묵해야 하는가

말할 수 없는 것에 대해서는 침묵해야만 한다.

오스트리아의 철학자 비트겐슈타인(1889~1951)이 『논리철학 논고』에서 남긴 말이다. '언어적 전환'을 주도한 분석철학자로 그는 더이상 분석을 필요로 하지 않는 명료성과 마침내 '말할 수 없는 영역' 혹은 분석적 신비의 영역에 도달하려고 애썼다.

언어의 본질을 '논리'라고 본 그는 세계의 실상을 드러낼 수 있는 논리적 인공언어의 창출에 진력하였다. 이러한 사상은 그의 '그림이론'으로 설명되었는데 철학적 명제와 그것이 지칭하는 사실과의 관계를 일종의 대응관계로 그는 어떤 얼굴과 그것을 찍은 증명사진에다 비유했다. 여기서 증명사진의 의미를 찾아내는 것은 투사의 규칙을 규정하는 경험과학의 임무이지 철학의 관할이 아니라는 것이다. 한편 이러한 것들 이외의 것, 말하자면 논리적 규칙이나 총체적 세계, 삶의 의미 등에 관해 말하는 것은 경험적으로 무의미한 일이다. 그러므로 말로 표현될 수 없는 이 영역에 대해서는 침묵해야 한다고 했다.

후기에 그는 언어관을 바꾸었다. 언어에 본질 같은 것은 없고 언어에 세계를 묘사하는 그림의 기능만 있는 것이 아니며, 논리적 인공언어만이 세계의 실상을 담는 것은 아니라는 사실을 간파한다. 언어가 세계의 그림이라고 해도 이러한 그림 관계 자체는 그려질 수 없는 것처럼 의미와 무의미의 경계를 정하려는 시도는 바로 의미의 경계 너머에 속한 것이기 때문에 말할 수 없는 것에 관해서는 침묵해야 한다는 것이다. 즉 '아름다운' 것에 대한 주관적이거나 심미적인 표현, 또는 '선한' 것에 대한 주관적인 판단은 생각 안에서 묘사될 수 있는 것들을 초월하기 때문에 논리적 언어로서는 표현조차 불가능하다는 그런 점이 침묵해야 하는 이유라는 것이다.

재후두在後頭

일파청산경색유一派青山景色幽요. 전인전토후인수前人田土後人收라.

후인수득막환희後人收得莫歡喜하라. 갱유수인재후두更有收人在後頭니라.

한 줄기 청산의 경치 그윽하도다. 앞사람이 가꾸던 밭을 뒷사람이 거두는구나.

뒷사람아! 얻었다고 기뻐하지 말라. 다시 차지할 사람, (바로) 네 머리 뒤에 있느니라.

『명심보감』에 실린 작자 미상의 이 시구는 '재후두在後頭'로써 언제나 나를 명심시킨다. 바로 "네 뒤에 있느니라." 죽비처럼 이따끔씩 떠올랐다. 그러면 손에 든 것을 슬그머니 내려놓게 된다.

눈앞에 펼쳐진 유구한 청산은 그대로요, 우리는 무대의 등장인

물처럼 그냥 지나갈 뿐이다. 소유권이 있더라도 청산을 떠메고 갈 수는 없지 않은가. 때에 맞게 물러남은 얼마나 아름다운가. 고령에 들어 지체하는 이 몸도 때로는 폐스럽게 생각된다.

20년 전 11월 하순, 나는 소원하던 도연명의 탯자리를 찾았다. 구강九江시의 심양, 진晉나라 때는 이곳을 '시상柴桑'이라 불렀다. 그가 평택령의 자리를 박차고 시상교를 건너 집으로 돌아와 「귀거래사」를 썼다는 그 시상교를 건너 도 씨陶氏 집성촌으로 들어섰다. 민가는 퇴락할 대로 퇴락하고 추색 짙은 잡초 속에 붉은 벽돌집만 띄엄띄엄. 천공天空의 투명한 햇볕 아래, 의자를 내놓고 뜨개질하는 아낙에게 물었더니 자기는 이곳으로 시집 온 사람으로 여기가 진짜 도씨촌, 도연명의 고장이라고 한다. 머리를 들어 아득한 하늘을 올려다보았다. 하늘은 1,600여 년 전의 하늘 그대로이려니, 하고 그 태고의 정적 속에다 선생의 시 「귀원전거 기일其一」를 현장에 부려보았다.

"반듯한 300여 평 대지에 조촐한 여덟, 아홉 간의 초가집./ 뒤뜰의 느릅과 버들은 그늘지어 처마를 시원히 덮고/ 깊은 골목 안에 개 짖는 소리 들리고/ 뽕나무 가지에는 닭이 운다."

밥 짓는 매캐한 연기도, 컹컹 개 짖는 소리도 나는 듯했다. 눈을 뜨니 다시 텅 빈 들판. 바람만이 지나가고 있었다. 시인은 가고 없는데 속절없이 여산의 만추는 그대로 아름다웠다.

제4장
죽음

우리는 왜 더 많은 날들이 있기를 바라는가?

죽음은 단지 자연의 한 과정이며 자연의 번영을 향한 적극적인 공헌의 과정이다.

로마 제국의 황제요, 스토아학파의 위대한 철학자였던 마르쿠스 아우렐리우스의 『명상록』에 적힌 일구이다. 그는 외족의 침입을 막기 위해 전쟁터에 머물면서 진중에서 이 책을 썼다.

"언제든 흔쾌히 죽음을 맞이할 수 있어야 한다"며 『명상록』은 죽음에 대한 성찰로 끝을 맺는다. 오래 전 나는 헝가리의 부다페스트 여행 중 에스테르곰에 들렀다. 왕궁의 언덕에 자리한 대성당 바실리카를 둘러보고 도나우 강 맞은편에서 슬로바키아 땅을 바라다보았다. 전경前景은 석양에 물들고 있었다. 성당을 뒤로 하고 뜰로 나오니 바로 이곳이 황제가 『명상록』을 썼던 곳이라고 한다. 일행의 재촉에도 불구하고 나는 발걸음이 쉽게 떨어지지 않았다.

"우리는 왜 더 많은 날들이 있기를 바라는가?" 요즘 황제의 이 일구가 나를 붙들고 있다. "너는 천 년 만 년 살 것처럼 행동하지 마라. 죽음이 지척에 있다. 살아 있는 동안, 할 수 있는 동안 선善한 자가 되라." 나를 단속하는 금과옥조이기도 하다. 하긴 나머지 시간에 그것밖에 달리 무엇이 있겠는가. 위대한 문학정신의 추구 역시 그런 것이 아닐까 싶다. 괴테의 파우스트 박사나 헤르만 헤세의『유리알유희』에서 크네이트 명인이 보여준 이들의 완성된 삶도 남을 위한 이타행의 실천이었다. 인문학이 추구하는 귀결도 역시 같은 지점이라고 생각된다.

황제는『명상록』에서 인간 존재와 죽음에 대해 이렇게 말한다.

"무엇보다도 최종적으로 죽음을 받아들이되 각 생물을 구성하고 있던 원소의 분해작용에 불과한 것으로서 감사하게 받아들이는 것이다. 이 원소는 끊임없는 결합과 재결합을 통해 아무도 손상을 입지 않는다고 하면 우리가 전체(육체)의 변화와 분해를 불신不信의 눈으로 바라볼 이유가 어디 있는가?" 죽음은 단지 '자연의 한 과정이며, 오히려 자연의 번영을 향한 적극적인 공헌의 과정'이라고 덧붙인다. 상호 순환의 연기緣起적인 그 죽음의 가치에 대해 일고一考하게 되는 것이다.

어떻게 죽을 것인가

바로 이것이 내가 바라던 것이다. 이것은 선善을 위한 전부이고, 타인을 위해서가 아니라 바로 나 자신을 위한 것이다.

러시아의 문호 톨스토이(1828~1910)가 숨지기 전, 아스타포보의 작은 간이 역사에서 마지막으로 쓴 일기의 한 부분이다. 여든세 살이 되던 해, 그는 죽기 열흘 전 "내가 생활해온 사치한 환경 속에서 더 이상 살아갈 수는 없는 일이오. 그래서 나는 나이 많은 늙은 이들이 잘하는 식으로 떠나가려오." 이런 글귀를 아내에게 남기고 작업복 차림에 망토를 걸치고 10월 28일 새벽에 집을 나섰다.

샤마루디노 수도원으로 가서 여동생 마리아를 찾아보고, 우랄 산맥을 넘어가는 3등 객차에 몸을 실었다. 목적지도 없는 여행길이었다. 추운 객차 안에서 갑자기 그의 몸은 불덩이가 되었다. 기차가 멈추어 선 곳은 아스타포보의 작은 역사였다. 빈사 상태에 빠진 노인은 역장의 침대로 옮겨져 그곳에서 생을 마감했다. 한때는 유행의 최첨단을 걷는 귀공자로서 사치와 도박과 타락한 생활을 일삼던 때도 있었으나 어느 날 그는 땅을 개간하여 학교를 세우고 농노해방운동에 참여한다. 자신의 재산은 하나도 빠짐없이 농민들에게 나누어주라는 유언장도 작성한다.

『부활』을 탈고한 것은 72세 때였다. 러시아 아카데미 명예회원이 되고 노벨문학상 수상이 결정되었지만 그는 '대중과 함께 받을 수 없는 상을 혼자만 받을 수 없다'며 상마저 거절했다. 많은 사람들이 그를 추종하며 성자처럼 떠받들자 "나는 성인이 아닙니다. 성인인 척한 일도 없습니다. 만일 나를 잘못한 일이 없는 인간이라고 생각한다면 내가 저지른 과실은 모두 거짓이나 위선으로 보인 것임에 틀림이 없습니다. 나를 약한 인간이라고 생각해준다면 그것이 나의 본 모습입니다"라고 밝혔다.

그의 시신은 유언대로 나무로 만든 관에 넣어, 야스나야 폴랴나의 숲속에 묻혔다. 작고 소박한 무덤은 자연과 경계가 없었다. 나 자신을 위한 선善은 무엇인가? 돌아보게 된다.

차별 없는 죽음

유일하게 불멸의 것인 죽음은 우리들 모두를 차별 없이 대해준다. 죽음이 가져다주는 평온과 위로는 만인의 것이다. 깨끗한 사람이거나 때가 많이 묻은 사람이거나, 부자나 가난뱅이거나.

마크 트웨인(1835~1910)이 죽음을 앞두고 쓴 글이다. 어려서 부친을 잃은 그는 인쇄공을 거쳐 미시시피 강에서 키잡이 생활을 했다. 증기선 폭발로 동생을 잃고 어린 아들과 아내와 딸들이 먼저 세상을 떠나 덩그러니 큰 집에 혼자 남아 죽음을 사색하며 『인간이란 무엇인가』, 『나의 인생의 전환점』 같은 책을 집필했다. 이때 쓴 글이다. 75세, 죽음의 위로가 필요한 것이었을까? 1910년 4월 20일, 밤하늘에 핼리 혜성이 나타났다. 이 혜성과 함께 태어난 마크 트웨인은 이 별과 함께 떠나고 싶다고 말했는데 실제로 그는 이 별을 보지는 못하고 그 이튿날인 21일에 유명을 달리했다.

뉴욕 주의 끝에 있는 엘미러의 우들론 공동묘지를 찾은 것은 20년 전, 어느 여름날이었다. 그의 묘비는 밤하늘의 핼리 혜성을 고려한 듯 이름과 생몰연도가 하늘을 향해 있었다. 내게는 별과의 접선을 위한 사인처럼 보였다. 묘역에는 크기가 서로 다른 각양각색의 묘석들이 즐비했다. 여기에 누운 사람들은 대체 어떠한 인생을 살았을까? 문득 그런 생각이 들자 마크 트웨인의 유고인 『불가사의한 이방인 No.44』가 떠올랐다. 무일푼의 인쇄소 직공인 아우구스트는 No.44의 도움을 받아 정신적으로 이미 높은 단계에 이르렀는데 그 '불가사의한 이방인 No.44'는 다시 그에게 조언을 건넨다.

"인생, 그 자체는 하나의 환상적이고 한바탕 꿈일 뿐이야. 존재하는 것은 아무것도 없어. 모든 것은 하나의 꿈이지. 하느님과 인간, 이 세상, 태양과 달, 수많은 별들, 이 모든 것들이 하나의 꿈이야. 그것들은 존재하지 않아. 텅 빈 공간과 너를 제외하고는 존재하는 것은 아무것도 없어."

No.44를 통해 나는 작가의 진심을 전해 듣는다. 텅 비어 있는 무대의 시간뿐, 그때 "아무도 이곳에 온 일이 없고, 아무도 여기를 떠나지 않았으며 아무런 일도 일어나지 않았다"고 말한 베케트가 생각났다. 이들 작가는 '생사거래生死去來' 없음을 이와 같이 적었다.

노인과 바다

"네가 날 죽이고 있구나. 고기야,라고 노인은 생각했다. 하지만 너는 나를 죽일 권리가 있어. 난 여태까지 너처럼 거대하고 아름답고, 태연하고 고결한 존재를 보지 못했단다. 내 형제야 이리 와서 날 죽이렴. 누가 죽이고 누가 죽든 난 상관하지 않으마!"

어니스트 헤밍웨이(1899~1961)의 소설 『노인과 바다』의 한 대문이다. 어부 산티아고 노인은 멕시코 만에 배를 띄우고 혼자 고기를 잡고 있었는데 벌써 84일 동안 한 마리도 잡지 못했다. 처음 40일은 한 소년과 함께 지냈으나 소년의 양친이 노인에겐 운이 끊어진 것이라며 소년을 다른 배에다 태웠다. 85일이 되는 날, 노인은 다른 날보다 더 멀리 나갔다. 한낮에 큰놈이 물렸다. 믿어지지 않을 만큼 무거웠다. 그는 거대한 돛새치 한 마리를 낚시에 꿰지만 이 물고기는 배를 더욱 먼 바다로 끌고 나갔다. 밤과 낮이 바뀌는 동안 그들의 투쟁은 계속되었다. 몇 날 몇 밤을 노인은 바다에서 혼자 하늘과 바다와 대화를 나누며 자연과 하나가 되는 합일合一을 경험한다. 이제 그는 고기가 자신을 죽여도 좋다고 생각하기에 이른다.

"내 형제야, 이리 와서 날 죽이렴. 누가 죽이고 누가 죽든 난 상관하지 않으마."

노인의 입에서 그런 독백이 흘러나왔다. 일 대 일의 사투에서 그는 이미 생사의 구분을 넘어선, 자연과의 합일. 초탈의 경지에 다다른 것이었다. 죽음에의 대긍정. 이런 경지란 어느 극점을 통과한 뒤에라야 가능한 것이 아닌가 한다. 사흘째의 날이 밝았다. 고기가 수면에 나타났다. 노인은 작살로 고기의 심장을 뚫어 고기를 배에다 묶었다. 1,500파운드가 넘는 큰 고기를 끌며 배는 항구로 향했다. 그러자 상어떼가 나타나서 항구로 돌아오는 동안 고기는 뼈만 남았다. 종국에 우리는 손에 무엇을 쥘 수 있던가? 하는 전제를 깨닫게 해준 작품이기도 하다.

'승리'란 있는 것인가? 더구나 자연 앞에서…. 우리에게 남겨진 것은 어쩌면 상처뿐인 영광일지도, 그 '이름'뿐이라는 생각이 들었다. 헤밍웨이는 이 작품으로 퓰리처상과 노벨문학상을 받았다. 밤바다에서 자연과 하나된 뒤, 그의 입에서 흘러나온 독백이 왜 자꾸만 떠오르는지 모르겠다.

"내 형제야, 이리 와서 날 죽이렴."

죽음의 중지

다음 날, 아무도 죽지 않았다. 삶의 규칙과 절대적인 모순을 이루는 이 사실은 사람들의 마음속에 엄청난, 그리고 이런 상황이라면 충분히 이해해줄 만한 불안을 일으켰다.

포르투갈의 노벨문학상 수상 작가인 주제 사라마구(1922~)의 소설 『죽음의 중지』의 서문이다. 넉넉하게 스물네 시간이나 되는 하루가 다 가도록 아파서 죽거나, 높은 데서 떨어져 죽거나, 자살에 성공한 사람이 한 명도 없었다. 심지어 기관단총을 엄청나게 맞아 몸이 두 쪽이 나도 죽지 않았다. 죽음 없는 미래가 어떻게 될 것인가? 작가는 죽지 못하는 자의 고통과 죽음이라는 현상이 사라진 뒤에 인간 세계에서 벌어지는 혼란을 추적해 보여준다.

아무도 죽지 않는 이 나라에서 일어나는 문제들, 병원, 보험회사, 종교인, 교회, 장의사 등 그 일에 관련된 것들의 연쇄적인 문제를 제기한다. 사람들은 죽음에서 해방되어 환호하지만 그것이 곧 새로운 지옥의 시작임을 깨닫는다. 양로원은 더 이상 노인을 받아들이지 못하고, 병원은 죽음의 목전까지 다다랐지만 그 문턱을 넘지 못하는 사람들의 비명으로 아수라장이 된다. 고령화시대를 살고 있는 우리에게 더 이상 낯선 이야기가 아니다. 천국과 지옥을 잃어버린 종교는 죽음의 재래再來를 염원하는 기도회를 열고, 국경 밖에서는 정상적으로 죽을 수 있다는 사실이 알려지자 사람들은 영원한 안식을 위한 탈주극을 벌인다. 소설은 종교와 국가에 대한 조롱으로 가득 차 있다. 특히 종교를 '죽음 비지니스'로 묘사한 장면이라든지, 국가가 죽지 않는 인간들을 국경 밖으로 처분하기 위해 마피아와 결탁하는 장면 등은 퍽 생경스럽다. 죽음이 없다면 행복할까? 작가는 반어적으로 묻고 있다.

2년 전, 자발적 안락사를 택해 스위스로 간 데이비드 구달 박사는 휠체어에 앉아 "내일 삶을 끝낼 기회를 갖게 돼 행복하다"고 말했다. 왜 죽을 수 있는 게 행복할까? 이 책의 저자 역시 우리를 웃거나 안도하게 하는 것 역시 죽음이라고 전한다.

자연회귀

당신의 죽음은 우주 질서의 여러 부품 중 하나이다.

프랑스의 문필가 몽테뉴(1533~1592)의 『수상록Les Essais』에 적힌 글귀이다.

"어찌하여 그대들은 뒤로 물러서는가? 아무에게도 도망칠 구멍은 없지 않은가. 그대들은 많은 사람들이 죽음으로써 불행에서 벗어나 행복을 누리게 된 것을 목격하였을 것이다. 그런데 죽어서 손해를 본 사람을 목격한 적이 있는가. 모든 나날은 죽음으로 달음질친다. 그리고 마지막 날에는 거기에 도달할 것이다. 이것이 우리들 어머니인 대자연의 훌륭한 교훈이다."

평소 죽음을 잊지 말고, 죽음과 친하게 지내자던 몽테뉴는 생의 후반에 이르러 죽음과 고통 따위는 자연에 맡기고 쓸데없는 걱정일랑 하지 않는 편이 낫다며 자연회귀를 선언했다. 자연은 삼라만

상 속에서 얼마나 놀라운 율동과 조화의 기적을 이루어내고 있는가! 자연 안에 고통이 있으면 치유가 있고, 죽음이 있으면 새로운 탄생이 있다. 모든 것은 돌고 돌며 끝없는 원을 그리며 이어진다. 그는 담석증으로 심한 고통을 받으며 고통은 발작의 때가 지나면 자연히 수그러든다는 것을 알았다. 그러니 잠자코 기다리기만 하면 되니 '자연에 맡기라'고 충고한다. 그의 말은 계속된다.

"자연은 우리에게 말한다. 당신이 이 세상에 들어온 것같이 이 세상에서 빠져나가라. 당신이 생각도 두려움도 없이 죽음에서 삶으로 건너온 것과 동일하게 이번에는 삶에서 죽음으로 건너가라. 당신의 죽음은 우주 질서의 여러 부품 중 하나이다. 이 세상의 생명의 한 부품이다"

여기서 나는 마르쿠스 아우렐리우스의 말을 떠올렸다.

"죽음은 오히려 자연의 번영을 향한 공헌의 과정일지니 그저 자연의 부품部品으로서 돌아가면 된다"는.

그분의 말씀이 나를 담담하게 한다. "나는 자연의 부품이다"를 되뇌며 안심입명으로써 자연회귀自然回歸를 다짐할 수 있었다.

고분이가鼓盆而歌

장자처사莊子妻死 혜자조지惠子弔之 장자즉방기거莊子則方箕踞 고분이가鼓盆而歌.

『장자』「지락至樂」 편의 글이다.

장자의 아내가 죽어서 혜자가 문상을 갔다. 장자는 마침 두 다리를 뻗고 앉아 질그릇을 두들기며 노래를 부르고 있었다. 혜자가 "아내와 함께 살고 자식을 키워 함께 늙은 처지에 곡哭조차 하지 않는다면 무정하다 하겠는데 질그릇을 두드리며 노래까지 부른다는 건 너무 심하지 않은가?" 장자가 말했다.

"그렇지 않네. 처음 아내가 죽었을 때, 나라고 어찌 슬프지 않았겠는가? 그러나 그 시초를 살펴보니 원래 생生이란 게 없었네. 비단 생이 없었을 뿐만 아니라 원래 형상도 없었던 것이며, 비단 형상이 없었을 뿐만 아니라, 원래 기운도 없었던 것일세.

그저 흐릿하고 유현한 가운데 섞여 있다가 변해서 기운이 있었고, 기운이 변해서 형상이 있었고, 형상이 변해서 생生이 있었던 것일세. 이제 다시 변해서 죽음으로 갔으니 이는 봄, 여름, 가을, 겨울 사계절이 번갈아 운행하는 것과 같은 것이지. 아내는 지금 천지天地라는 거대한 방에 편안히 누워 있다네. 그런데도 내가 큰 소리로 울고불고한다면, 나는 하늘의 운명을 모르는 거라 생각되어 곡哭을 그쳤던 것일세."

그는 한 하늘 아래, 흐린 날과 맑은 날이 있는 것처럼 삶과 죽음을 그렇게 해석했다.

"오직 나와 저 해골만이 알고 있다. 唯予與彼知而
일찍이 삶도 없고 죽음도 없다는 것을. 未嘗生未嘗死也
삶과 죽음을 걱정하라. 此過養乎
삶과 죽음을 즐거워하라. 此過歡乎
오직 너와 나만이, 네가 일찍 죽지 않았고
일찍이 산 적도 없다는 것을 안다.
너는 과연 해골이 된 것을 괴로워하는가.
나는 이 세상에 있는 것을 기뻐하고 있겠는가?"

나는 나에게 묻는다. 너는 이 세상에 있는 것을 기뻐하고 있는가.

현해縣解

시둔천배정是遁天倍情 망기소수忘其所受

고자위지둔천지형古者謂之遁天之刑

적래부자시야適來夫子時也 적거부자순야適去夫子順也

안시이처순安時而處順 애락불능입야哀樂不能入也

고자위시제지현해古者謂是帝之縣解.

『장자』「양생주」 아홉 번째 글이다.

노담이라는 사람이 죽자, 친구 '진일'이 문상하러 왔다가 형식적인 곡哭을 세 번만 하고 나와버렸다. 성의 없는 태도에 제자들이 의아해하자 "늙은이는 제 자식을 잃은 듯이 곡을 하고, 젊은이는 제 어버이를 잃은 듯이 곡을 하고 있더군", 그러면서 그의 말이 이어진다. 서두의 원문이 그것이다.

"이것은 생사生死라는 자연의 도리에서 벗어나, 진실을 거역하고 하늘로부터 받은 본분本分을 잊음이야. 옛 사람들은 이를 '하늘을 도피한 벌遁天之刑'이라고 했지. 그(노담)가 어쩌다 이 세상에 태어난 것은 태어날 때를 만났기 때문이며, 그가 어쩌다 이 세상을 떠난 것도 죽을 운명을 따랐을 뿐이야. 때에 편안히 머물러 자연의 도리를 따라간다면安時而處順 기쁨이나 슬픔 따위 감정이 끼어들 여지가 없는 걸세. 이런 경지를 옛날 사람은 '하늘의 묶어 매달림에서 풀림[懸解]'이라고 불렀다네."

장자의 장례식

장자장사莊子將死 제자욕후장지弟子欲厚葬之
장자왈莊子曰 오이천지위관곽吾以天地爲棺槨
이일월위연벽以日月爲連壁 성진위주기星辰爲珠璣
만물위자송萬物爲齎送 오장구기불비사吾葬具豈不備邪
하이가차何以加此.

『장자』「열어구」편의 글이다.

장자의 죽음이 임박하자, 제자들은 그를 성대히 장사지내려고 하였다. 장자가 그들에게 말했다.

"나는 천지를 관으로 삼고, 해와 달을 한 쌍의 옥玉으로 삼고 별들을 장례에 쓰는 구슬로 삼고, 만물을 장례에 쓰는 도구로 삼고 있으니, 내 장례식을 치르는 데 도대체 무엇이 부족하단 말인가? 여기에 무엇을 더 보탠단 말인가?" 그러자 제자가 말했다. "우리는 까마귀나 솔개가 선생님의 시신을 다 먹을까 걱정입니다."

"땅 위에 있으면 까마귀나 솔개의 밥이 되고, 땅 밑에 있으면 땅강아지나 개미의 밥이 된다. 그러니 솔개와 까마귀의 밥을 빼앗아서 땅강아지나 개미에게 주는 것이 어찌 편벽된 일이 아니겠는가?" 그리고 잇달아 장자는 자신의 견해를 피력했다.

"인지人知라는 불공평한 척도로 사물을 공평하게 하려는 이상 그 공평은 결코 참된 공평이 아니다. 자연스런 감응感應에 의하지 않고 인지人知의 마음으로 사물에 응하는 이상 그 감응은 참된 감응이 아니다. 어리석은 자는 자기의 견해를 믿고 인간사에 빠져 있다. 그 공적은 다만 외물外物에만 있고, 자기의 본성에는 아무 도움도 되지 못한다. 어찌 슬픈 일이 아니겠는가?"

마지막 결구의 '기공외야其功外也, 불역비호不亦悲乎'가 가슴에 박힌다. 장자의 핵심은 늘 본질을 향한다.

죽음은 휴식이다

오, 치유의 죽음이여. 비웃지 말고 부디 내게 와다오. 치유할 수 없는 병에는 그대가 의사일지니. 고통도 시신만은 손대지 못하는 법.

고대 그리스의 비극시인 아이스킬로스(기원전 525~456)의 시구이다. 불치의 질병으로 고통이 깊어질 때, 우리가 의지할 수 있는 것은 진통제뿐이다. 간절히 원하노니 죽음이여 오라! 이렇게 외치지 않아도 때가 되면 자연은 우리를 데리러 와서 고통으로부터 쉬게 한다. 대지가 우리를 쉬게 하니 고통스런 사람에게는 죽음이 축복일 수 있다. 나는 『햄릿』의 마지막 대사를 내 식으로 음미한다. 햄릿은 클로디어스를 죽인 다음 호레이쇼의 팔에 안겨 숨을 거두는데 "나머지는 침묵이다The Rest is silence"를 외친다. '나머지는 다 말할 수 없다'는 해석보다 나는 '침묵(죽음)은 곧 휴식'이란 뜻으로 풀이하고 싶다. 짧지만 53년이란 힘든 그의 인생을 생각해보면 죽음이야말로 셰익스피어에게 진정한 휴식이 아니었을까? 하는 생각이 들었다.

생에서 노사老死로 바로 가면 좋으련만 그 과정에 매복하고 있던 온갖 질병이 나타나 몸을 괴롭힌다. 사고가 아니라면 우리 대부분은 아프다가 죽는다.

아테네의 서쪽, 유명한 성지聖地 엘레우시스 신관神官인 에우포리온의 아들로 태어난 아이스킬로스는 꿈에 디오니소스가 찾아와 극작가가 되리라는 말을 들었다. 과연 일찍부터 그는 연극의 경연에 참가하여 13번이나 우승했다. 90편이나 되는 그의 희곡작품 가운데 지금까지 전해지는 것은『오레스티아』3부작이다. 만년에 그는 젊은 소포클레스에게 패배를 마시고 시칠리아 섬으로 떠났다. 섬의 해안에 서 있을 때, 거북을 낚아채서 날아오던 독수리가 그의 대머리가 빛나는 것을 보고 단단한 바위가 빛나는 것으로 잘못 알고 거북을 하늘에서 떨어뜨린 것에 맞아서 숨졌다고 한다. 독수리는 쪼개진 뼈 사이로 흘러나온 거북의 뇌수를 쪼아 먹는다는 것이다. 다행한 일일까? 아이스킬로스는 질병의 긴 고통 없이 떠날 수 있었다. 그의 바람대로 '치유의 죽음'이 서둘러 와주었기 때문이다.

메멘토 모리

철학을 공부하는 일은 죽기를 배우는 일이다.

몽테뉴의 『수상록』 19번째 에세이의 제목이다. 그는 죽음이 여러 가지 방법으로 우리를 기습해오는 것을 소개하면서 어찌 죽음에 대한 생각에서 벗어날 수 있으며 한순간인들 죽음이 우리의 목덜미를 잡고 있는 것을 보지 않을 수 있으랴. 그러니 죽음에 대한 대비가 있어야 한다고 강조했다. "죽는 법을 배운 사람은 노예가 되는 법을 잊는다"고 하였다.

고대 이집트에서는 연회장 한편에 사람의 해골 따위를 전시하는 특이한 관행이 있었는데 몽테뉴는 그것을 이와 같이 적고 있다. 연회를 시작하기 전 하인을 시켜 이렇게 선언하게 했다고 한다.

"지금 마음껏 마시고 즐기시오. 그대가 죽으면 저런 모습일 테니."

세네카와 에픽테토스, 아우렐리우스를 비롯한 스토아학파 철학자들은 메멘토 모리memento mori "네가 죽어야 한다는 사실을 기억하라!"는 말을 매일 상기하면서, 최대한 죽음에 대한 공포를 없애려고 하였다, 계속 성찰하다보면 어느덧 그 생각에 익숙해지고 평온하게 된다는 것이다. 그러므로 몽테뉴는 "상상만이 아니라 입으로도 죽음을 줄곧 되뇌는 것이 내 습관"이라고 했다. 죽음의 공포를 완전히 물리치지는 못했으나 공포의 무공포화를 통해 그는 잘 사는 법을 배울 수도 있다고 했다.

처음에 그는 금욕주의적인 스토아철학에 경도되었으나 만년에는 에피큐리언이 되어 삶의 목표를 쾌락에 두었다. 그는 감각적 쾌락에서조차 정신을 개입시킴으로써 쾌락이 전인적全人的인 것이 되기를 원했다. 즐거움을 맛보고 누리되 그것이 감각의 표피를 스쳐 물거품처럼 사라져버리는 대신, 온 정신으로 그것을 증폭시킴으로써 더욱 충일한 것이 되기를 바랐다. 이 경지를 그는 '완성'이란 말로 표현했다. '자신의 현존재를 당당하게 즐길 줄 아는 것' 외에 아무것도 아니라는 것이다.

보르도의 아키텐 박물관에 있는 몽테뉴의 묘소를 찾은 적이 있었는데 침상 위에는 토기로 빚은 그의 인물 모형이 반듯하게 누워 있고 침상 밑에는 해골 등 정교한 조각품으로 장식된 석관이 놓여 있었다. 나는 또 "메멘토 모리memento mori"를 떠올렸다.

우리의 쉴 곳

기재영해其在嬰孩는 기전지일氣專志一하고, 화지지야和之至也라,
물불상언物不傷焉하고 덕막가언德莫加焉이라.

갓난아기 때에는 기운이 한결같고, 뜻이 하나가 되어 있어서 지극히 조화를 이루고 있으므로 밖의 것들이 그를 손상치 못하고 덕德도 이보다 더할 수가 없다.

『열자列子』는 사람의 일생을 네 단계로 나누고 그 변화와 특징을 설명한다. 첫 번째는 갓난아기 때의 일로 서두에 적은 대로이고 두 번째의 젊은 시기에는 혈기가 왕성하게 넘쳐 욕망과 의욕이 가득히 일어나 밖의 물건이 그에게 공격을 가하게 되고, 덕은 그 때문에 쇠퇴하게 된다其在少壯 則血氣飄溢 欲慮充起 物所攻焉 德故衰焉. 세 번째, 늙은 때에는 곧 욕망과 의욕이 부드러워지고 육체의 활동이 그치려하므로 밖의 물건과 다투지 않게 된다其在老耄 則欲慮柔

焉 物莫先焉. 네 번째, 죽을 때는 곧 쉬는 곳으로 나아가서 종점으로 되돌아가게 되는 것이다其在死亡也 則之於息焉 反其極矣.

우리의 생사도 만물의 순환법칙과 다르지 않아서 장차 이르게 될 종점은 자연스럽게 자기 자리를 찾아 되돌아가는 것이니 죽음도 삶과 동일하게 두려워하거나 걱정할 필요가 없다는 것이다. 열자는 글의 서두에서 다음의 『황제서黃帝書』를 끌어와 자기의 논리 근거로 삼고 있다.

"형체[形]는 움직여 형체를 낳지 못하고, 그림자만을 낳는다. 소리는 움직여 소리를 낳지 못하고 울림만을 낳는다. 무無는 움직여 무를 낳지 못하고 유有를 낳는다. 형체란 반드시 끝장이 있는 것이다. 하늘과 땅도 끝장이 있는가? 나와 같이 모두 끝장이 있다. 끝장은 다함이 있는 것인가? 알 수가 없다. 도는 끝장이 있는가? 본시 시작도 없었다. 삶이 있는 것은 곧 삶이 없는 것으로 되돌아간다."

어디로 가는가? 쉬는 곳으로 간다. 열자는 공자의 입을 빌려 우리에게 '쉴 곳'을 일러준다. "저 무덤을 바라보면 불룩하고 우뚝하고 봉긋하고 불쑥한데 그곳이 쉴 곳"이라고 한다. "가장 깊은 잠보다 더 평화로운 것은 죽음"이라던 로마의 철학자 루크레티우스의 말이 생각난다.

귀무공歸無空

요승화이귀진聊乘化以歸盡 낙부천명부해의樂夫天命復奚疑

모름지기 천지조화의 원칙을 따라 죽음의 나라로 돌아가자!

또 천명을 감수해 즐긴다면 그 무엇을 의심하고 망설일 것이냐?

도연명의 대표작으로 회자되는 그리고 내가 특히 애송하는 「귀거래사」의 마지막 결구이다. 굶주림이나 면하려고 관직에 나아갔으나 "내 어찌 쌀 다섯 말 때문에…" 하며 평택령의 자리를 박차고 집으로 돌아와 지은 시다.

"자! 벼슬에서 물러나 내 집의 논밭으로 돌아가자! 전원이 황폐하고 있거늘 어찌 돌아가지 않으리오"로 시작해 전원을 손질하고 서쪽 밭에서 농사를 짓는다. 총 30행의 시구 중 25행에서부터는 그의 사생관이 피력되고 있다.

"아! 이제는 끝인가보다. 내 몸을 세상에 맡겨 살 날이 얼마나 될지? 어찌 나의 마음을 대자연의 섭리에 맡겨 따르지 않을 수 있겠는가. 새삼 초조하고 황망스러운 마음으로 욕심내고 바랄 것이 무엇인가. 나는 부귀도 바라지 않고 또 죽은 후에 천제天帝가 사는 천국에 가서 살 것이라는 기대도 하지 않는다. (중략) 모름지기 음양의 조화를 따라 변천하나니 무無로 다시 돌아가는 것이다. 천명天命을 감수해 즐긴다면 또 무엇을 망설이고 의심할 것인가?"

이와 같은 사생관은 그가 세상을 떠나기 며칠 전에 썼다는 「자제문自祭文」에서도 볼 수 있다. "도陶 아무개는 장차 임시로 몸담았던 객사를 떠나 바야흐로 '영원한 본연本然의 집'으로 돌아가고자 한다"로 시작하여 평생의 곤고한 노정을 회고한 뒤 "살 만큼 살고 늙어서 죽었거늘, 또 무엇을 미련 적게 여기겠느냐"고 말한다. 그렇다. 나 또한 그러하다. 무엇을 더 의심하겠는가. 살 만큼 살았거늘, '낙부천명부해의樂夫天命復奚疑'를 되뇐다.

"인생은 어차피 환幻, 끝내는 공空과 무無로 돌아가리"라던 그와 귀무공歸無空을 합한다.

인생은 나그네길

부천지자夫天地者는 만물지역여萬物之逆旅며

광음자光陰者는 백대지과객百代之過客이라,

무릇 하늘과 땅이라는 것은 만물의 주막집이며

시간이라는 것은 백 대의 지나가는 나그네일러라.

이백李白의 「춘야연도리원서」의 서두이다.

복숭아와 오얏꽃이 핀 봄밤, 정원에 모여 시회詩會하는 자리에서 그는 말한다.

"거품 같은 인생이 꿈과 같으니 그 기뻐함이 얼마나 되겠는가? 옛 사람이 촛불을 잡고 밤에 논 것은 참으로 까닭이 있음이로다."

'천지와 광음'은 우주와 시간. '역여逆旅와 과객過客'은 주막집과 나그네, 자연히 나그네를 떠올리게 된다. 삿갓 하나 눌러 쓰고 평생을 떠돌던 김병연은 이백의 시를 차용하여 「천지만물지역여」라는 제목으로 시를 남겼다.

"조물주가 만들어놓은 신비한 무대에 말을 달려서 지나는 손[客]은 다 이러하도다. 아득한 우주의 영원함을 생각해보면 길을 아는 선생이 어젯밤에 자고 간 곳이로다."

우리도 그곳을 말[시간] 달려 지나간다. 선생이 자고 간 곳은 어디일까? 1,600년 전, 진晉나라 시인 도연명은 「자제문自祭文」에 이렇게 쓰고 있다.

"도陶 아무개는 임시로 몸담았던 객사逆旅之館에서 물러나 바야흐로 영원한 본연의 집永歸於本宅으로 되돌아가고자 한다"고. 이승에 잠시 기우寄寓한 객사를 떠나 다시 무無의 실재로 돌아가려한다는 것이다. 이 나그네들, 사람은 무에서 와서 현상세계인 유有의 세계에 잠시 머물다가 다시 무로 돌아간다. 따라서 무의 세계를 영원한 본연으로 보고, 이승의 삶을 잠시 동안 기우한 객사, 즉 여관으로 본 것이다. 도연명은 「잡시雜詩 7」에서 다시 말한다.

"가위역여사家爲逆旅舍 아여당거객我如當去客 거거욕하지去去欲何之 남산유구댁南山有舊宅. 집이란 한때 묵는 여관 같거늘, 나는 결국은 떠나야 할 나그네. 길 떠나되 어디로 갈 것이냐? 남산 기슭 옛 집인 무덤이니라."

남산은 그가 태어난 여산이다. 옛 집이란 태어나기 전의 무의 세계, 한 줌 흙이 아닐까. 떠나야 할 나그네의 그 '거객去客'에 눈길이 머문다.

말 탄 자여! 지나가라

죽음과 삶은 본래 존재하지 않았다Death and Life were not.

아일랜드의 시인 윌리엄 버틀러 예이츠(1865~1939)의 시집 『탑』 속에서 만날 수 있는 글귀이다. "이 시집은 내가 쓴 최고의 책"이라고 언급한 대로 그에게 대단한 성공을 안겨준 책이다. 36편의 시 가운데 「비잔티움으로의 항해」, 「탑」, 「학동들 사이에서」가 대표 작품으로 손꼽힌다. 「탑」에서 그는 60세가 지나 병들어 있는 육신을 바라보며 젊은 시신詩神 뮤즈와 자신을 대조시키며 글을 풀어나가고 있다.

"이 어리석음을 내 어찌하리/ 오, 마음이여, 괴로운 마음이여-이 풍자만화 개꼬리에 매달린 듯이, 나에게 매달린 늙어빠진 나이를? (중략) 나는 나의 신념을 선언한다./ 나는 플로티누스 사상을 조소하고 플라톤을 반대해서 소리친다./ 죽음과 삶은 본래 존재하지 않았다./ 인간이 전체를 만들어낼 때까지는./ 인간의 비통한 영혼에서 모든 만물을 만들고/ 그래, 태양과 달과 별, 모두를 만들 때까지는."

이 시에서 나는 제 3연을 주목한다. 그는 죽음과 삶, 혹은 초월과 지상을 이분법적으로 인식하는 이른바 초월주의자들을 조소하면서 죽음과 삶이란 인간의 영혼이 만들어낸 것이며 영혼의 관점에서 보면 죽음과 삶은 연속선상에 있다는 믿음을 전한다. 한마디로 죽음은 원래 없는 것이며 인간의 쓰라린 영혼이 만들어낸 것일 뿐이라고 언급한다. 예이츠는 인도의 승려 프로히트 스와미와 함께 『우파니샤드』를 영역하고, 일본의 불교학자 스즈키 다이세츠의 책을 읽었다.

오래 전 나는 더블린 작가박물관의 작은 암실에 앉아서 화면에 흐르는 그의 묘비와 마주하고 있었다. 임종 5개월 전에 썼다는 「불벤 산 아래에서」의 제 6연이다.

"Cast a cold eye/ On life, on death/ Horseman, pass by!(차가운 시선을 던져라/ 삶에 대해, 죽음에 대해/ 말 탄 자여! 지나가라)"

말을 달려 우주를 지나가는 그의 모습이 언뜻 보이는 듯했다.

제5장
문학

인생은 한 편의 시

생물학적 입장에서 보면 인생은 한 편의 시詩에 가까운 것이라고 생각된다. 인생에는 인생의 독특한 리듬도 있고 맥박도 있고 성장과 노쇠의 내부적 주기도 있다. 하루에 아침, 낮, 일몰이 있고, 일년에 사계절이 있는 그대로의 모습이야말로 좋지 않은가. 인생에는 선善도 없고 악惡도 없다. 계절에 따르면 모두가 다 선善이다.

중국의 석학 임어당(1895~1976)의 명저 『생활의 발견』에서 만날 수 있는 글이다. 짧은 생애, 부유 같은 인생을 어떻게 살아나가야 가장 행복하게 인생을 마칠 수 있는가에 대한 그의 생활철학이 중국의 고전과 함께 소개되고 있다.

'행복이란 무엇인가?'에서 임어당은 인생에는 목적이나 의미가 반드시 있어야만 한다고는 생각지 않는다며 '살고 있다는 것만으로 족하다'고 한다. 하루에 아침, 낮, 일몰이 있듯이 유년시대, 성년시대, 노년시대 어느 계절이더라도 모두가 살 만한, 아름다운 계절이라는 것이다. 큰딸 봉여가 결혼에 실패하고 집에 돌아와 자살을 하였을 때, 둘째 딸의 말처럼 '한낱 텅 빈 껍질처럼' 변모해버린 아버지 임어당이 강조한 말은 이 세상 인간에게 주어진 목숨은 오직 하나뿐, 그렇기 때문에 온갖 방법으로 그것을 누려야 한다는 것이다. 그러나 너와 똑같은 목숨을 가진 다른 사람에게도 사랑과 자비를 베풀 줄 알아야 한다고 했다. 그는 책에서 또 이렇게 쓰고 있다.

"인생의 명암明暗을 그대로 받아들여 불평함이 없다. (…)천도天道는 운행運行하는 것, 죽는다에 영원한 부정不正이라는 것이 없다고 하는 것을 믿고 있다. 그 이상의 것은 바라지도 않는다"고.

영문학도였던 임어당은 "셰익스피어는 대자연 그 자체와 같았다. 이 말이야말로 우리들이 세상의 문인이나 사상가에게 바칠 수 있는 최대의 찬사이다. 그는 그저 살았고, 인생을 보았고, 그리고 죽은 것에 지나지 않았다"며 그를 천도에 순천順天하는 위대한 달관자라고 칭했다. 현세의 삶에 가치를 두고 지상을 있는 그대로의 천국으로 보았던 임어당, 그도 대자연과 같은 사람이었다고 생각한다.

어린이는 어른의 아버지

The child is father of the man(어린이는 어른의 아버지다).

영국의 낭만파 시인 윌리엄 워즈워스(1770~1850)의 시 「무지개」의 일구이다.

하늘의 무지개를 볼 때마다/ 내 가슴은 뛰노라./ 나 어렸을 때도 그랬고/ 어른이 된 지금에도 그러하다./ 늙어서도 그렇지 못하다면 차라리 죽는 것만 못하리./ 어린이는 어른의 아버지./ 바라노니 내 생애의 하루하루가 자연에의 경건함으로 가득 차기를.

60여 년 전, 교실에서 암송한 이 시는 내 나이 50 중반까지는 입에 남아 있었다. 졸업 후 오랜만에 만난 친구와 상원사 적멸보궁 참배에 동참했는데 때는 바야흐로 신록이 아름다운 초하의 밤이었다. 눈과 맞닿은 광활한 하늘에선 금강석 같은 별들이 반짝이고 내 가슴도 튕클튕클 뛰었다.

"My heart leaps up when I behold a rainbow in the sky." 시의 첫 구절을 외우니 영문과를 나온 그 친구는 지체없이 받아 우린 합창이 되었다. 그날 밤, 한참 격앙된 나는 "So be it when I shall grow old(늙어서도 그러할 것이다) or let me die!(그렇지 않으면 죽는 것만 못하리)"에 힘을 주어 목청이 터져라 외쳤다. 친구는 얼마 뒤, 암으로 세상을 떠났고, 많은 세월 뒤에 나는 홀로 'Or let me die'를 되뇌며 뛰지 않는 가슴을 돌아보고 있다.

오월은 신록의 달. 새 잎이 돋아나는 아름다운 때, 나는 걸어서 안국동 길을 가고 있었다. 가로수에 아기 귀만큼 삐져나온 꼬물꼬물한 이파리들이 충만한 햇볕 아래서 은비늘처럼 반짝거렸다. 솜털 같던 프레시맨 시절이었다. 돌돌 말린 잎이 펴지면 비로소 무슨 나뭇잎인 줄 알게 돼 반갑고 기뻤다. 언제부터 이렇게 무감동하게 되었을까?

어린 나이에 부모를 잃은 워즈워스는 자연을 벗 삼아, 티 없이 맑은 마음으로 영성 어린 시를 빚어냈다. 그는 시에서 인간이 "자연을 반쯤 지각知覺하고 반쯤 창조한다"며 단순성과 자연과의 교감을 중시하였다.

"어린이는 어른의 아버지" 어린아이의 뛰는 가슴을 간직할 수만 있다면….

푸르른 오월, 저 연둣빛을 닮고 싶다.

호손의 백비白碑

그가 오래 살아서 허옇게 늙은 주검으로 이제는 늙어버린 아내 페이스와 자녀들, 손자, 그리고 많은 이웃들이 애도의 행렬을 지은 가운데 무덤으로 들어갔을 때에 그들은 그의 묘비에 아무런 희망의 시를 새기지 않았다. 왜냐하면 그는 암울하게 죽어갔으므로.

너새니얼 호손(2804~1864)의 소설 『젊은 굿맨 브라운』의 마지막 문장이다.

굿맨 브라운은 어느 날 밤, 낯선 사내와 밤길에 동행이 되는데 그는 굿맨 브라운의 조부가 세일럼 거리에서 퀘이커교도 여인을 채찍질했으며 그의 부친은 필립왕 전쟁 때, 인디언 부락에 불을 질렀다는 사실을 폭로한다. 그리고 자기는 지금 악마의 검은 미사에 가는 길이라고 말한다. 그와 함께 악마의 미사 장소에 도착해 보니 교회 지도자들과 마을 사람들, 아내까지도 검은 미사에 참여하고 있었다. 그들의 위선과 독선을 목격한 뒤, 굿맨 브라운은 아내까지도 의심하는 냉소적 인간으로, 완전히 다른 사람으로 변모되어 세일럼 마을로 돌아온다. 그리고 이 글의 결미에 '묘비에 아무런 희망의 시를 새기지 않았다'고 적고 있다.

나는 실제로 콩코드 23가에 위치한 슬리피 할로우의 묘역을 찾은 적이 있다. 『월든』의 작가 소로와 마주한 그의 무덤, 반월형의 하얀 묘비에는 과연 아무것도 적혀 있지 않았다. 너무나도 작고 간단했다. 단지 호손HAWTHORNE이라고만 적혀 있었다. 생몰 연월일조차 기록되어 있지 않았다. 그는 왜 자신의 성에 W자를 덧붙여 Hathorne을 Hawthorne으로 바꿔 썼을까? 그의 증조부 윌리엄 호손은 영국에서 메이플라워호를 타고 미국으로 건너와 세일럼의 치안판사가 되어 퀘이커교도를 박해하고 그의 숙부들은 마녀사냥과 인디언 대학살에 참가하였다. 호손은 자신의 소설 『일곱 박공의 집』에서 조상의 죄를 폭로하고 몹시 괴로워하였다. 이 집의 주인인 핀치온 대령(호손의 증조부)은 가난한 머쉬 몰의 땅을 빼앗고 그를 마녀잡이란 명목으로 교수대 위에 세웠다. 몰은 죽어가며 저주를 퍼부었다. "하나님께서 그에게 피를 마시게 할 것이다"

허먼 멜빌은 『모비딕』을 그에게 헌정하며 말했다.

"그의 영혼은 어둠 속에 싸여 있으며 나보다 열 배나 더 어둡다. (…) 나를 붙잡아 매료시키는 것은 바로 어둠이다."

어둠의 작가 묘비 앞에서 나는 학창시절 『주홍글씨』를 읽고 자신의 죄를 고백하지 못한 채, 양심의 가책으로 번민하던 젊은 목사 딤스테일에게 빠졌던 때가 떠올랐다. 묘비 앞에 놓인 솔방울 하나를 손으로 집어들었다. 고요 속에 맑은 바람이 쏴아 하며 내 어깨를 휩쓸고 지나갔다.

홍사용의 눈물

나는 왕이로소이다./ 어머님의 가장 어여쁜 아들 나는 왕이로소이다. 가장 가난한 농군의 아들로서 (…)/ 그러나 시왕전十王殿에서 쫓기어난 눈물의 왕이로소이다./ "맨 처음으로 내가 너에게 준 것이 무엇이냐" 이렇게 어머니께서 물으시며는 "맨 처음으로 어머니께 받은 것은 사랑이였지요마는 그것은 눈물이더이다" 하겠나이다. 다른 것도 많지요마는 (…)/ "맨 처음으로 네가 나에게 한 말이 무엇이냐" 이렇게 어머니께서 물으시며는 "맨 처음으로 어머니에게 드린 말씀은 '젖 주서요' 하는 그 소리였지요마는, 그것은 '으아-' 하는 울음이었나이다" 하겠나이다. 다른 말씀도 많지요마는.

노작露雀 홍사용(1900~1947) 시인의 「나는 왕이로소이다」의 시 부분이다. 우리는 누구나 그렇듯 어머니가 살아계시기만 하면 그

앞에서 '어머니의 아들- 나는 왕이로소이다'가 아닌가. 그런데 시왕전에서 쫓기어난 눈물의 왕, 그 때문에 어머니는 왕을 낳고는 속 아픈 눈물만 흘리셨다. 벌거숭이 어린 왕도 어머니의 눈물을 따라서 발버둥 치며 '으아 '하고 소리쳐 울었다.

나는 '이슬 맞은 참새' 노작露雀이라는 시인의 호를 생각한다. 그가 살던 당시, 일제강점기의 절망도 포함되었겠지만 무엇보다 시인은 인간 존재의 본질을 눈물과 울음으로 보았다. 지열地熱이 끓고 있는 염천, 복중에 나를 낳고 비애로 생을 마감하신 어머니를 떠올리며 귀 빠진 어느 생일날 나는 이 시를 외우며 가슴을 난타했던 적이 있다. 맨 처음 어머니께 받은 것은 '사랑'이었지만 그것은 속 아픈 눈물이었고 내가 처음으로 드린 말씀은 '젖 주셔요' 하는 소리였지요만 그 또한 '으아-' 하는 울음이었다. 눈물 말고 나 또한 무엇을 바치리. 오늘은 내가 태어난 날이다. 손 씻고 책상 앞에 정좌하여 '대보大報' 크게 갚는다는 『대보부모은중경』을 펼쳐든다. 자식을 위해서는 못할 일이 없는 부모님은 죄도 짓는다는 '위조악업은爲造惡業恩' 그 아홉 번째 은혜에 이르러 그만 목이 메이고 만다.

여자의 뼈는 검고 가벼우니라

부생아신父生我身하고 모국오신母鞠吾身하며 복이회아腹以懷我하고 유이포아乳以哺我로다.

아버지는 내 몸을 낳게 하시고, 어머니는 내 몸을 기르셨으니 배로써 나를 품으시고 젖으로써 나를 먹이셨도다."

『사자소학四字小學』의 첫 구절이다. "호미도 날이언만은 낫같이 들 리가 없으니다." 옛글 한 토막이 떠오른다. 어머니의 은혜를 낫에 비유한 것이다. 어느 날 술이 불콰하게 오른 아들은 집에 돌아와 노모를 보자 반색하며 등에 업었다. 손사래를 치며 마다하는 어머니를 기어이 거북등판 같은 등에다 업고는,

"장난으로 어머니를 등에 업었네. 너무나 가벼워, 세 발자국, 그만 걸음 멈춘다"라고 썼다. 일본인이 가장 사랑하는 시인 이시카와 다쿠보쿠石川啄木(1886~1912)의 하이쿠다. 아들을 세 걸음에

서 멈추게 하는 각성. 언제 이렇게 되셨는가? 어머니의 실체가 달아난 듯한 느낌, 그만 술이 확 깨고 만다.

어느 때, 부처님께서 대중을 거느리고 남방으로 향하고 계셨다. 도중에 뼈 한 무더기를 만나자 그분은 오체를 땅에 대고 예배를 드렸다. 제자가 까닭을 물으니 "여기에는 내 전생에 전생의 부모님의 뼈가 있을 것이라" 말씀하며 이 자리에서 『부모은중경』의 설법이 펼쳐지게 된다.

"여자와 남자의 뼈를 둘로 나누어 보아라" 하시니 "살아 있을 때는 겉모습을 보고 알 수 있지만 뼈만 보고 어찌 구분할 수 있겠습니까?" 하고 그들이 다시 여쭙자 부처님은 이렇게 답했다.

"남자의 뼈는 희고 무거운데, 여자의 뼈는 검고 가벼우니라. 왜냐하면 자녀를 낳고 기름에, 한번 아이를 낳을 때에 서 말 서 되나 되는 엉긴 피를 흘리고, 여덟 섬 너 말이나 되는 젖을 먹이기 때문이다."

어느 날, 실컷 우려먹은 사골냄비에서 뼈다귀를 건져올릴 때의 손끝에 와닿던 그 섬뜩한 충격! 언제 이렇게 되셨을까.

이방인

어찌 보면 나를 빼놓은 채 사건을 다루고 있는 것처럼 보였다. 나는 참여시키지도 않고 모든 게 진행되었다. 내 의견은 물어보지도 않고 내 운명이 결정되는 식이었다.

알베르 카뮈(1913~1960)의 소설『이방인』의 한 부분이다. 어머니의 장례식에서 울지 않은 뫼르소가 우발적으로 총을 쏘아 사람을 죽이고 법정에서 냉혈한으로 몰려 사형 선고를 받게 된다. 살인의 동기는 햇빛 때문이었다고만 말한다. 내 의지와 상관없이 펼쳐지던 운명, 무의미한 출근부의 날인, 따분한 일상. 그러다 어느 날 문득 왜?라는 질문이 솟아오르고 삶에 종지부를 찍고 싶었던 어느 여름날 오후, 눈앞의 세상이 온통 백색으로 펼쳐지던 그때 나는 그를 이해할 수 있을 것 같았다. 뫼르소는 움직이지 않는 사내의 몸뚱이에 다시 네 번을 쏘았다. 아무런 까닭도 없이 네 발의 총성으로 불행의 문을 두드린 뫼르소.

왜 죽였냐는 질문에 단지 눈부신 '태양의 탓'이라니 말도 되지 않는 이 터무니없는 이유에 그러나 우리는 얼마나 공감하였던가. 말로는 간단히 설명할 수 없는 어떤 내면의 반사적 행위였으리라. 만약 그가 좀 더 적극적으로 스스로를 변론해서 사람들의 동정을 샀다면 재판의 결과는 달라졌을지도 모른다. 하지만 그는 거짓으로 반성하지도 않았다. 사형을 앞두고 회개를 요구하며 찾아온 신부에게 "희망 따위는 필요 없다"며 그를 쫓아보낸다.

나에겐 심중과도 같았던 카뮈의 그 한마디, "범죄를 저지르지 않기 위해 창작을 택했다"는 것이다. 그는 빈 집에 침입한 남자에게 치욕을 당하고 혼절한 어머니 곁에서 하룻밤을 지새우며 실존의 부조리를 배웠다고 했다. 뫼르소에 투사한 인물을 죽임으로써, 범죄적 정신에너지를 문학으로 승화시킨 건 아니었을까. 부조리한 한 전형을 통해 존재를 증명하는 그의 강력한 방법. 여름 한마당이 되면 내 안의 어떤 카뮈가 불쑥 얼굴을 들곤 했다.

슬픔이 있는 곳에 성지聖地가 있다

고뇌란 하나의 기다란 순간이다. 그것을 계절로 나눌 수는 없다. 죄수들에게는 시간 그 자체가 진행하는 것이 아니고 회전할 뿐이다. 그냥 고통이라는 하나의 축의 주위를 맴도는 것처럼 생각된다. 슬픔이 있는 곳에 성지聖地가 있다.

영국 작가 오스카 와일드(1857~1900)의 『옥중기獄中記』에 있는 글이다. 그는 남색 사건으로 체포되어 레딩 감옥에서 2년 동안 옥살이를 했다. 옥중에서 어머니의 부고를 전해 듣는다. 시인이며 비평가이던 그의 어머니는 어린 아들에게 그리스와 이탈리아의 고전문학을 지도하던 자상하고 교양 높은 부인이었다. 아들의 불명예가 죽음을 재촉했을 것이라는 풍문도 나돌았다. 그는 옥중에서 비애의 아름다움에 대해 또 예수 그리스도의 수난의 의미를 되새기면서 눈물로 참회하며 『옥중기』를 썼다.

어느 해 여름, 나는 그의 마지막 구절에 주문이 걸려 “슬픔이 있는 곳에 성지가 있다”는 그의 비원悲願을 껴안게 되었다. 20대 초반, 인생이라는 한 장의 피륙 한복판을 칼로 긋고 마음의 문을 닫았던 시절, 퇴근을 해도 여름날은 쉽게 어둡지 않았다. 하나의 기다란 축 위에서 무의미한 시간을 되풀이하고 있을 때, ‘고통이라는 하나의 축을 맴도는 수인囚人, 죄수들에게 형벌의 시간은 진행하는 것이 아니고 그냥 회전回轉할 뿐’이라는 레딩 감옥의 그가 불쑥 떠올랐다. 슬픔, 슬픈 영혼은 순도 높은 증류수, 그 순도야말로 ‘성지’가 허락되는 영토이다. 세상에 대해 아무것도 바라지 않는 무욕대비無欲大悲. 그 슬픔을 통해 나는 자기 안의 영토를 성지로 확장할 수 있었다.

‘영혼은 예술에만 있고 인간에게는 없다’던 오스카 와일드. 그는 『도리언 그레이의 초상』에서 작중인물을 통해 인생을 예술로, 그것도 유미주의적 예술로 바꿔보려는 시도를 꾀했으나 도리언의 파렴치한 비도덕성으로 인해 결국은 파멸할 수밖에 없다는 결론을 내린다. 그의 삶도 작중인물처럼 비극으로 끝났다. 그렇지만 『도리언 그레이의 초상』과 『살로메』는 세기말 문학의 대표로 손꼽힌다. 비원悲願을 통해 ‘성지聖地’를 환기시켜준 그에게 감사한다.

선문先聞의 계절

고객孤客 최선문最先聞.

외로운 나그네가 앞서 듣는다.

유우석劉禹錫, 가을시의 결구이다. 매양 가을이 되면 고객孤客인 듯 나의 촉수도 달라진다. '문장은 운명의 달達함을 미워한다'는 두보의 말대로 명조命造가 유복하지 못해서인가. 가을앓이가 심했던 그 시인들의 시를 나는 사랑한다.

"가을은 나그네가 앞서 듣는다/ 이 아침 뜰에 가지 흔드는 바람/ 하늘에 기러기 울음/ 뉘보다도 외로운 나그네가 앞서 듣는다."(全文)

고독한 시인에게서만 이런 절창의 시가 탄생한다. 전란(안록산의 난) 중에 고향으로 돌아가지 못하고 있는 한 척의 작은 배, 그때도 가을이었다.

“또 국화는 피어 다시 눈물지우고 배는 매인 채라. 언제 고향에 돌아가랴.”

그 ‘고주일계孤舟一繫’는 두보 자신일 것이었다. 4년을 떠돌다가 고향으로 가는 배 안에서 죽으니 나이 쉰아홉. 지금은 선문先聞의 계절이다.

새벽녘 찬 공기가 사람을 때린다. 남 먼저 깨어나 감지하고 그것들의 기미를 알아차려야 한다. 벌써부터 눈에 띄지 않는 자연의 흐름은 숙살의 기운을 타고 나목지절로 향하고 있다. 몸으로 가을을 겪는 나이, 왕유王維도 나처럼 그런 심정이었을까? 시불詩佛로 칭송받는 그의 선미禪味 흐르는 가을시를 또한 읊조리게 된다.

“빈 방에 홀로 앉았으면/ 늙어감이 서러웁다./ 이경二更, 밖에서는 찬비가 내리고/ 어디선지 과일 떨어지는 소리. 무엇일까?/ 벌레들이 방안에 찾아와 운다.”(全文)

홀로 깨어 있는 밤, 어디선가 산 과일 떨어지는 소리. ‘우중산과락雨中山菓落’이 내게도 들릴 듯. 무엇인가 알 듯한 소식! 나는 우주의 소리에 가슴을 열어둔다.

고향

총국양개타일루叢菊兩開他日淚하고
고주일계고원심孤舟一繫故園心이라.

또 국화는 피어 다시 눈물 지우고
배는 매인 채라. 언제 고향에 돌아가랴.

두보杜甫(712~770)의 「추흥秋興」 8수에서 내가 뽑은 첫 번째 시의 안구眼句이다. 전란으로 고향을 떠난 두보는 가족을 배에 태우고 장강을 떠돌다가 기주夔州에서 2년 동안 머물렀다. 전 생애의 작품 중 삼 분의 일에 해당하는 440수나 되는 시를 이곳 장강 삼협의 기주에서 지었다.

"찬 이슬 내려 단풍은 물드는데/ 쓸쓸한 무산巫山의 골짜기를 가면/ 강 물결 하늘에 치솟고/ 변방을 어둡게 뒤덮는 구름/ 또 국화는 피어 다시 눈물 지우고/ 배는 매인 채라. 언제 고향에 돌아가

랴/ 이제 추위가 오리라/ 백제성을 흔드는 다듬이 소리, 다듬이 소리."(「추흥秋興」 1수 전문)

이 시의 '고주일계孤舟一繫' 외롭게 매어 있는 배 한 척. 집을 떠나 집에 갈 수 없는 자취생활, 어느 추석날 아침 나는 남의 뒷방에서 이 시구를 외웠다. 서울서 태어나 달리 고향이란 없는 내게 두보의 신병과 오랜 그의 표랑과 망향이 내 안으로 들어왔다. '이제 추위가 오리라' 냉기를 예감하며 낯선 곳에 한 척 배로 묶여 있던 나. 갑자기 어머니가 타계하셔서 동생들은 서모 집에 계신 아버지에게로 들어갔고, 무슨 만용인지 직장을 그만둔 나는 불교학과에 편입하여 가정교사 노릇을 할 때였다.

지프 차가 딸아이를 등교시키고 나를 학교에 내려주면 너무 이른 시각, 벤치에서 시간을 기다려야 했다. 화단에 국화꽃 망울들의 '타일루他日淚'가 내게로 옮겨졌다. 삿갓을 눌러 쓰고 고향을 떠난 김삿갓이 떠올랐다. 고향, 그것은 떠난 자의 가슴에 남아 있는 이름이며, 실패한 사람에겐 돌아가 눕고 싶은 땅이리라. 다병한 몸으로 평생이 불우하였던 두보는 장사長沙에서 소상강을 거슬러 악양으로 오는 배 안에서 숨을 거뒀다. 43년이 지나 손자가 고향 땅 수양산 기슭으로 할아버지의 유해를 옮겼다. 눈을 감으면 그날의 소슬하던 냉기가 지금도 전해진다.

무無보다 더 실재적인 것은 아무것도 없다

아무 일도 일어나지 않았다Rein à faire..

사무엘 베케트의 희곡 『고도를 기다리며』의 첫 구절이다. 아무것도 없는 텅 빈 무대에서 두 남자가 누군가를 기다리며, 할 수 있는 일이란 그것뿐인 듯 무의미한 대화를 되풀이한다. 그들이 기다리는 고도가 오늘은 오지 않지만 내일은 꼭 온다는 전갈이 전해지며 제1막이 끝난다. 제2막도 같은 무대, 고목에 잎사귀가 달렸다. 포조는 시력을 잃고 럭키는 벙어리로 변하는데 이는 시간의 흐름과 함께 의식의 해체과정을 상징한다.

블라디미르 : 내일 목매달기로 하지. (잠시 후) 고도가 오지 않는다면 말이야.

에스트라공 : 오면 어떡하구.

블라디미르 : 우린 구원받게 되지. (사이)

블라디미르 : 자 떠날까?

에스트라공 : 응 가세나.

그들은 움직이지 않고 서 있는데 막이 내린다. "자 떠날까?/ 응 가세나."

요즘 우리 부부의 대화놀이 같다. 몇 해 전, 우리는 손잡고 가서 백내장수술을 받았다. 그러는 사이 포조처럼 시력이 흐려졌고 럭키처럼 귀가 멀어졌다. 기다리던 '고도'는 역시 만날 수 없었다. 포조의 대사에 귀를 기울인다.

"어느 날, 저놈(럭키)은 벙어리가 됐고, 어느 날 난 장님이 됐고… 어느 날 우리는 태어나고… 죽을 거요. … 이걸로 충분하지 않느냐 말이요? 여자들은 무덤 위에 걸터앉아 아이를 낳고, 해가 잠깐 반짝이다가 다시 밤이 되는 거요."

탄생과 죽음 그리고 주야晝夜의 교체, 이것들은 영원이 반복되는 자연현상이다. 그러나 본체로서 보자면 하늘에서는 아무 일도 일어난 것이 아니다. 구름이 일었다가 사라져도 하늘은 본디 무심했던 것처럼. 『고도를 기다리며』의 첫 구절은 의미심장하다.

"아무 일도 일어나지 않았다"며 "무無보다 더 실재적인 것은 아무것도 없다"던 그를 다시 생각하게 된다. 중국의 야보冶父 선사와 동렬에 두고 내가 존경을 표하게 되는 작가이다.

글의 분수

글에도 반드시 분수라는 것이 있는 법이다. 자기 생각의 깊이에 알맞은 글을 써야만 어색한 느낌을 주지 않는다.

평생 수필만 쓰다가 '수필'이 된 사람, 매원 박연구 선생의 『수필전집』에 수록된 글이다. 2019년 11월 7일. 선생의 고향인 담양 조각공원 안에 문학비가 세워지고 제막식을 겸한 조촐한 행사가 있었다. 만추의 양광이 내려쬐는 오후 3시. 곱게 물든 단풍이 주변을 에워싸고 하늘은 맑고 드높았다. 군郡에서 마련한 대금연주의 '소쇄원'은 창공을 휘돌아 굽이치는 대숲의 바람 속으로 우리를 이끌었다. 시공을 초월한 자연의 한순간, 그 좌표 위에 함께한 자리. 20여 년 전, 강의 도중 선생의 음성이 들려왔다. "글에도 분수라는 것이 있는데 그걸 넘지 않아야…." 꼭 나에게 하는 말씀 같았다. 자기가 가진 능력 이상으로 평가받기를 원하는 범인의 어리석음.

어쩌면 '글의 분수'란 삶의 분수와도 같은 것이 아닐지 모르겠다.

선생은 가난과 결핵으로 진학을 포기한 채 어느 관상가를 찾았다. "고스까이 밖에는 안 된다. 고스까이이기는 하나 군수 정도는 된다." 그날 이후로 선생은 '고스까이 정신'에 철저한 삶을 살아왔다고 고백했다. 자신을 '수필의 심부름꾼'으로 자처하며 수필문학의 정착을 위해 힘쓴 결과 이 땅에 수필가라는 명패를 걸어놓을 수 있는 자리를 확보해내었다. 지인들의 축사를 들으며 나는 환하게 웃고 있는 선생의 모습을 그려본다. 글이란 곧 사람이다. 특히 수필은 자기를 표현하는 문학이다. 그런 만큼 의도적으로 자기를 돋보이게 하는 것은 금물이라던 선생의 말씀을 되새긴다.

마더 테레사가 '더 낮은 곳으로 가라'던 하나님의 음성을 들은 것처럼 선생의 '글의 분수'는 내게 겸손과 하심下心을 일깨운다. 분수를 안다는 일은 자기를 안다는 일이다. 자기에게 정직한 사람이 좋은 글을 쓸 수 있다는 무언의 음성을 듣고 있었다.

운다는 것

대범물부득기평즉명大凡物不得其平則鳴이라. 초목지무성草木之無聲은 풍요지명風撓之鳴이다. 인지어언야역연人之於言也亦然이라. 범출호구이위성자凡出乎口而爲聲者는 기개유불평자호其皆有弗平者乎아.

무릇 물건이 그 평정을 얻지 못하면 우는 것이다. 초목의 소리 없음도 바람이 이를 흔들면 운다. 사람의 말이라는 것도 또한 그러하다. 무릇 입에서 나와 소리가 되는 것은 그것이 다 편하지 못한 것이 있기 때문이다.

당나라 시인 한퇴지(768~824)가 맹동야와 헤어지면서 이별에 붙인 송서送序로 쓴 「송맹동야서送孟東野序」의 서문이다. 그 중에서도 문사文辭의 말은 정묘精妙한 것이며 무릇 시서詩書 육예六藝에 실은 것은 다 울기를 잘한 것들이다.

주周가 쇠하매 공자의 무리가 울었고, 장주莊周가 그 황당한 문사로써 초楚에서 울었다. 초나라가 망할 적에 굴원은 「이소離騷」의 부賦를 지어 울었다. 한퇴지는 50에 진사급제를 한 맹동야孟郊를 추천했고, 시재는 뛰어나고 시격은 높았으나 일생이 불우했던 동야는 강남으로 밀려난다. 한퇴지는 글을 지어서 그를 위로한다.

"알 수 없긴 하지만, 하늘은 그들 (맹교孟郊, 이고李翶, 장적張籍)의 소리를 부드럽게 하여, 국가의 성盛함을 울게 하려함이었던가. 아니면 또 그들의 몸을 궁하고 주리게 하여 그 심장心腸을 사수思愁케 하고, 스스로 그 불행을 울게 하려함이었던가.

세 사람의 명命은 곧 하늘에 달린 것이다. 위에 있다고 해서 어찌 기뻐할 것이며 아래에 있다고 해서 어찌 슬퍼할 것인가. 동야의 강남 역행役行에는 석연치 못한 것 같은 것이 있었다. 까닭에 나는 그 명命이 하늘에 있는 것으로 말하여 써 이를 풀고자 한다"고 적었다. "물의 소리 없음도, 바람이 이를 움직이면 우나니, 그 뛰는 것은 이를 충동함이 있음이다. 그 달리는 것은 이를 막음이 있음이다. 그 끓어오르는 것은 이를 달굼이 있음이다. 금석金石의 소리 없음도, 이를 두들기면 운다."

돌을 품고 물에 뛰어든 초나라의 시인 굴원, 그의 울음이 내겐 가장 크게 들린다.

어부사漁父辭

창랑지수청혜滄浪之水清兮어든 가이탁오영可以濯吾纓이요
창랑지수탁혜滄浪之水濁兮어든 가이탁오족可以濯吾足이로다.

창랑에 물이 맑으면 내 갓끈을 씻고.
창랑에 물이 흐리면 내 발을 씻음이로다.

초楚나라 시인 굴원이 쓴 「어부사」의 결구이다. 일곱 나라가 난립한 전국시대에 굴원은 희왕의 총애로 26세의 나이에 벌써 좌도(외무부장관)와 시종장(임금 비서실장)이 되었다. 그는 제齊나라와 동맹을 맺어 강국인 진秦나라와 맞서자는 자주自主 강경론을 펼쳤다. 헌데 왕은 사대보수론자에 둘러싸여 그의 간언을 묵살하였다. 진나라 책사 장의張儀의 꾀임에 빠진 희왕은 진나라 땅에 갇혀서 죽게 되고, 차기 왕이 된 그의 아들은 굴원을 멱라수 강가로 유배시켰다. 「어부사」는 이때에 씌어진 글로, 어부와의 문답 형식을 취하며 이중적 자아의 내면갈등을 나타낸다.

어부가 물었다 : 그대는 삼려대부가 아닌가, 어찌해 이곳에 이르렀는가?

굴원이 답한다 : 온 세상이 흐렸는데 나 홀로 맑고, 뭇 사람이 다 취했거늘 나 홀로 깨어 있음이라, 이로써 추방을 당함일세.

어부가 말한다 : 성인은 사물에 구애되지 않고聖人不凝滯於物 세상과 더불어 추이推移를 같이 할 수 있는 것을. 세인이 모두 흐렸으면 어찌하여 그 진흙을 휘저어 그 물결과 같이 하지 않으며, 뭇 사람이 다 취했으면 어찌하여 그 술찌게미를 먹지 않는가. 무슨 까닭으로 깊이 생각하고 높이 행하여深思高擧 스스로 추방을 당하게 하였는가?

굴원이 답한다 : 내 듣거늘, 새로 머리를 감은 자는 반듯이 관冠을 털고, 새로 몸을 씻은 자는 반듯이 옷을 떨쳐입는다고 하네. 어찌하여 맑고 밝은 몸이 더러운 물건을 받아들일 수 있겠는가. 차라리 상류(동정호로 흘러드는 상수湘水)에 달려가 고기의 배에 장사葬死지낼지언정 어찌하여 결백한 몸에 세속의 진애塵埃를 받겠는가?

어부가 빙그레 웃으며, 뱃전을 울려 장단치며 노래한 것이 저 인구에 회자되는 모두의 「창랑가滄浪歌」이다. 어부의 충고를 모를 리 없는 그가 돌을 품에 안고 물에 뛰어든 것은 「회사懷沙」라는 시에서 보듯 "내 죽음을 애석히 여기고 싶지 않아라. 내 그대들의 본

보기가 되리라"던 결곡한 그의 의지였다. 굴원이 죽자 초나라도 곧 망하고 말았다.

"굴원의 시가는 해와 달같이 하늘에 걸려 있고, 초나라 왕의 누대는 일찍이 황량한 언덕이 되었다"고 이백은 영탄해마지 않았다.

칠판에 "비悲 분憤 강慷 개慨"를 쓸 수 있는 사람? 하고 김구용金丘庸 선생님은 그날 칠판에 넉 자를 쓰게한 뒤 우리에게 「어부사」를 가르쳐주셨다. 그로부터 60년의 세월이 더 흘렀다.

'성인은 불응체어물' 하고 요즘 이 구절이 자꾸만 입안에 맴돈다.

페스트

"전염병이 예상 외로 빨리 퍼지지요?" 랑베르(파리 신문기자)가 묻는다. "자재가 부족합니다." 리외(의사)가 말한다. "외부에서 의사들과 보건대원들이 왔는데도요?" "그렇습니다. 의사 열 명을 포함해서 백여 명의 인원이 왔어요. 보기에는 많습니다. 그런데 그 인원으로 현재의 병세를 감당하기에도 빠듯합니다. 병이 더 퍼지면 그 인원으로는 불충분합니다."

알베르 카뮈의 소설 『페스트』 제2부에 나오는 내용이다. 알제리의 도시 오랑에 페스트가 만연하자 오랑시는 외부로부터 차단된다. 고립된 우리 대구시의 상황과 비슷하다. 모든 것이 봉쇄된 한계상황 속에서 역병은 더욱 기승을 부리고 시내는 커다란 혼란에 빠진다. 혼란을 틈타 돈을 벌려는 무리도 날뛴다. 신부 파늘루는 페스트를 신의 형벌로 생각하고 치료를 거부하며 기도에 전념

하자고 외치지만 결국 페스트에 감염되어 사망한다. 죄를 짓고 경찰에 쫓기는 코타르라는 사내는 행정업무의 마비로 뜻하지 않은 자유를 얻게 되자 은근히 페스트가 더 퍼지기를 바란다.

그런가 하면 의사 리외와 지성인 타루는 페스트의용대를 결성하고 치명적인 전염병 속에 목숨을 걸고 페스트 퇴치에 온 힘을 쏟는다. 두 사람은 서로의 목숨을 건 투쟁 속에서 우정을 체험하고 인간에게는 경멸당할 것보다는 찬양받을 것이 더 많다는 사실을 깨닫는다. 아랍인의 생활상을 취재하러 오랑시에 온 랑베르는 탈출을 시도하려다가 포기하고 리외와 함께 페스트 퇴치작업에 동참한다.

이기심에서 이타적 단계로 옮겨가는 작가의 의도가 엿보이기도 한다. 역병과의 사투에서 타루는 희생되고, 리외의 아내도 병사한다. 목숨을 걸고 싸운 노력 끝에 페스트는 완치되고 오랑시는 해방의 기쁨을 맞는다. 소설 결미에서 의사 리외는 이렇게 기록하고 있다. "페스트균은 꾸준히 살아남아 언젠가는 인간에게 교훈을 알려주기 위해 또다시 저 쥐들을 흔들어 깨워, 행복한 도시에 그것들을 몰아넣어 인간을 죽게 할 날이 오게 되리라는 것을 안다." 코로나펜데믹에 갇힌 요즘, 카뮈를 다시 생각하게 된다.

모든 인간은 무죄다

모든 사람은 모든 사람들 앞에서 죄를 졌다.

도스토옙스키(1821~1881)는 『카라마조프가의 형제들』에서 장로 조시마를 통해 이 말을 우리에게 전한다. "모든 사람은 모든 사람들 앞에서 죄를 졌다."

『악령』에서 스테판이 임종 직전에 되뇐 말도 이것이었다.

"그러니 모두 무죄로 해주어야겠다고."

그는 사회주의를 신봉하는 혁명사상가 페트라세프스키 사건에 연루되어 8개월 동안 감금되고 영하 22도의 추운 날, 세묘노프 광장 처형대 앞에 세워졌었다. 손발은 말뚝에 묶이고 두 눈은 가려졌다. 다행히 처형 5분 전에 황제 니콜라이 1세의 특사가 나타나 극적으로 사형을 면하게 되지만 대신 시베리아의 옴스크 감옥으로 떠나야 했다.

당시의 심정을 그는 『백치』의 주인공 뮈시킨의 입을 통해 이렇게 설명했다.

"사형선고가 낭독되고 이 고통을 맛보게 한 뒤 '자, 너는 사면되었다'고 말하는 자가 있다. 그렇게 당해본 자는 아마 알 것이다. 이러한 고통, 이러한 공포에 대해서 그리스도는 말했다. '인간을 그렇게 취급한다는 것은 위법이다'라고."

도스토옙스키는 죽기 직전까지 집필한 『작가일기』에서도 "우리들이 저 사람과 똑같은 입장에 놓인다면 아마도 우리는 저 사람보다 더 나쁜 짓을 했을 것이다. 그러니 무죄로 해주어야겠어"라고 말한다.

"모두가 서로를 용서하고 무죄로 판결했다. 그것은 아무도 죄가 없음을 밝히는 것이다"라고. 그리하여 『죄와 벌』의 라스콜리니코프나 『카라마조프가의 형제들』의 드미트리 같은 인물은 자신의 죄를 통해, 또 그 죄를 속죄하기 위해 받아들인 엄청난 고통을 통해 스스로 구원의 면류관을 획득해나간 것은 아니었을까, 그런 생각이 들었다. 결국에는 모든 인간은 무죄다. 작가 D. H 로렌스는 그런 그를 가리켜 '죄를 거쳐 예수로'라고 평가하였다.

생텍쥐페리의 귀환

"아저씨가 온 건 잘못이야. 마음 아파할 텐데. 내가 죽은 듯이 보일 테니까. 그렇다고 정말 죽는 건 아니지만."

생텍쥐페리(1900~1944)의 『어린 왕자』에서 비행기 사고를 당한 아저씨와 조그만 별에서 내려온 어린왕자가 헤어질 때 나누던 대화이다.

돌담 아래 노란 뱀 한 마리가 어린 왕자를 향해 몸을 꼿꼿이 세웠다. 아저씨는 권총을 뒤지며 돌담 쪽으로 뛰어갔는데 이미 눈처럼 새하얘진 어린 왕자, 그는 뱀의 도움으로 무거운 몸을 벗을 수 있었다. "아저씨가 고장난 엔진을 고치게 돼서 기뻐. 아저씨는 이제 집에 돌아갈 수 있어." "그걸 어떻게 알았지?" 어린 왕자는 거기에 답도 없이 한마디를 덧붙였다. "나도 오늘 집으로 돌아가…." 사막의 언덕에서 별로 돌아가는 어린 왕자의 귀환은 곧 생텍쥐페리의 귀환이기도 하다.

그는 우편비행사로 북아프리카를 비행했으며 『남방우편기』『야간비행』『인간의 대지』 등의 작품을 남겼다. 제2차 세계대전 때는 군인으로서 정찰업무에 종사하다가 1940년 잠시 미국으로 망명, 『어린 왕자』를 출간하고 1943년 8월 1일부로 입대하라는 명령서를 받아들고 뛸 듯이 기뻐하며 "죽임을 당하고 싶지는 않지만 죽어야 한다면 기꺼이 눈을 감을 거야"라는 말을 아내에게 남겼다고 한다. 그녀는 남편이 죽기 위해 전쟁터에 나가려한다는 것을 알고 있었다고 훗날 회고했다.

비행기 사고로 부상을 당해 아픈 몸이었지만 그는 흔쾌히 1944년 8월 1일, 8시 45분에 기지를 출발한다. 10시 30분, 지상의 레이더가 생텍쥐페리의 흔적을 놓친다. 13시 귀대 예정 시간인데도 기지에 돌아오지 않는다. 14시 30분, 앙투안 드 생텍쥐페리 소령, '실종으로 추정.' 유족에게 전달된 전보는 더욱 간단했다.

"비행사 사망, 비행기 기체는 손상 없음." 그의 나이 44세였다.

앙투안은 비행을 하면서 "세상 죄를 지고 가는 그리스도의 말씀을 그 어느 때보다 잘 이해할 수 있다"고 했다. 그때 나는 별안간 '대속代贖'이라는 낱말이 떠올랐다. 그러자 전쟁의 포화가 내 눈앞을 어지럽히는 것이었다.

제6장

어떻게 살 것인가

순간이 영원인 것처럼 살아야 한다

형제들이여. 내 너희에게 이르노니, 대지에 충실하라. 그리고 너희에게 천상의 희망을 말하는 자들을 믿지 말라. 그들은 삶을 경멸하는 자들이다.

니체(1844~1900)는 『짜라투스트라는 이렇게 말했다』에서 주인공의 입을 빌려 이와 같이 말한다. '천상의 희망'을 믿지 말고 지금 발 밑의 대지에 충실하라는 언명이다. 그는 플라톤 이래의 서양철학에 대립하여 의지철학을 정립하고 유럽의 근대를 형이상학적 도덕적 가치들이 탈가치화하는 허무주의 시대로 진단하였다. 그것은 오랫동안 유럽인을 지배해온 신神이라는 절대가치, 즉 기독교는 가치의 자리를 피안(내세천국)으로 가져감으로써 인간의 현세적 삶을 부정했기 때문이라는 것이다.

허무주의를 어떻게 극복할 것인가에 대해 니체는 허무주의를 극단화함으로써, 피안의 가치에 종속되어 있던 차안(현재)의 삶을 그 자체로 긍정하라고 하였다. 온몸 전체로 앓고 있으면서도 그는 실제로 있는 그대로의 자신에 만족한다고 말했다. 필연적인 일을 참고 견딜 뿐만 아니라 그것을 숨겨서도 안 된다며 자기애自己愛, 운명애를 강조하면서 영겁회귀永劫回歸라는 사상의 실타래에서 그것을 풀어내고 있다. 인간은 모든 것이 똑같은 모습 그대로 영원히 몇 번이고 회귀한다는 것이다. 생이 영원히 반복되더라도 "그것이 삶이었는가? 좋다! 한번만 더!"라고 말 할 수 있게 자신의 삶을 뜨겁게 사랑하라Amor fati고 주문한다.

어려서부터 시작된 두통과 매독에 감염되어 골수막염 등 병고에 시달리며 고뇌의 심연 속에서도 생의 비약과 환희, 이런 것들을 놓치지 않으려고 애썼다. 고통을 통해 그는 초인(위버멘쉬)이 될 수 있었다. "현재는 영원히 반복해서 돌아오기 때문에 결코 현재가 지나가는 것을 후회하지 말고, 순간이 영원인 것처럼 살아야 한다"는 그의 말을 나는 되뇐다. 시간의 본질은 영원한 현재, 시간 자체는 언제나 현재다. 그러므로 우리는 현재에 머무를 수밖에 없다.

"깨달음(행복)은 어디에 있는가? 살고 있는 바로 지금 이곳이라네圓覺道場何處. 現今生死卽時." 오래 전에 본 해인사의 주련 글씨가 떠오른다.

나를 아는 자, 저 하늘인저

낙천지명樂天知命 고불우故不憂.

우주와 합일되어 천天을 즐기고, 자신의 명命을 아나니 근심하지 않는다.

『주역』「계사전」에 있는 공자의 말씀이다. 어느 날 그는 이렇게 탄식했다.

“아! 나를 아는 이가 없구나!” 제자인 자공이 “어찌 아는 이가 없으리까?”고 여쭈었다. “나는 하늘을 원망하지 않으며 사람을 허물치 않는다. 아래로 비근한 것부터 배워 위로 천명天命을 깨달으니 나를 아는 자, 저 하늘인저!”라고 답하였다.

평생이 불우했던 사람, 공자는 제세안민의 꿈을 품고 천하를 주유했으나 실패를 맛본 뒤 “운명의 신은 이렇게 가혹한가?” 그는 나이 오십에 지천명天知命 했노라고 술회했다. 그때부터 『주역』을 손에 들고 내려놓지 않았다.

"운명을 아는 자, 하늘을 원망하지 않고 나를 아는 자, 남을 원망하지 않나니 명命을 모르고서는 군자가 될 수 없다. 사람이 살고 죽음에는 일정한 명命이 있고 부귀 여부는 하늘에 달려 있다. 군자는 삶과 죽음, 부귀와 빈천의 결정을 진작부터 알고, 명을 바로 알기에 자신의 처지에 만족하면서 분수를 지킨다"고 했던 것이다.

하늘이 정해 놓은 운명을 따른다는 것, 이것이 공자의 '낙천지명 고불우'의 소회이다. '낙천樂天'이란 우주의 법칙을 이해하여 자연과의 합일合一을 뜻한다. 우주와의 합일은 '여천지상사與天地相似'로 천지天地와 같아 어긋남이 없고, 주역의 법칙은 천지의 덕과 같다. 역易은 만물의 모든 일을 포함하고 그것들에 대해 두루 알기 때문에 능히 '도제천하道濟天下'할 수 있는 것. 그러므로 하늘을 즐기고 자신의 명命을 알므로 근심하지 아니하며 주어진 장소에 편안히 거처해 어짊을 돈독하게 한다. 예로부터 어진 사람은 근심하지 않는다고 했다.

비단에 싸인 거북

오장예미어도중吾將曳尾於塗中.

나도 진흙 속에서 꼬리를 흔들며 자유롭게 살겠소.

『장자』「추수」 편의 글이다. 장자가 복수에서 낚시를 하고 있는데 초나라 위왕은 대부 두 사람을 그에게 보냈다. 그들은 재상직을 맡아달라는 왕의 뜻을 전했다. 낚싯대를 쥔 채 돌아보지도 않고 그가 말했다.

"내가 듣기에 초나라에는 신령스런 거북이가 있는데 죽은 지 3천 년이나 되었다더군요. 왕께선 그것을 비단에 싸서 상자에 넣고 묘당廟堂 위에 소중하게 간직하고 있다지만 당신이 그 거북의 입장이라면 죽어서 뼈를 남긴 채 소중하게 받들어지기를 바랐을까요? 아니면 오히려 살아서 진흙 속을 꼬리를 끌며 다니기를 바랐을까요?"

두 대부는 대답했다.

"그야 오히려 살아서 진흙 속을 꼬리를 끌며 다니기를 바랐을 테죠."

그러자 장자가 말했다.

"어서 돌아가시오. 나도 진흙 속에서 꼬리를 끌며 다닐 테니까!"

그는 죽는 날까지 벼슬길에 나아가지 않았다. 전란과 기아로 불안한 전국시대를 살았던 장자는 무엇보다 생명을 존중했으며 어떻게 하면 부자유한 현실 속에서 자유로울 수 있는가?를 꾸준히 묻고 있다.

파우스트의 구원

영靈의 세계에서 거룩한 한 사람이 악의 손에서 구원되었도다. 언제나 노력하며 애쓰는 자를 우리는 구할 수가 있다.

괴테의 명작『파우스트』에서 파우스트 박사가 100살이 되어 쓰러지자 사령死靈 레무르들이 그를 안아 땅에 눕힌다. 그러자 천사들이 파우스트의 영혼을 안고 나타나 외친 말이다. "언제나 노력하며 애쓰는 자를 우리는 구할 수가 있다." 괴테는 이 말 속에 '파우스트의 구원'에 대한 열쇠가 숨겨져 있다고 애커만(『괴테와의 대화』 저자)에게 털어놓은 적이 있다.

대학자 파우스트 박사는 모든 지적 탐구가 내심의 욕구를 충족시키지 못하는 것에 절망하며 결국 악마 메피스토펠레스와 계약을 맺는다. 천지의 진리를 가르쳐주는 대신 영혼을 가져가게 하겠다는 계약이었다. 악마 메피스토펠레스는 당신의 의지가 꺾이는 날, 영혼을 악마가 차지해도 좋으냐고 묻는다.

"그대가 나를 향락으로 몰아넣어 나를 속일 수만 있다면 그날이 내가 죽는 날이 되어도 괜찮다. 자 걸 테면 걸어라."

이러한 계약으로 미남자 청년이 된 파우스트는 아름다운 처녀 그레트헨을 만나고 그녀는 영아 살인죄로 처형당한다. 그는 인생의 고락과 애욕의 무의미함을 체험하고 난 뒤, 인생의 의미는 돈이나 명예나 쾌락에서 구할 수 있는 것이 아니고, 노력해서 힘껏 살아가는 그 고생 속에 숨어 있다는 사실을 깨닫는다.

제5막에서 파우스트는 황제의 총사령관으로 중요한 역할을 이행한 후, 제국의 해변을 봉토로 받는다. 그 넓은 해변의 습지를 매립해서 사람들에게 나누어줄 낙토樂土로 만들려고 힘껏 노력한다. 조수가 억세게 덮쳐들어도 모두가 힘을 합쳐 구멍을 막는다. 지혜의 결론은 "자유도 생명도 그것을 매일매일 싸워 얻는 자만이 누릴 자격이 있는 것." 이 대목을 나는 경책으로 삼으며 어떻게 살 것인가에 대한 해답으로 읽는다.

"나는 지금 최고의 순간을 누린다"며 눈을 감은 파우스트 박사의 죽음과 실제로 괴테의 죽음은 다르지 않았다. 다량의 코피를 쏟으면서도 그는 의자를 당겨 앉아 『파우스트』를 완성했다. 60년이나 걸렸고 그의 나이는 82세였다.

행복한 왕자

어느 도시에 하늘 높이 우뚝 솟아 있는 받침대에 '행복한 왕자'의 동상이 서 있었다. 동상은 반짝거리는 금박으로 온몸이 아름답게 장식되어 있다. 눈에는 빛나는 사파이어가 박혀 있고, 칼자루에서는 큼직한 루비가 붉은 광채를 내뿜고 있었다.

아일랜드에서 태어난 오스카 와일드는 극작가, 소설가로 알려져 있지만 그의 동화집 두 권은 아직도 빛을 발하고 있다. 이것은 그의 대표적인 동화『행복한 왕자』의 서두이다.

젊은 나이에 죽은 왕자는 도시에 금빛 동상으로 세워졌다. 친구를 따라 이집트로 가지 못한 작은 제비 한 마리가 행복한 왕자의 두 발 사이에 내려앉았다. 잠을 청하려던 순간, 커다란 물방울 하나가 제비의 머리 위로 뚝 떨어졌다. 세 번째 물방울이 떨어졌다.

"당신은 누구시죠?" "나는 행복한 왕자란다. 나를 돌보는 궁중의 신하들은 나를 '행복한 왕자님'이라고 불렀단다. 지금 이토록 높은 곳에 있으니 도시의 비참하고 추한 모습을 내려다볼 수 있게 되었다. 하지만 내 심장은 납으로 만들어졌으니 이렇게 우는 수밖에는 아무것도 할 수가 없구나."

제비는 왕자의 부탁으로 두 눈에 박힌 사파이어를 꺼내 가난한 희곡작가와 성냥팔이 소녀에게 전달한다. 칼자루에 박힌 루비는 앓아누운 재봉사의 어린 아들에게 갖다준다. 왕자가 앞을 볼 수 없게 되자 제비는 왕자에게 말한다.

"저는 영원히 왕자님 곁에 머물 거랍니다." "이제 도시 위로 날아가서 네 눈에 비친 불쌍한 사람들의 이야기를 내게 전해주렴."

제비는 큰 도시 위로 날아갔다. 부잣집 앞에 거지들과 핏기를 잃은 아이들이 보였다. 야경꾼에게 쫓겨난 아이들은 비가 퍼붓는 거리를 이리저리 헤매다녔다. 왕자는 몸에 덮인 순금을 한 조각씩 떼어 나누어주도록 했다. 그의 몸은 어느새 칙칙한 회색빛으로 변해버렸고 그 위에 눈발이 날리기 시작했다. 제비는 겨울의 추위를 더이상 버틸 수 없게 되자, 왕자님께 작별을 고하고 그의 발치 아래에 쓰러져 숨을 거둔다. 가진 것도 없으면서 이렇게 나눌 수가 있다니, 작은 제비 한 마리의 헌신이 이 겨울, 초라한 나를 돌아다보게 한다.

내가 처한 상황이 나라는 존재를 보여준다

인간은 현상이 아니라 현상에 대한 자신의 생각 때문에 불안해진다.

2세기 로마의 스토아학파 철학자인 에픽테토스의 『담화록 Discourse』에 들어 있는 글귀이다. 그는 터키 영토인 히에라폴리스라는 마을에서 노예로 태어났다. 첫 번째 주인에게 매를 맞고 고문을 당하는 바람에 평생 다리를 절었고, 두 번째 주인인 에파프로디투스가 그의 인물됨을 알아보고 노예 신분에서 풀어주고 스토아 철학자인 무소니우스 루푸스 밑에서 공부하도록 도왔다. '철학이란 정신과 육체의 훈련'이라고 강조한 철학자는 그의 스승 무소니우스 루푸스였고, 신경과학자들은 스스로를 변화시키는 인간 두뇌의 놀라운 능력을 '가소성'이라고 불렀는데 이 가소성을 처음으로 주목한 사람이 바로 에픽테토스였다.

그는 『담화록』에서 "인간의 정신보다 더 다루기 쉬운 것은 없다"고 말한다. 미국의 심리학자 앨버트 엘리스(1913~2007)는 에픽테토스의 "인간은 현상이 아니라, 현상에 대한 자신의 생각 때문에 불안해진다"는 말에 큰 감명을 받고 인지행동치료의 핵심인 '감정의 ABC 모델'을 개발했다. 엘리스는 에픽테토스의 견해대로 인간은 사건에 대한 생각이나 의견을 바꿈으로써 감정을 바꿀 수 있다고 주장했다.

"억압된 상태에서 어떻게 자기 영혼의 주인으로 살 수 있을까"라는 질문에 에픽테토스는 자신이 통제할 수 있는 것은 무엇이고, 할 수 없는 것은 무엇인가를 끊임없이 상기하라고 조언한다. 세상에서 일어나는 일들에 대해 우리의 통제력은 사실 제한적일 수밖에 없다는 것, 이것을 인정하지 않으면 삶의 대부분을 화가 난 채 두려워하며 비참하게 보내게 될 것이라고 지적한 그는 인간이 어떤 존재인지 보여주는 건 그가 처한 상황들이라는 것이다. 그러니까 스스로 통제할 수 없는 상황에서조차 우리가 어떻게 반응할지 선택할 힘은 여전히 우리에게 있다는 것이다. 우리의 자유의지를 일깨운다. 그에게 귀를 기울이게 되는 이유다.

걷기와 침묵

걷기와 침묵은 나를 구원해주었다. 걷기와 침묵은 속도를 늦추어 다른 사람들을 쳐다보고 그들에게 귀를 기울이게 해주었다. 침묵은 총체적이면서 독립적인 현상으로, 외적인 요소 없이 그 자체로 존재한다. 나는 침묵 속에서 나 자신을 재발견한다.

미국의 환경운동가 존 프란시스가 자신의 이야기를 담은 책 『아름다운 지구인 플래닛 워커』에서 한 말이다. 표지에 '22년간의 도보여행, 17년간의 침묵여행'이란 부제가 붙어 있다. 1971년 1월 이른 아침, 샌프란시스코와 마린 반도를 잇는 금문교 밑에서 유조선 두 척이 충돌했다. 짙은 안개가 걷히자 시커먼 타르와 함께 죽어가는 새와 물고기와 바다표범이 모습을 드러냈다. 참혹한 사체 앞에서 노인은 죄인의 심정이 된다. 어릴 때 본 자동차 바퀴 밑에 깔린 개똥지빠귀의 죽음이 떠올랐다. 그 후 그는 운전을 그만두고 걸어서 쿠바와 브라질을 도보로 횡단하고 알래스카와 남극까지 탐방했다. 그가 오직 두 발만을 이용해 땅을 밟고자 한 것은 '그날'에 대한 책임, 나아가 인류가 마땅히 짊어져야 할 환경파괴에 대한 죄책감을 통감하기 위해서라고 했다.

그의 순례는 '익숙한 것으로부터 분리되는 과정'으로 시작된다. 상용화된 자동차가 익숙하고, 석유 역시 익숙하다. 석유가 개발되는 과정에서 발생하는 환경파괴도 익히 알고 있다. 그것으로부터의 연결고리들을 하나씩 끊어나가며 익숙한 것으로부터 벗어나는 과정을 몸소 실천한다. 그리고 세상의 편견에 맞서 침묵으로 일관했는데 17년 동안이나 지켜온 침묵을 깨고 마흔네 번째 생일, 그는 '지구의 날'을 택해 환경보호를 이야기하겠다고 입을 열었다.

"우리는 얼마 전 제8호 마이삭 태풍을 겪었다. 지구의 기후 위기가 임계점을 육박한다. 앞으로 기온 상승을 2도 이내로 줄이지 않는다면 인간의 생존을 보장할 수 없다."

아름다운 지구인 존 프란시스는 이 책의 한국어판을 태안기름유출사태에 힘썼던 자원봉사자들에게 바쳤다. 맑은 공기를 위해서 우리는 조금씩 불편해져야 하겠다. 건자.

마이너스에도 플러스가 있다

오늘까지의 내 인생에서 쓸모없는 것은 무엇 하나 없었다.

일본의 소설가 엔도 슈사쿠(1923~1996)의 수필집 『마음의 야상곡』에서 만난 글귀이다. 그는 인생 3분의 1에 해당하는 삶을 병고에 시달렸다. 수술로 인해 일곱 개의 늑골을 잃었고, 한쪽 폐가 잘려나갔지만 그가 얻은 것은 일곱 개의 늑골이나 한쪽 폐보다 훨씬 큰 것이었다고 말한다.

가톨릭 작가로서 죄와 구원의 문제를 심도 있게 다룬 작품 『침묵』 『깊은 강』 등이 있으며 프랑스 유학 중에는 모리아크의 소설론을 주목하며 『떼레즈 데께루』를 탐독했다. 그는 이 소설에서 죄와 구원은 별개의 것이 아니라 실은 표리일체라는 것을 깨닫는다. 죄와 재생再生은 동전의 양면이며 죄와 구원은 표리일체며 등을 붙이고 있는 샴쌍둥이와 같다는 것이다. 죄 가운데 그 사람의 재생의 욕망이 숨겨져 있다는 것을 알아차리고부터 그는 죄조차도 우리에게 결코 무의미한 것이 아니라며 마이너스를 부정하기보다는 그것을 플러스로 전화轉化할 것을 권장한다. 우리의 인생에서 일시적으로 불리해보이는 것, 좌절 질병 실패 등도 반드시 긍정적인 것이 될 수 있고 그 가능성을 발견해서 구체화시킬 수만 있다면 과거의 손해도 언젠가는 이익으로 전환할 수 있다고 한다.

나는 그동안 일이 잘 풀리지 않을 때면 엔도의 "마이너스에도 플러스가 있고 플러스에도 마이너스가 있다"는 말을 떠올리며 안위를 삼곤 했다. 그는 작가로서 인간의 '마음'을 쓰고 있던 중, 선과 악을 엄격히 심판하는 기독교의 사고방식에 회의를 느껴, 이분법을 버리고 작가로서 '3분법의 눈'을 발견했노라고 자신의 입장을 밝힌 바 있다. '선악불이善惡不二'는 손바닥과 손등의 양면과 같아서 악을 뒤집으면 선이 될 수 있으므로 악도 의미 있고 쓸모 있는 것이 될 수 있다는 것이다. 죄 가운데 '재생再生의 욕망'을 다시금 생각해보게 된다.

환지본처還至本處

부좌이좌敷座而坐하시다.

자리를 펴고 앉으시다.

『금강경』 32품 중 제1품 「법회인유분法會因由分」 서두이다.

"이와 같이 들었다. 어느 때 부처님께서 사위국 기수급고독원에서 대비구들 1,250명과 함께 계셨다. 밥때가 되자 세존께서는 가사를 수하시고 바리때를 드시고 사위성으로 들어가시어 그 성 안에서 밥을 비실 적에 차례로 일곱 집을 마치시고는 본래 계시던 곳으로 돌아와 밥을 드시고, 가사와 바리때를 거두고 발을 씻으시고는 자리를 펴고 앉으셨다."

평범한 일상사 같지만 여기에는 그것을 뛰어넘는 비범한 가르침이 있으니 그것을 겨우 짐작이나마 하게 된 것은 그 평범한 일상사가 얼마나 쉽지 않은가를 알게 되면서였다. 아이들을 제쳐두고 직장으로 뛰어야 했던 젊은 시절, 무덥고 나른한 오후였다. 몸에 열감도 느껴지고 발걸음은 무거운데 양손에는 저녁 찬거리가 들려 있었다. 눈앞에 언덕길은 턱에 차고 날은 저무는데 아이들이 배고플 시각, 잠시 서러운 감정이 솟구쳤다. 황망히 집 근처에 다다를 때쯤이었다.

내 앞에 맨발로 우뚝 나타나신 부처님! 묵묵히 가사를 수하시고 한 손에 밥을 빌어 드신 채로 물끄러미 나를 바라보고 서 계셨다. 애민한 눈빛으로 그런 마음을 가져서는 안 된다는 말씀을 하려는 듯 보였다. 순간 힘겹던 내 삶의 무게가 그대로 녹아내렸다. 그분의 손에 들린 밥을 보고 나도 모르게 눈물이 흘렀다. 단지 충기充飢를 위해, 허기만을 위해 밥을 빌어온 것은 아닐 터이다. 그분은 법도대로 일상을 지키고 나서 환지본처還至本處하여 높은 정定에 드셨다.

걸식을 한 다음 '자리를 펴고 앉으신 것'에 『금강경』의 요의了義를 다해 마쳤다고 하는 것은 어쩌면 먼저는 계戒요, 앉으신 것은 정定으로서 무언無言의 삼매를 뜻하는 것이 아닐까. 그에 앞서 일상의 소중함을 몸소 보여주시다니, 나는 눈앞의 언덕길을 바라보며 내가 도달해야 할 그 환지본처를 생각했다.

용회이명用晦而明

염화우충斂華于衷 구이외촉久而外燭.

빛을 속에 감추어두라. 오래되면 밖으로 빛나리라.

이덕무가 『영처문고』 「회잠晦箴」에 적은 글이다. '영처嬰處'란 영아와 처녀를 가리키는 말로 그는 실제로 아이처럼 천진스럽고 처녀처럼 수줍은 사람이었다고 한다. 어릴 때부터 책 읽기를 좋아하고 자기를 드러내어 자랑하기를 좋아하지 않았다 '책만 읽는 바보看書痴'로 취급되며 북학파에서 뜻을 같이한 연암 박지원과는 막역한 벗이었다.

"말을 황금처럼 아끼고 자취를 옥과 같이 감추라. 깊이 침묵하고 잠잠하여 꾸미거나 속여서는 안 된다. 빛을 속에 감추어두라. 오래되면 빛나리라."

이와 같이 자신을 검속하며 다짐하듯 이 글을 쓴 것은 20대 초반. 그는 서얼이었다. 노론과 소론, 양반과 서얼의 신분이 확연하던 때 그가 할 수 있는 일이란 무엇이었을까? 책을 가까이하는 일뿐이었다. 『주역』의 '회장晦藏'에 눈길이 머물렀다. 밝은 태양이 땅 속에 들어갔다는 '지화명이地火明夷'괘, 공자는 여기에 '용회이명用晦而明' 즉 '어둠을 써서 밝게 하라'는 충고를 잊지 않았다. 어려운 때를 당하여 안으로는 내명內明 유순하게 처신하고, 자신의 장점을 드러내지 않아야 바깥으로부터의 위해를 피할 수 있다는 조언의 말씀을 담았다. 주자의 스승 유병산도 『주역』의 '회장'을 취해 그에게 원회元晦라는 자를 내리면서 이와 같이 덧붙였다.

"나무는 그 뿌리를 어둡게 하여 봄의 광채를 갈무리하며, 사람은 그 몸을 어둡게 하여 신명神明을 살찌운다."

주자는 스승의 말씀을 되새기며 호를 회암晦庵이라고 지었다. 이덕무는 '용회이명'으로써 불우한 때를 지냈다. 군불도 때지 못한 냉골에 똑바로 앉아 『논어』를 읽었다는 그를 가끔 생각하게 된다.

"공자는 도대체 어떤 사람이기에 온화한 말로 거친 마음을 사라지게 하고, 평정한 마음에 이르게 한단 말인가? 공자가 아니었다면 나는 거의 발광하여 뛰쳐나갈 뻔하였다"는 구절에 내 코가 먼저 시려왔다. 후일 그는 정조에게 발탁되어 규장각 검서관이 되었으며, 주옥 같은 문장으로 과연 '빛난 바久而外燭'가 되었다.

멈출 줄 알면

지족知足이면 불욕不辱이요, 지지知止면 불태不殆니 가이장구可以長久로다.

족한 줄 알면 욕되지 않고, 멈출 줄 알면 위태롭지 않나니 가히 써 오래갈 수 있다.

노자 『도덕경』 제44장의 말씀이다. 사람들은 명예와 이익을 위해 날뛰며 그 몸을 괴롭힌다. 명예와 몸 가운데 어느 쪽이 더 소중한가? 물론 몸이 소중하다. 그럼 몸과 재물을 비교할 때는 어느 쪽이 더 소중한가? 말할 것도 없이 재물보다는 몸이 더 소중하다. 왜냐하면 목숨이 있고서 명예와 재물이 있기 때문이다. 몸 밖에는 아무것도 없다. 신외무물身外無物이다. 그런데도 명예와 이익을 위해서라면 몸을 돌보지 않는다. 철창에 구금된 인사들의 패가망신이 많은 예를 증거한다.

명예와 재물은 물론 근본까지도 잃게 한다. 얻음과 잃음, 그 '득여망得與亡'은 어느 쪽이 더 병폐인가? 명예와 재물의 얻는 것과 그 잃는 것 중 어느 쪽이 더 탈인가? 애써 얻으려다가 몸마저 잃는다면 이보다 어리석은 짓은 없다. 이런 고로 옛 사람들은 '심애甚愛면 필대비必大費요' 몹시 사랑하면 반드시 크게 소비되고, '다장多藏하면 필후망必厚亡이라' 많이 간직하면 반드시 크게 망한다고 한 것이다. 누구나 명심해야 할 말이다.

사랑이 지나치면 정력 소비로 목숨까지 잃게 되고, 또한 재물이 넘치면 친척들의 원망은 물론이요, 도적까지 부르게 된다. 재앙이 끊이지 않게 된다. 그러므로 사람은 제 분수를 넘지 않아야 하며 늘 담담해서 허욕을 경계해야 한다. 제어되지 않는 욕망 때문에 이카로스는 아버지의 경고를 무시한 채, 하늘로 더 높이 날아오르다가 어떻게 되었는가? 태양에 가까워지자 날개를 붙인 백랍이 녹아 그대로 바다에 추락하고 말았다. 멈출 때 멈추고, 그칠 때 그칠 줄 알았더라면 목숨을 잃는 일은 없었을 텐데. 명예를 좋아하고 재물을 탐하는 일은 사람의 마음을 몹시 피로하게 한다. 지족안분知足安分은 넉넉한 유덕자의 일이다.

지일반只一般

흠산운欽山云하기를 노승평생老僧平生에 백무소회百無所會하니 지시일일일반只是日日一般이니라.

흠산문수欽山文遂 스님은 말하기를 "노승은 평생에 아무것도 깨달은 바가 없다. 그저 다만 하루하루를 한 모양으로 지내고 있다"고 소회를 밝혔다. 그는 당唐나라 사람으로 중국 호남성 흠산에 주석하면서 양개 동산의 법을 이었다. 비범非凡이나 별미 따위를 좇던 내 젊은 날은 물러나고 어느 날 나는 이 구절과 만났다. 그것은 흠산 스님을 사모한 원감국사의 찬시를 통해서였다.

"조주趙州 선사는 모든 것 버려라!/ 분양汾陽 선사는 망상을 하지 말라!고 외쳤다. 그러나 흠산 스님의 경지만이야 그 어찌하리./ (생략) 어리석은 그대로 편안한 그 속,/ 평생에 얻은 거란 아무것도 없고/ 하루하루를 그저 한 모양으로 지내고 있다."

이 노사의 모습이 눈앞에 그려진다. 그는 권속들에게 어떤 주장, 주의도 내세우지 않고, 때 되면 밭에 나가 김매고, 때 되면 자시고, 때 되면 편하게 잠에 드셨으리라. 나는 결구의 '지시일일일반只是日日一般'에서 '지일반只一般'을 따와 두인頭印으로 새겨 지녔다. 중생 놀음으로 20여 년 세월을 어찌하다보니 '두인'의 말씀도 잊고 지냈다.

그러다 일이 없어진 요즘, '어리석은 그대로 편안한 그 속'의 이 노사가 떠오른 것이다. 그동안 덕 높으신 선지식께 나아가 오체투지도 하고, 법을 물은 적도 있었다. 그러나 법이란 주고받을 물건도, 얻어올 수 있는 그 무엇도 아니라는 것을 알았다. 다만 자기 속에서 자신의 불성佛性을 확인하면 그만인 것으로, 일대사一大事는 끝나버리는 것이라고 한다. 흠산 스님께서 깨달은 바가 없다고 하신 것은 깨달을 바가 없는 것이지, 본인의 불성을 보지 못하신 것은 아닐 터, 깨닫기 전이나 깨달은 후나 다름없었다는 노사의 여여한 모습에서 나는 많은 가르침을 받는다. 다만 나도 한 모양只一般으로 지내고저 한다.

지인至人은 다만 평범할 뿐

농비신감農肥辛甘이 비진미非眞味라. 진미眞味는 지시담只是淡하며

신기탁이神奇卓異는 비지인非至人이라. 지인至人은 지시상只是常이니라.

짙거나 살찌거나 맵거나 단 것은 참다운 맛이 아니다. 참다운 맛은 오직 담담할 뿐이다. 영절스럽거나 기괴하거나 우뚝하거나 아주 특이한 것은 지인至人이 아니다. 지극한 사람은 다만 평범할 뿐이다.

'진미眞味는 지시담只是淡'하고 '지인至人은 지시상只是常'하다는 『채근담』의 말씀이다. '담淡'과 '상常'을 주목한다. 아무리 단 꿀이라도 사흘만 먹으면 댓진내가 나고, 나물 한 점 없이 고기만 먹어도 누린내가 난다. 그러나 밥맛은 변함이 없다. 담담하기 때문이

다. 마찬가지로 도경道境에 도달한 사람은 뛰어나게 행동하지 않으며 늘상 평범한 모습이다.

내가 아끼는 채근담의 말씀을 한 편 더 보탠다.

"문장이 주도극처做到極處면 무유타기無有他奇오. 지시흡호只是恰好며 인품이 주도극처면 무유타이他異오 지시본연只是本然이라."

문장이 극처에 다다르면 별다른 기奇함이 있는 게 아니요. 다만 알맞을 뿐이며, 인품이 구경에 이르면 별다른 이異가 있는 게 아니라 다만 '본연'일 뿐이라는 말씀을 되새긴다. '흡호恰好'와 '본연本然.' 때에 알맞으면 되는 것. 자연스러움이다.

도道나 문장이거나 사람의 인격도 '기奇'나 '이異'보다 오히려 졸拙함으로써 이루어지나니 그래서 선인들은 능한 것보다는 졸한 것을 더 높게쳤나보다. 자칫 능란한 것은 속俗되기 쉽고, 고아高雅한 것은 겸손과 졸拙에 가깝기 때문이리라.

헬렌 니어링의 헌사

사랑하는 스코트. 우리는 50년 동안 사랑과 동지애 속에서 같이 살아왔습니다. 결혼은 결코 그 사랑의 본질이 아닌 듯합니다. 우리는 관심과 목표와 행동이 일치하는 두 사람으로서 함께 연결되어 있었습니다. 우리는 어떤 신비로운 작용으로 평등하게 되었고 우리로 하나의 삶을 살았습니다. 감사드려요. 그리고 영원히 당신에게 최상의 찬사를 보냅니다.

헬렌 니어링(1904~1995)은 남편이 떠나고 8년 뒤 87세에 『아름다운 삶, 사랑, 그리고 마무리』라는 책을 펴내면서 이같이 쓰고 있다.

미국 상류층 가정에서 태어난 스코트 니어링(1883~1983)은 어린 시절부터 가난한 사람들에게 관심과 동정을 보였으며 20대에 대학교수가 되어 할아버지가 경영하는 광산에서 노동자와 고용

주 사이의 급여 차이와 모순을 발견하고 공개적으로 기존제도와 권력을 비판하기 시작했다. 자유주의적 개혁사상과 제1차 세계대전을 반대하는 입장을 견지해 24년의 형을 받았다. 무죄로 석방되긴 했으나 대학에서 쫓겨나 설 자리를 잃은 그는 가족에게 모든 재산을 넘겨주고 빈털터리가 되어 완전히 고립되어 있을 때 헬렌(24세)을 만났다. 스코트의 나이는 45세였다.

그들은 버몬트 숲속에 집을 짓고 땅을 일궈 채소를 가꾸며 최소한의 생활로, 더 많이 존재하는 삶을 추구했다. 자연 속에서 노동하고 명상하고 책을 읽으며 글을 썼다. 20년 동안 정붙여 산 버몬트가 개발되자 캐나다 쪽 메인 주의 목조집을 짓고 '헬렌의 집'이라고 명명한 그곳에서 스코트는 100세의 생일을 맞는다. 정확히 3주 뒤 곡기를 끊음으로써 그는 생을 마감했다. 죽음은 다만 '옮겨감'이거니 낮에서 밤으로 바뀌는 것과 비슷한 변화라고 말했던 그는 어둠의 세계로 건너갔다. 그가 생명의 자기결정권을 주체적으로 행사할 수 있도록 헬렌이 옆에서 정성껏 도왔다.

"몸이 가도록 두어요. 썰물처럼 가세요. (…) 당신은 훌륭했어요. 당신 몫을 다했어요. 새로운 앞으로 나아가세요. 빛으로 나아가세요. 사랑은 당신과 함께 가고 있어요."

요즘 헬렌의 대사에 마음을 빼앗기며 어떤 날은 속으로 따라해 보기도 한다.

"몸이 가도록 두어요."

상선약수上善若水

상선上善은 약수若水하니 수선리만물이부쟁水善利萬物而不爭하고 처중인지소오處衆人之所惡하나니 고故로 기어도幾於道니라.

최고의 선善은 물과 같다. 물은 만물을 이롭게 하면서도 다투지 않으며, 뭇사람들이 싫어하는 낮은 곳에 처해 있기 때문에 도에 가깝다.『도덕경』제8장의 말씀이다.

노자는 자연현상 중에서 도의 본연의 모습에 가장 가까운 것으로 물을 꼽고 있다. 물은 생명의 근원, 만물에게 최대의 은혜를 주면서도 자신을 주장하지 않고 모든 것을 씻어내는 큰 힘을 발휘한다고 '상선약수'로 도의 작용을 상찬하였다. 물은 만물과 다투는 일이 없고 만인이 싫어하는 낮은 곳에 머무르기 때문에 도의 모습에 가깝다는 것이다.

그 중에서도 나는 '부쟁不爭'에 집중한다. 성인도 물과 같나니 언제나 자기를 낮추고 다투지 않는 것을 처세의 비결로 삼고 있다. 그들은 다투지 않고도 이긴다. 자연의 이법理法을 따르는 사람은 무슨 일을 할 때라도 결코 싸우지 않나니 천도天道는 자기주장을 하지 않고도 만물을 생각대로 움직이며, 만물을 자연에 귀일시키고, 계획하지 않고도 잘 질서 잡히게 한다며. "하늘(자연)의 그물은 관대하여 성긴 듯해도 놓치지 않는다"고 노자는 제73장에서 다시 말하며 '부쟁이선승不爭而善勝'에 관해 『도덕경』 여러 곳에서 언급한다.

자고로 훌륭한 무사는 강한 체하지 않는다. 정말로 싸움을 잘하는 사람은 지지 않으려고 기를 쓰지 않는다. 남을 잘 다스릴 줄 아는 사람은 상대에게 자기를 낮춘다며 이것을 '부쟁지덕'이라 하고 또한 '자연의 이법에 들어맞는다'(제68장)고 하였다. 최상의 승리는 싸우지 않고 이기는 것이요, 그러므로 자연의 이법을 따르는 사람은 무슨 일을 할 때라도 결코 싸우지 않는다는 것이다.

"하늘의 도는 이롭게 할지언정 해롭게 하지 않으며, 성인의 도는 할지언정 다투지 않는다"고 『도덕경』의 마지막 81장을 '부쟁不爭'으로 끝맺고 있다. 그의 부쟁사상은 간디와 슈바이처에게 이어졌다. 하늘과 성인의 도는 다만 무위無爲로써 물처럼 낮게 흐를 뿐임을 가슴에 받아 적는다.

무자기毋自欺

성기의자誠其意者는 무자기야毋自欺也니 여오악취如惡惡臭하며
여호호색如好好色이 차지위자겸此之謂自謙이니라,
고故로 군자君子는 필신기독야必愼其獨也니라.

그 뜻을 성실하게 한다는 것은 스스로를 속이지 않는다는 것이니, 악취는 싫어하고 좋은 경치를 좋아하듯이 하는 것, 이것을 자기 쾌족快足이라고 말한다. 고로 군자는 반드시 홀로 있을 때를 삼가야 한다.

『대학』「전육장傳六章」의 말씀이다. 즉 자기 양심을 속이지 않는다는 뜻이다. 선善은 천부天賦의 본연이니 선을 좋아하고 악을 미워하는 그 자기가 바로 진정한 자기일 텐데 때로는 외부의 세력에 의해 좋아하지 않으면서도 좋아하는 척하고, 작은 이해득실에 양심을 어기고 불선不善에 찬표를 던지기도 한다. 모두 자기를 기만

하는 행위라고 하겠다.

나는 오래 전 동양문화연구소에서 조준하 선생께 '무자기毋自欺'와 '신기독愼其獨'을 배우고 귀가하던 날 밤의 그 충만감을 잊지 못한다. 내 좌우명이 된 것은 38년 전 그때의 일이다. 하늘을 속이고 또 남을 속일 수는 있겠으나 어찌 자기를 속일 수 있으랴. 자기를 속이지 않는다는 그 '무자기'의 실천을 위해 나는 '선·불선'의 기로에서 냉정함을 잃지 않으려고 애써왔다.

사계沙溪 김장생도 "자신을 속이지 않는다는 '무자기' 세 글자는 내가 평생 동안 힘써온 바"라고 자신의 유고집에 적어놓았다. 어찌 김장생뿐이랴, 퇴계 이황을 비롯하여 조선의 많은 지식인들도 이 '무자기'를 좌우명으로 삼았다. 위선을 경계하면서 마음을 바르게 하기 위해, 뜻을 성실하게 한다는 것은 자기 내부에 속한 문제이다. 그래서 주자는 '신기독'의 '독獨'을 남이 알지 못하는 '내오內奧'한 곳이라 풀이하였다. 내면의 깊은 곳, 의념意念의 최초 발단처로서 그곳이 선·악·정·사善惡正邪의 분기점이기 때문이다. 『대학』의 다음 문장은 이렇게 이어지고 있다.

"소인한거閒居에 위불선爲不善하되 무소부지無所不至"라. 이 사람도 한가할 때 슬며시 딴 생각이 일어나면 얼른 이 말씀, '무자기'로 경책을 삼곤 한다.

한 삼태기의 흙

위산구인爲山九仞에 공휴일궤功虧一簣로다.

높은 산을 쌓는 데 있어 한 삼태기의 흙 때문에 그 공을 잃는다. 『서경書經』에서 만날 수 있는 구절이다. 산을 쌓는 데 있어 구인九仞의 높이에 달하게 되었더라도 마지막 한 삼태기의 흙이 모자라면 이제까지의 공은 허사가 되고 만다는 소공召公의 말씀이다. 구인이란 72척이나 되는 높은 산을 말한다. 한 삼태기의 흙을 덮으면 끝나는 데 왜 흙 나르기를 그만두었을까? 도중에서 포기하여 완성을 보지 못한 경우, 우리 대부분은 그러한 후회를 갖게 된다.

주자는 『중용』을 읽다가 "사람이 한번 읽어 알면, 나는 백번을 읽는다. 사람이 열 번 읽어 알면 나는 천 번을 읽는다"는 구절을 읽는 순간 몸 깊숙한 곳에서부터 솟구쳐 오르는 힘을 느꼈다고 고백한 그에게서 나는 뜨거운 감동을 받은 적이 있다. 지식이나 재미로 읽는 책보다는 속된 기질을 다스려주는 '고전 읽기'에 뜻을 두었으나 꾸준하지 못한 나는 선인들의 독서법에 내 '공휴일궤'의 허물을 반성하게 되곤 한다.

김일손은 한유의 문장을 1천 번 읽었고, 윤결은 『맹자』를 1천 번 읽었으며 차운로는 『주역』을 5천 번 읽었고 유몽인은 『장자』와 유종원의 문장을 1천 번 읽었다고 한다. 그냥 독서로는 공부가 되지 않는다. 열 번을 읽어 알지 못하면 백 번을 읽어야 하고, 백번을 읽어도 모르면 천 번을 읽어야 한다. 글의 속뜻이 의중에 와닿아야 한다. 우물을 팠으면 샘물을 얻어야 한다. 맹자도 같은 말씀을 남겼다.

"굴정구인掘井九仞 이불급천而不及泉 유위기정야猶爲棄井也."

아무리 구인의 깊이까지 우물을 팠다 해도 샘물이 나는 곳까지 파지 않는다면 그것은 우물을 포기한 것이나 다름없다고.

내가 아직까지 샘물을 만나지 못한 까닭이겠다.

제7장

생명/ 실존/ 자유

살아 있는 것은 다 행복하라

살아 있는 것은 다 행복하라.

법정 스님의 『잠언집』에 있는 말씀을 신년의 입춘부처럼 여러 분에게 전해드리고 싶다. '살이 있는 것은 다 행복하라'고.

얼어붙은 동토凍土에도 꽃은 피고 경자庚子년 백서白鼠들도 배곯는 일 없으며, 신문 읽기가 두려운 기사 따위는 만나게 되지 않기를 소망한다. 우리는 왜 모두 행복하지 못한가. 아마도 그건 상대적 박탈감 때문이 아닐까 한다. 더 많은 것을 쟁취하기 위해서 온갖 불법이 자행되는 사회, 악의 순환이 거듭되는 정의롭지 못한 나라에서 행복한 시민이 되기는 쉽지 않은 것 같다.

'덜 갖고도 더 많이 존재할 수 있어야 한다'고 법정 스님은 타이른다. '더 검소하고 작은 것으로써 기쁨을 느껴야 한다'고 다독인다. '행복의 비결은 필요한 것을 얼마나 갖고 있는가가 아니라 불

필요한 것에서 얼마나 자유로워져 있는가에 있다'고 우리를 깨우친다. 그러나 최저생계비마저 허락되지 않는 불공정한 현실에서 그 말씀은 얼마나 실효가 있을까? 국채國債는 점점 늘어나고 국민에게 돌아가는 1인당 빚은 천사백만 원에 이른다고 한다. 금년은 쥐의 해, 쥐구멍에도 볕들 날이 있을까. 소비도 줄이고 그에 앞서 욕심부터 줄여야 할 것 같다.

10여 년 전, 피지에서 잠깐 본 밤하늘을 잊지 못한다. 손에 닿을 듯 눈앞에 주먹만 한 별들이 푸카푸카 숨 쉬는 게 느껴졌다. 부레[草家]에서 공동체를 이루며 살고 있는 나발라촌村의 원주민들은 전기도 없이 온 식구가 방 하나에 거처하면서 손으로 빵을 뜯어먹고, 찻잎을 따서 손님 앞에 내놓는다. 전날 밤, 하늘의 별이 왜 그토록 영롱했는지를 나는 알 것 같았다. 태어날 때 질량[자체식량]을 갖고 나온 저 별들은 다툼이 없다. 가장 적은 에너지를 쓰면서도 이웃과 조화롭게 관계를 맺는 저 별들처럼 욕심을 줄여 살지 않는다면 우리는 이 병든 지구에서 다른 생명들과 얼마나 더 어울려 살 수 있을까? 살아 있는 생명들은 삶을 누릴 권리가 있다. 살아 있는 것은 모두 행복했으면 좋겠다. 내 욕망의 심지를 낮추면 저 별들이 빛날까.

혼돈의 죽음

일착일규日鑿一竅 칠일이혼돈사七日而混沌死.

하루에 구멍 하나씩 뚫어주었는데 일곱째 날에 혼돈은 죽어버렸다.

『장자』「응제왕應帝王」 편의 우화이다. 남해의 임금은 숙이고 북해의 임금은 홀이며 중앙의 임금은 혼돈이었다. 숙과 홀이 마침 혼돈의 땅에서 만났는데 혼돈은 그들을 극진하게 대접했다. 숙과 홀은 혼돈의 후의에 보답코자 상의하기를 "사람들은 모두 7개 구멍이 있어 보고 듣고 먹고 숨 쉬는데 혼돈만이 없으니 우리가 뚫어줍시다"라고 뜻을 모으고 그들은 하루에 구멍 하나씩을 뚫어주었는데 일곱째 되는 날에 혼돈은 그만 죽고 말았다. 결국 숙과 홀의 섣부른 친절이 혼돈을 죽게 만들었다. 혼돈의 본성을 파악하지 못한 그네들의 판단착오다. 그것이 상대방을 위한 선행일지라도 나의 입장이 기준이 되어서는 안 된다. 인간들 유위有爲의 행동이 자연의 순박을 어떻게 파괴하는가, 그 과오를 장자는 이렇게 꼬집었던 것이다. '섞을 혼混, 어두울 돈沌.' 굳이 그의 이름을 '혼돈'이라고 작명한 장자의 속내를 짚어본다.

'혼돈'의 사전적 의미는 ①천지개벽 초에 하늘과 땅이 나뉘지 아니한 상태 ②사물의 구별이 판연判然하지 않고 모호한 상태라고 한다. 이는 태극의 음양이 나뉘기 이전 무극無極의 상태. 분별 이전의 순수한 도道 자리다. 인간의 판단, 시비가 붙지 아니한 '무분별無分別한 혼돈'의 상태야말로 오히려 천성天性에 가깝다고 할 수 있지 않을까. 천연天然을 지키며 인간은 아무것도 모르는 무지無知일 때, 오히려 편안한 자유를 향유할 수 있다. '혼돈'을 혼돈 상태로 두었더라면 그는 일곱 구멍이 막힌 채로 천성을 유지하며 잘 살 수 있었으련만.

"살아 있는 혼돈混沌을 있는 그대로 보존하라"는 그의 거친 음성이 들리는 듯하다. 장자는 이처럼 인위人爲를 거부하며, 부자유 속의 자유를 부단히 추구했던 사상가이다.

평등사상

어찌 큰놈만 죽기를 싫어하고 작은놈만 죽기를 좋아하겠습니까?

이것은 고려 때의 문장가 이규보의 『동국이상국집』에서 만날 수 있는 「슬견설蝨犬說」의 한 대문이다. 제목 그대로 이와 개의 죽음을 놓고 그 어느 것도 생명에는 차등이 없다는 평등사상을 일깨운다. 아주 오래 전, 휴가 나온 시동생의 군복을 세탁할 때였다. 옷감 위에 이들이 촘촘했다. 벌건 연탄화덕을 꺼내놓고 그 위에서 옷을 털었다. 타닥 타닥 탁! 통쾌했다. 그 후 내가 읽은 「슬견설」에서 이규보는 어느 젊은이가 큰 몽둥이로 개를 때려죽이는 것을 보고 경악하자 하필 불꽃 이글거리는 화로를 끼고 앉아 이를 잡아 태워죽이는 것에 비교하며 생명에는 덜하고 더하고의 차등이 없음을 설파하는 게 아닌가.

"무릇 피와 기운이 있는 것은 사람으로부터 소 말 돼지 양 개미

등 벌레에 이르기까지 모두가 한결같이 살기를 원하고 죽기를 싫어하는 것입니다. … 그런 즉 개와 이의 죽음은 같은 것입니다.”
잠시 부끄러운 생각이 들었다. 그러나 우리 몸에 붙어 피를 빨아먹는 모기나 거머리나 이는 모두 해충이 아닌가? 인간을 미워한 나머지 인간을 없애기 위해서 호랑이, 곰, 늑대, 파리, 모기 이런 것들을 창조한 것이 아니냐고 마치 나 같은 사람을 대변이라도 하듯 이규보가 조물주에게 따져 묻는다. 그러자 조물주는 「문조물問造物」이라는 수필에서 다음과 같이 응수한다.

“그대가 묻는 바, 사람과 물건이 나는 것은 모두 아득한 태초부터 미리 정해진 질서에 따라 자연히 생기는 것이니 하늘이 알지 못하고 조물주도 역시 알지 못하는 것이다. 무릇 사람이란 제 스스로가 태어날 뿐이지 하늘이 냄이 아니며, 오곡과 뽕나무, 삼들도 제 스스로 난 것이요, 하늘이 낸 것이 아니로다. 하물며 어찌 이로운 것과 독한 것을 분별하여 일부러 사람을 이利롭게 또는 괴롭게 하겠는가….”

그렇다. 자연은 만물에 대하여 개인적인 사정私情으로서 간섭하지 않는다. 이해득실은 다만 우리의 관점일 뿐이라고 생각을 고쳐먹는다.

생명

느릅나무 토막은 이미 단두대에 올려져 있었다. 나는 차마 그 목에 톱질을 할 수는 없었다.

알렉산드르 솔제니친의 수필 「느릅나무」의 한 구절이다. 원고지 채 두 장도 되지 않는 이 짧은 글에 강타당한 기분 좋은 충격, 그것은 마치 카프카의 '도끼'처럼 내 안에 얼어붙은 바다를 깨부수는 충격이었다.

"나는 톱으로 장작을 켜다가 느릅나무 토막을 보고 깜짝 놀랐다. 지난해에 누릅나무를 잘라서 트랙터로 운반하다가 토막을 쳐서 더러는 뗏목에 쓰기도 하고 어떤 것은 통나무째 쌓아두기도 하고 또 어떤 것은 땅에 굴려두기도 했었다. 그런데 그 느릅나무 토막에서 파르스름한 새싹이 돋아나고 있었다.

그 싹은 장차 느릅나무로 크거나 우거진 나뭇가지가 될 수도 있는 어김없는 하나의 생명체였다. 느릅나무 토막은 이미 단두대에 올려져 있었다. 나는 차마 그 목에 톱질을 할 수는 없었다. 어떻게 살아 있는 목을 자를 수 있으랴. 그도 살기를 원하는데, 우리보다 더 간절히 살기를 원하는데 어찌 그 목을 자를 수 있겠는가."(「느릅나무」 전문)

작가는 톱으로 장작을 켜다가 느릅나무 토막에 돋아난 파르스름한 새싹과 마주친다, 단두대에 올려진 목숨, 그것과 환치되는 기억. 짧은 이 순간에 나는 그의 침묵 속에 용해되고 만다. 솔제니친은 스탈린을 비판했다는 이유로 체포되어 8년간을 감옥과 강제노동수용소에서 지낼 때 그곳에서 겪은 고통과 단두대의 참상을 떠올린 것이다. 그 후로도 그는 3년간을 더 강제 추방당했다. 1970년 노벨문학상을 받았으나 러시아정부가 귀국을 허락하지 않을까봐 두려워서 시상식에도 참가하지 않았다고 한다. 그의 단편소설 「이반 데니소비치의 하루」나 「암병동」 같은 소설도 좋지만 일침으로 우리의 정신을 환기시키는 그의 수필 또한 사랑하지 않을 수 없다.

파리를 조문하다

파리야, 날아와서 음식상에 모여라. 수북이 담은 쌀밥에 국도 간 맞춰 끓여놓았고, 술도 잘 익어 향기롭고 국수와 만두도 곁들였으니 어서 와서 너희들의 마른 목구멍을 적시고 너희들의 주린 창자를 채우라.

다산 정약용 시문집에 적힌 「조승문弔蠅文」 '파리를 조문하는 글'의 한 대문이다. 유배지인 강진에서 굶어죽는 백성들의 참상을 목격한 다산 선생은 지방관리들의 가렴주구를 더는 그냥 볼 수 없었다. 경오년 여름에 쉬파리가 말할 수 없이 들끓었다. 노인들은 탄식하며 괴변이 났다고 약을 놓아 파리를 때려잡을 궁리를 했지만 선생은 이 광경을 보고 이렇게 말한다.

"아. 이것은 결코 죽여서는 안 되는 것이다. 왜냐하면 이것들은 분명 굶주려 죽은 백성들이 다시 태어난 몸이기 때문"이라며 위와 같은 글을 지어 파리를 위로하기에 이른다. 사람들의 시체를 보니 언덕 위에 이리저리 흩어져 있는데 옷도 걸치지 못한 채 거적에 싸여 있다. 장맛비는 내리고 날은 더워지니 모두 이상한 것으로 변해서 꿈틀꿈틀 기어오르고, 어지러이 꾸물거렸다. 그러더니 옆 구리에 넘치고 콧구멍에까지 가득 차게 되었다. 이러다가 허물을 벗고 나와 답답한 구더기의 탈을 벗어버리고 파리가 되었다.

"파리야, 날아서 고을로 들어갈 생각은 하지 말아라. 다시 태어나지도 말아라. 아무것도 모르는 지금 상태를 축하하라. 사람은 죽어도 내야 할 세금은 남아서 형제에까지 미치게 되니, 유월이 되면 벌써 세금 독촉하는 아전이 문을 걷어차는데 그 소리가 사자의 울음소리 같아 산악을 뒤흔든다. 파리야, 날아가려거든 북쪽으로 날아가거라. 임금이 계신 대궐로 들어가서 너희들의 충정을 호소하고 너희들의 지극한 슬픔을 펼쳐 보여라."

무더운 여름, 부패한 관리들의 가렴주구를 혹독하게 비판하고, 파리 떼를 조문하는 다산 선생의 지극한 애민정신에 감복한다.

루소의 횃불

조물주의 손에서 나올 때 모든 것은 좋다. 그러나 인간의 손이 닿으면 모든 것은 나빠진다.

장 자크 루소(1712~1778)의 교육론을 담은 소설 『에밀』의 첫 구절이다. 편견과 권위의 시선은 우리 본연의 자연성을 질식시킨다. 이럴 때 교육의 힘이 얼마나 중요한가. 루소는 '에밀'이라는 고아를 상정하여 그의 부모 역할을 맡아 참된 교사와 제자의 운명이 평생토록 하나가 되기를 염원하며 에밀에게 최선을 다한다. 마치 내다버린 자신의 아들을 향한 것처럼 간절하던 그의 소망이 책을 읽는 내내 나를 죄송하게 만들었다. 나는 하숙집 어린 식모 테레즈와의 사이에서 태어난 다섯 명의 아이들을 모두 고아원에 맡긴 그의 비정한 처사를 몹시 비난했던 적이 있었다.

루소는 태어난 지 9일 만에 어머니를 잃고 10살 때 가출한 아버지, 어린 그의 생활은 매우 불안정하였다. '이 숙명적 행위가 그 후 나의 사고방식이나 운명에 얼마나 격심한 변화를 초래했는지는 머지않아 알 것'이라며 아이들을 내다버린 혐오스런 자신의 악덕을 숨기지 않았던 '고백론', 그의 애달픈 회한이 없었다면 『에밀』이 어찌 탄생할 수 있었을까. 그는 말한다.

"태어나면서부터 다른 사람들 사이에 혼자 내버려둔 사람들은 누구보다도 더욱 불구의 인간이 될 것이다. 편견, 권위 따위의 부지 중에 빠져드는 모든 사회제도는 인간 속에 내재해 있는 자연성을 질식시키고 그 대신 아무것으로도 우리를 메워주지 않을 것이다. 우리는 약하게 태어났으므로 힘을 필요로 한다. 이 모든 것을 교육에 의해서 얻는다."

이 책의 첫 장에서 마주치게 되는 '불구의 인간', '모든 사회제도', '자연성의 질식', '교육의 힘'이란 키워드를 추려내면 민주주의 횃불이 된 그의 자연사상이 집약될 수 있을 것 같다. 『인간불평등기원론』, 『사회계약론』, 『에밀』로 이어지는 그의 출판은 당국의 노여움을 사서 『에밀』은 불태워지고 체포령이 떨어져 스위스로 달아났다. 추적망상이 심해진 그는 울분 속에서 생을 마감하였다. 그러나 훗날 그의 『인간불평등기원론』『사회계약론』은 프랑스혁명의 직접적인 도화선이 되었다. 오래 전 팡데옹에서 본 그의 관 바깥으로 뻗어나온 '횃불 든 손'은 좀체 잊혀지지 않는다.

3·1 정신

나는 도시 믿지 말고/ 한울님을 믿으셔라/ 네 몸에 모셨으니/ 사근취원捨近取遠 하단 말가.

동학의 교조 수운水雲 최제우(1824~1864)가 쓴 『용담유사』의 「교훈가」 중 한 토막이다. 한울님이 네 몸에 계시니 먼 데서 찾지 말라는 뜻이다. 그는 경주 용담정에서 수련정진 중에 웬 신선의 말이 귀에 들려와 깜짝 놀라 일어나 캐어물은즉 대답하기를 "두려워하지 말고 무서워하지 말라. 나에게 영부靈符가 있으니 그 이름이 선약仙藥이요, 그 모양은 태극太極이요, 또 그 모양은 궁궁弓弓이니 내 영부를 받아 사람들을 질병에서 고치고 내 주문呪文을 받아 사람들을 가르쳐서 나를 위하여 하면 너도 또한 장생長生하여 덕을 천하에 펴게 될 것이다."

이같은 종교체험은 그의 『동경대전』에 적혀 있다. 수운이 그때

받은 주문은 21자로 '시천주조화정侍天主造化定/ 영세불망만사지永世不忘萬事知/ 지기금지원위대강至氣今至願爲大降'이다. 한울님을 내 마음속에 모신다는 '시천주侍天主'는 동학의 기본 사상이다. 조선 조정은 동학을 혹세무민의 사교로 낙인찍어 수운을 참형에 처했다. 그의 뒤를 이은 해월海月 최시형은 '사람을 섬기되 하늘같이 하라'면서 '사람이 곧 한울이다' 인즉천人卽天을 강조하며 억눌린 백성들에게 인간의 평등과 인간 존엄의 권리를 일깨우고 농민 대중을 이끌며 갑오동학혁명을 일으켰다. 그러나 청일의 무력간섭으로 실패하게 되고 해월도 처형되고 만다.

제3세 교조가 된 의암義菴 손병희는 1905년 동학을 천도교天道敎로 선포하고 종로구 경운동에 지금의 '수운회관' 천도교 중앙대교당을 짓고 민족문화운동의 중심지로 삼았다. 수운의 '시천주'는 해월의 '인즉천'으로, '인즉천'은 의암에 와서 '사람이 곧 하늘'이라는 '인내천人乃天' 사상이 되었다. 녹두장군 전봉준이 주도하는 동학혁명은 실패했음에도 그 후 그들의 민족의식은 독립협회운동, 의병운동, 3·1독립운동의 근간이 되었다. 어제는 101주년이 되는 3·1절이었다. 선조들의 값진 희생과 순교를 생각하며 삼가 옷깃을 여민다.

남명 조식 선생께

황滉은 두 번 절하고 올립니다. 지난 번에 이조에서 숨은 선비로 천거했을 때, 임금께서는 어진 인재를 얻어 쓰심이 즐거워 특명으로 육품관의 벼슬을 주셨으니, 이는 실로 우리나라에서는 예로부터 드물게 있는 장한 일이었습니다.

퇴계 이황이 남명南冥 조식曺植(1501~1572)에게 보낸 편지 「여조건중與曺健仲」의 서두이다. "그런데 선생은 끝내 오지 않았으니 무엇 때문이었습니까?"를 묻고는 자신은 십 년쯤 되는 동안에 무릇 세 번이나 벼슬에서 물러나 고향에 돌아갔다가 세 번이나 부름을 받고 나오곤 했다며 그 후로 병은 더욱 깊어지고 '비로소 지나온 자취를 돌아보고 옛 성현들의 글을 열심히 읽어보니, 지난 날의 나의 학문과 취향, 그리고 처신과 행사가 온통 옛 사람들에게 크게 잘못되었음을 알았습니다'라고 적고 있다.

"이제야 멀리서나마 선생의 고매한 명성을 듣고 영향을 받아, 저의 게으른 마음을 일깨워주심을 스스로 느끼고 있습니다. (…) 선생께서는 산림에 묻혀 살면서도 무슨 일을 스스로 세워놓았기에 저 영리榮利의 길을 잊을 수 있단 말입니까? 스스로 벼슬길에 나가는 것을 경솔히 하여 말년에 가서 자주 넘어지는 것은 비루한 자의 어두운 소행이고, 한번 벼슬길에 나가는 것을 신중히 해서 평소에 지녔던 절개를 온전히 하는 것은 어진 이의 원대한 식견입니다. 이 두 사람의 거리가 어찌 백천만 리에 그치고 말겠습니까?"

퇴계 선생은 스스로 자신을 낮추어 글월을 올리고 있는데 왜 그의 인품은 더 높게만 보이는지 모르겠다.

1501년 남명은 퇴계와 같은 해에 태어났다. 남명은 경상우도에서, 퇴계는 경상좌도에서 일어나 양대 산맥의 쌍벽을 이루었다. 남명은 퇴처退處로 그의 생애를 일관하였는데 그것은 당대의 현실을 '불의'하다고 파악했기 때문이다. 기묘사화, 을사사화 등의 정치적 충격과 함께 모순된 현실에 출사하여 허명虛名으로 어용화되기보다는 자유스럽고 비판적인 위치에서 현실의 모순을 적극 개진하는 처사處士의 입장을 택한 것이다. 70세에 이르러 임금님의 소명을 두 번씩이나 받았으나 사퇴하고 끝까지 벼슬길에 나아가지 않았다. 그러나 "정치의 잘잘못은 비판하고 매양 국사를 걱정하며 대의 바르고 곧은 말을 바람처럼 쏟으니 위풍은 종사宗社에 진동했고 충성은 조정朝廷을 격려했다"고 『문집』은 기록하고 있다. 선생은 선조 때, 대사간에 추증되고 1615년(광해군 7년) 영의정이 더하여졌다.

스무 해 전, 나는 천왕봉이 바라다보이는 덕천강변의 산천재山天齋를 찾은 적이 있다. 선생이 11년 동안 숨쉬고 학문을 닦으며 강학하였던 곳. 산천재 방벽에 '경敬, 의義' 두 글자를 크게 써 붙여 놓고 '학문을 알기만 하면 족한 것이 아니라 반궁反窮체험과 지경持敬행실이 더욱 중요한 것'이라고 주장하면서 특히 '경의敬義'를 높였다. 선생의 학풍을 이어받은 대부분의 제자들도 출사하지 않았다. 나는 넓지 않은 마당 한가운데에 서서 신천재의 편액을 바라보며 아래의 시구를 되뇌었다.

이전의 60년은 일찍이 하늘이 빌려준 게고
앞으로 구름 낀 산에서 사는 건 땅이 빌려준 거라네.
막다른 길에도 또다시 길 있나니,
그윽한 오솔길을 찾아 고사리 캐어 돌아온다네.

'막다른 길에도 또다시 길 있다猶是窮塗還有路'는 그분의 심중이 장중하게 헤아려지는 것이다. 기묘사화 때, 숙부는 처형되고 일찍 사망한 부친, 경제적 빈곤, 가족의 질병과 죽음. "나는 죄가 쌓여 몇 달 사이에 가족, 세 사람이 세상을 등졌다"고 탄식하듯 아홉 살짜리 외아들의 요절, 어머니와 처의 병세가 위중했었다. 과거시험의 실패, 세상은 뜻대로 되지 않았다. 선생은 "나의 곤궁함을 세상 사람의 통달함과 바꿀 수 없다"며 『주역』 천산돈괘의 '돈이형遯而亨'을 지침으로 삼아 "곤궁함을 걱정하지만 나에게는 곤궁함이 통달함이라"고 말씀했다.

막다른 길에 가보지 않은 사람이 어찌 그것을 알겠는가. 고통이 없다면 깨달음도 없는 것을. 선생의 도는 '은둔'에서 형성된 것이었으며, 평생 안연의 도[安貧樂道]를 따르고자 하였다. 세상의 명예와 이익이 아니라, 오로지 성인의 가르침[言行]을 추구하던 선생의 산천대축괘와 천산돈괘의 '돈이형'을 나 또한 본받고자 한다.

눈에 가득 들어차는 천왕봉의 신령한 기운, 거기 남쪽바다[南冥]의 항해를 꿈꾸던 한 마리 붕새가 신선처럼 그려지는 것이다.

사람을 잡아먹는 세상

천세지후千世之後 기필其必 유有 인여인人與人 상식자야相食者也니라.

천 년 뒤에는 틀림없이 사람끼리 서로 잡아먹는 날이 올 것이다.

장자莊子는 「경상초庚桑楚」 편에서 말한다. "만일 현자를 택해 등용한다면 백성들은 저마다 등용되려고 서로 다투게 되고, 지혜 있는 자에게 벼슬을 맡기면 백성은 모두 간악해져서 서로 속이게 된다. 백성들은 자기의 이익만을 위해 힘쓰게 되고 자식이 아버지를 죽이고, 신하가 임금을 죽이며 대낮에 강도질을 하거나 남의 집 담장을 뚫고 들어가 도둑질을 하게 된다. 내가 그대에게 밝혀두는데 천 년 뒤에는 틀림없이 사람끼리 서로 잡아먹는 날이 올 것"이라고 짚었다. 과연 스펙 좋은 사람을 우대하니 스펙 때문에 (위조하려는) 폐단이 생기고, 지식은 점차 교활한 도구로 전락하여 고

등수법의 범죄가 우리의 예측을 불허하게 한다. 장자의 이러한 예언을 일찍이 주목한 또 한 사람이 있었으니 작가 노신魯迅(1881~1936)이다.

당시 중국은 봉건왕조가 몰락하고 서방 제국의 침입을 받아 풍전등화와도 같은 상태였다. 노신은 일본에서 의학공부를 하다가 '정신에 영향을 주는 것은 문학밖에 없다'며 문학으로 뜻을 바꾸었고 『광인일기』와 『아Q정전』 같은 걸작을 써서 사회의 모순을 비판하며 민족의 정신개조와 각성을 촉구하는 데 앞장섰다.

소설 『광인일기』의 주인공 쿵이지는 자신이 처한 사회 전체를 '사람이 사람을 잡아먹는 사회'로, 그 사회의 역사는 '사람이 사람을 잡아먹는 역사'로 생각했다. 쿵이지가 펴든 책에는 이렇게 쓰여 있었다. "페이지마다 인의도덕仁義道德이라는 글자가 삐뚤빼뚤 쓰여 있었는데 글자 사이에 온통 '사람을 잡아먹는다[吃人]'는 두 글자가 쓰여 있었다."

아내가 남편을 어렵지 않게 죽이고, 자식이 돈 때문에 부모를 살해하는 패륜과 n번방의 유아성착취범들의 후안무치를 목도하게 되는 요즘, 노신의 '흘인吃人'이란 글자가 떠올라 내 눈앞을 어지럽힌다. '가정의 달' 우리는 무엇부터 해야 할까.

사어의 시간尸諫

맹가孟軻는 돈소敦素하고 사어史魚는 병직秉直하니라.

맹자孟子는 바탕을 도탑게 하였고, 사어史魚는 올곧음을 지녔다. 『천자문』의 지은이 주흥사周興嗣는 맹자의 '돈소'와 사어의 '병직'을 들어 사람으로서의 마음가짐을 일깨운다. 인의仁義를 강조한 맹자는 성선설을 주장하며 사람의 본바탕인 착함을 더욱 도탑게 해야 한다고 했으며, 춘추시대 위衛나라 대부였던 사어(史는 관직, 魚는 그의 字)는 자신이 맡은 일을 늘 살펴보며, 곧게 지켜야 한다는 공직자의 자세를 몸소 보여주었다. 위나라 임금인 영공靈公이 어진 현부 거백옥을 쓰지 않고 미자하를 총애하였다. 사어가 임종에 이르러 자식들에게 말한다.

"내가 조정에 있으면서 거백옥을 등용시키고, 미자하를 쫓아내지 못하였으니 이는 임금의 마음을 바로잡지 못한 것이다. 살아서 임금을 바로잡지 못하였으니 죽어서도 예를 갖출 수가 없구나. 내가 죽거든 너는 시체를 창문 밑에다 그대로 두고 빈소도 마련하지 말라." 그의 아들이 그대로 하였다. 영공이 조문을 와서 이를 이상하게 여겨 까닭을 물으니 사어의 아들이 부친의 유언을 임금께 고하고 울 뿐이었다. 영공은 깜짝 놀라 당황해하면서 말한다.

"이는 내 허물이로다. 사어가 살았을 때에 항상 훌륭한 인재를 등용하고, 모자라는 사람을 쫓아내려 하더니, 죽은 뒤에까지 시체가 되어 나에게 간諫하는구나. 정말 지극한 충성이라 하겠다."

영공은 곧 빈소를 차리도록 명하였다. 그리고 거백옥을 등용하여 상경上卿으로 삼고 미자하를 쫓아내어 멀리하였다. 거백옥은 나이 50에 지나간 49년 동안의 잘못을 깨닫고, 나이 60세가 되자 지난 59년 간의 잘못을 깨달았다고 술회했다. 그리하여 그의 덕행은 나이가 들수록 점점 깊어졌다. 영공은 거백옥을 이렇게 칭송했다. "밝기 때문에 절개를 펴지 않으며, 어둡기 때문에 행할 바를 태만하지 않는다不爲昭昭信節 不爲冥冥惰行."

임금의 관용과 그를 일깨운 사어의 '시간尸諫'이 다같이 신실信實하다.

제천단祭天壇과 단군왕검

제천단은 강화도 마니산에 있으니, 단군이 혈구穴口의 바다와 마니산 언덕에 성을 돌리어 쌓고 단을 만들어 제천단祭天壇이라 이름하였다. 하늘은 음을 좋아하고 땅은 양을 귀하게 여기므로 제단은 반드시 수중산水中山에 만드는 것이요, 위가 네모나고 아래가 둥근 것은 하늘과 땅의 뜻을 세운 것이다.

『동사東史』에 적힌 제천단의 설명이다. 단군께서 하늘에 제사를 지내기 위해 쌓았다는 제천단. 나는 오래 전 제천단을 보기 위해 마니산에 올랐다. 초소 옆에 헬기의 이륙장이 있었고 그 앞에 개천절 행사 사진이 크게 걸려 있었다. 일곱 선녀가 깃털부채를 들고 제단 위에서 춤을 추고 있는 사진에서 제단부를 자세히 살펴볼 수 있었다. 분명히 네모꼴의 방형方形이었다. 동행한 사진작가의 줌카메라로 들여다보니 제천단이 눈앞으로 확 다가왔다.

둥굴게 쌓은 아랫단과 네모 반듯하게 쌓은 윗단. 그리고 제단의 중간쯤에 사람 '인人'을 형상한다는 돌층계도 보였다. 아래의 원형은 하늘을 상징하고 위의 네모꼴 방형은 땅을 형상한다. 주역으로 괘를 그으면 하늘 위에 땅이 있다는 '지천태(䷊)'괘가 된다. 태泰괘는 위에 땅(坤☷)이 있고, 하늘(乾☰)이 아래에 있는 상으로, 하늘의 기운은 위로 올라가고, 땅의 기운은 내려오니 천지가 교합한다. 태평하고 화목한 세상이 되는 것이다.

주나라 문왕이 『주역』에 경문을 부친 것은 3천 년 전의 일이고 단군께서 제천단을 쌓으신 것은 4,300년 전의 일이고 보면 어떻게 천여 년을 앞질러 그와 같은 도리를 아셨을까? 더 놀라운 일은 제천단을 서북방으로 세운 것이다. 원래 마니산은 서북[乾坐]간에 앉아 동남[巽]쪽을 향한 건좌손향산乾坐巽向山이다. 그런데 지맥이 동남으로 뻗어나간 곳은 대체로 재앙이 끊이질 않았다. 킬링필드로 악명이 높은 인도차이나반도나 다툼이 끊이지 않는 발칸반도를 예로 꼽을 수 있다. 그러므로 단군께서는 일부러 서북으로 방향을 잡아 지천태괘로 제단을 쌓고 국태민안의 염원을 담아 하늘에 제사를 지내셨던 것이다. 단군 성조의 음덕을 기리며 단기 4353년 개천절의 의미를 되새긴다.

순舜은 누구인가

순하인야舜何人也며 여하인야予何人也오.

'순舜은 누구이며 나는 누구인가.'

『맹자』에서 만난 이 글귀는 대장부다운 그의 포부를 짐작케 한다.

"성인 순舜도 나와 같은 인간이 아니겠는가? 순이 할 수 있었던 것을 나라고 할 수 없겠는가?" 맹자의 뜻은 오로지 성인에 있었다. 순은 효성이 지극하고 어질었으므로 요임금에게 기용되어 섭정을 하다가 요의 뒤를 이어 제위에 올랐다. 요 임금과 더불어 상고시대의 성천자聖天子 오제五帝의 한 사람으로 일컬어진다.

맹자는 인생 삼락三樂을 말함에 있어 천하에 왕이 되는 것 따위는 그 세 가지 락樂 중에 들어가지 않는다며 첫 번째로 부모구존俱存과 형제무고無故를 일락一樂으로 꼽았다. "성인 요순堯舜의 도는 효제孝悌뿐"이라며 맹자는 효제를 그만큼 중시하였다.

어느 날 순은 "부모의 뜻을 따르지 못했기 때문에 마치 올 데 갈 데 없는 궁인窮人처럼 보였다爲不順於父母 如窮人無所歸"고 실토한 적이 있다. 그는 요 임금으로부터 제위를 물려받게 되었으나 집안에서 부모가 이를 기쁘게 여기지 않았으므로 이처럼 슬퍼했다는 것이다. '대효大孝란 종신토록 그 부모를 사모하는 법'이라며 순은 사나운 계모와 짜고 완악스런 아버지 고수가 몇 차례 자신을 위험에 빠뜨렸는데도 그때마다 지혜를 발휘하여 불구덩이에서도 우물 속에서도 살아나왔다. 그들은 순에게 창고의 지붕을 손보게 한 뒤 사다리를 치우고는 창고에 불을 질렀다. 우물을 파게 하고서 그가 나오려는데 이복동생 상象은 그대로 묻어버리자고 했다.

순은 그분들이 바라는 대로 죽을까를 잠시 생각했으나 겸연쩍게 살아나와서 하는 말, "부모님을 결코 죄인으로 만들 수는 없었다"는 게 그의 해명이었다. 아무리 그를 핍박하고 괴롭혀도 순은 효도로서 묵묵히 부모를 섬기고, 아우를 사랑하여 마침내 완악한 아버지 고수를 인자한 아버지로 만들었다. 많은 사람들이 그에게 감화되었다. 이 사람도 그들 중의 하나이다.

용서

"죽어가는 나치 청년이 내게 용서를 구했을 때 나는 침묵했다. 그의 침대 곁에 앉아 끝까지 침묵을 지킨 것은 옳은 일이었을까. 아니면 틀린 일이었을까?"

'나치 헌터'로 알려진 시몬 비젠탈(1908~2005)이 자신의 에세이 『모든 용서는 아름다운가』에서 이렇게 반문한다. 그는 나치수용소로 끌려가 4년 가까이 갇혀 있었다. 89명의 친척을 잃고 아내와 겨우 살아남았다. 전쟁 이후 미국 전쟁범죄조사위원회에서 활동하며 평생의 추적 끝에 1,100명의 나치 범죄자들을 심판대에 세웠다. 그는 어느 날, 간호사의 부름을 받고 임종실로 사용되는 병실에서, 온몸을 붕대로 감싼 친위대원을 만난다. 죽음 직전의 청년은 노인과 여자와 어린아이였던 200명쯤 되는 유대인들을 건물에 몰아넣고 불을 질렀다고 고백했다. 작가는 죽어가는 청년을 도

저히 용서할 수 없었다. 다만 침묵할 뿐. 대신 그는 당신이라면 이런 경우 어떻게 했을 것인가? 질문을 우리에게 던진다.

철학자 마르쿠제는 "나 또한 죽어가는 SS대원의 요청을 거절했을 것"이라며 "범죄를 쉽사리 용서해주는 것이야말로 악의 문제를 희석시킬 뿐"이라고 일축했다. 홀로코스트에서 살아남은 유대계 작가 프리모 레비는 "당신이 그 상황에서 죽어가는 나치를 용서하지 않은 것이 잘한 일이라고 확신한다. 만약 그를 용서하려했다면 당신으로선 거짓말을 하거나 아니면 스스로에게 끔찍한 도덕적 폭력을 가할 수밖에 없었을 것이다"고 언급했다. 이 질문에 응답한 사람 가운데 나는 달라이 라마의 말씀이 제일 가슴에 남는다.

"기억하되 용서하라."

죽음 직전, 어렵게 입을 연 그 청년의 한마디가 왠지 '인간'을 생각하게 한다.

"나는 슈투트가르트 출신입니다. 애초부터 살인자는 아니었습니다."

그렇다면 그는 왜 살인자가 되었을까? 이 용서의 문제는 개인적인 것이 아니라 오히려 정치적인 측면에서 바라보아야 하지 않을까 한다. '토끼뿔'처럼 실재하지도 않은 온갖 이념에 우리는 얼마나 속고 있는 것인가. 다시 한번 그 질문을 생각하게 된다.

배려

기소불욕己所不欲 물시어인勿施於人.

내가 하고 싶지 않은 일은 남에게도 시키지 말라.

『논어』의 말씀이다. 왜냐하면 저[他人]도 싫어할 것이기 때문이다. 『논어』를 엮은 증자曾子는 우리 선생님의 도는 오직 '충서忠恕일 뿐'이라고 하였는데 충서란 남을 위해 걱정하는 온정의 길, 인도仁道를 말한다. 남을 배려하는 그 마음 바탕이 인仁이다. 대가를 지불했다고 해서 사람을 함부로 대해서는 안 될 일이다.

"이제는 가고 없다今也則亡"며 통곡하고 안연의 죽음을 슬퍼한 공자는 제자를 이렇게 칭찬했다.

"그는 노여움을 남에게 옮기지 않았고, 같은 실수를 두 번 되풀이하지 않았다."

나는 분노가 치밀어오를 때면 안연의 이 '불천노不遷怒'를 생각한다. 감정을 다스리지 못해 아무 데나 대고 울분을 터트리는 자충수를 자제하자고 스스로에게 타이른다. 그러나 내가 아끼는 안연의 말은 따로 있다.

"무벌선無伐善, 무시로無施勞"이다. 선善을 자랑하지 말고, 노勞를 남에게 시키지 않는다는 것. 아무리 훌륭한 일을 했어도 그것을 드러내지 않고, 힘든 일은 남에게 맡기지 않고 솔선하는 그런 인간이 되고 싶다던 그의 말에 나는 경외감을 느낀다.

공자의 '물시어인勿施於人'이나 안연의 '무시로無施勞'는 다 같이 남을 배려하는 따뜻한 마음이다. 벌써 오래 전의 일이다. 초등학교 1학년인 내 남동생이 변소를 다녀나오면 하얀 변기 가장자리에 밤톨만 한 똥이 떨어져 있었다. 마당에 있는 펌프로 물을 올려 그때마다 화장실을 청소하곤 했다. 살림을 맡아주던 할머니가 얼굴을 찌푸릴까봐서 더욱이 그 애한테 싫어하는 마음이 생길까봐서 그런 점이 염려되었다. 밤중에 가방 조사를 하고 필통에 연필을 깎아 넣어주곤 했는데 세 살 터울이던 그 애는 중학교 1학년 때, 갑자기 우리 곁을 떠나갔다. 돌아보면 일련의 그런 내 행위도 그 아이에 대한 사랑일 것이다. 좀 더 커서 나는 논어의 이 말씀과 만났다. 그때 잊고 있었던 동생의 얼굴이 갑자기 사무치게 떠올랐다.

세한도

세한연후歲寒然後에 지송백지후조야知松栢之後彫也니라.

겨울이 와야만 소나무와 잣나무가 얼마나 푸른가를 알 수 있다.

『논어』에서 이 글을 대할 때보다, 나는 추사 적거지의 현장에서 〈세한도歲寒圖〉의 발문을 보며 이 글이 더욱 감명 깊게 다가왔다. 선생이 제주도에 유배온 지 5년째, 59세 때에 제자 이상적에게 고마움을 표시하기 위해 그린 그림이다. 집과 소나무의 간략한 배치, 여기에 '세한도'라 쓴 화제의 글씨가 모든 정황을 짐작하게 해준다. 선생은 발문에 이렇게 적고 있다.

"지난해에는 『만학』과 『대운』 두 문집을 보내주더니 올해에는 우경의 『문편』을 보내왔도다. 그대는 많은 고생을 하여 겨우 손에 넣은 그 책들을 권세가에게 기증하지 않고 바다 바깥에 있는 초췌하고 초라한 나에게 보내주었도다. 공자가 말씀하시기를 '날이 차가워 다른 나무들이 시든 뒤에야 비로소 송백의 후조를 알게 된다'고 하였다. 송백은 사철을 통하여 시들지 않는 것이라며 세한 이전에도 하나의 송백이요, 세한 이후에도 하나의 송백인데 성인이 특히 '세한歲寒'을 당한 이후를 칭찬하였다. 세한의 시절에 느끼는 바가 있었기 때문이다"라고.

'세한'을 겪은 그분의 심경을 나는 극도로 고담枯淡하고 간결한 필의로 그려진 〈세한도〉에서 느낄 수 있었다. 고해절도의 유배지, 9년 동안 몸담은 너무나도 좁고 초라한 방, 선생은 여기에서 부인 이 씨의 부음을 들었다.

"대체로 사람마다 죽음이 있거늘 홀로 부인만 죽음이 있지 않을 수 있으리요만, 죽을 수 없는데 죽은 까닭으로 지극한 슬픔을 품게 되었고 기막힌 원한을 품게 되었을 것이오. 그래서 장차 뿜어내면 무지개가 되고, 맺히면 우박이 되어 푸른 바다 넓은 하늘에 한스러움만 끝없이 사무친다오. 내생에 바꿔 태어나 이 슬픔 알게 했으면" 하던 선생의 절규가 하늘 끝을 맴돌아 내 귓가에 닿는 듯했다.

가연佳緣

"17세에 나의 짝이 되어 나와 더불어 41년간을 같이 살았다. 내가 양친을 봉양하고 제사를 받드는 일과 친척을 친히 하고, 벗을 사귀는 데에 세군細君이 나의 뜻을 순종하여 맞추지 않은 적이 없었다. (중략) 나의 집이 가난했지만 세군은 가난한 것을 가지고 나에게 누를 끼치지 않아서 내가 그 때문에 다른 탈이 없이 날마다 옛 책을 읽을 수가 있었으므로 위로는 당우(요순)시대의 고문古文과 아래로는 제자백가를 섭렵하여 고문의 취지를 알 수 있었다."

미수 허목 선생께서 친히 아내의 묘명墓銘에 적은 글월이다. 『미수기언』에서 이 글을 읽고 나는 많은 소회가 일었다. 첫째는 세군으로 표현된 아내 이 씨의 미덕이요, 둘째는 지아비의 인품이었다. 그분의 「자명비自銘碑」에 의하면 늙은이 허목許穆은 눈썹이 길어 눈을 덮으므로 스스로 호를 미수眉叟라 하고 나면서부터 손에 문자文字 무늬가 있으므로 자를 문보文甫라고 하였다. 고문古文을 즐겨 읽으며 몸에 허물이 적게 하려 하였지만 되지 않았다. 스스로 명銘하기를 "말은 행동을 숨기지 못하고 행동은 말을 실천하지 못하며 한갓 요란하게 성현의 글을 읽기만 좋아했지 하나도 과오를 보완해가지 못했기에 돌에다 새겨 뒷사람들이 경계 삼도록 하노라"고 적었다.

평생 동안의 공부로 선생은 예학禮學과 이학理學의 당대 일인자로 칭해졌고 외조부 임백호와 서화담 선생에게서 도학을 전수받았다. 송시열과 대립된 예송 문제로 물러나 있다가 여든 살에 복귀하여 우의정에 올랐다. 죽은 지 23년 만에 우의정에 재배된 남편을 따라 정경부인에 오른 이씨 부인은 오리 이원익 정승의 손녀딸이기도 하다.

"살았을 때 기뻤음은 화순해서요, 죽었을 때 생각남은 슬퍼서라오. 간결하던 그 풍도, 방정方正하던 그 규범. 이제 모두 끝났기에 그 사연 무덤 앞에 기록함은 서로 알아준 정의 보답이라오."

나는 특히 묘명의 그 마지막 구절을 좋아한다. '서로 알아준 정의 보답'이라는.

"세군은 가난한 것을 가지고 나에게 누를 끼치지 않아서." 이 대목을 가슴에 새기려던 내 젊은 날이 떠오른다.

실존과 자유

기도의 기능은 신을 감화시키는 게 아니라 기도하는 사람의 본질을 바꾸는 것이다.

덴마크 출신의 철학자이자 신학자인 키르케고르가 『전율의 공포』에서 밝힌 구절이다. 그는 아버지의 희망대로 코펜하겐 대학에서 신학을 공부했으나 기독교 정교에 대한 회의가 깊었다. 부패된 국립교회를 비판하는 종교사상가로 그의 중요한 개념은 '실존'과 '불안'이었다. 실존이란 자유로운 개인을 기술하는 개념이다. 왜냐하면 실존한다는 것은 자유로운 선택을 통해서 자신을 실현하는 것이기 때문이다.

그는 인간에게는 세 가지 실존 영역이 있다면서 심미 영역과 윤리 영역, 그리고 종교 영역으로 나누어 탐구했는데 종교 영역에서는 신에게 헌신하는 삶을 위해 윤리적 기준과 보편적 공익을 포함한 모든 것을 포기하는 결단이 요구된다고 말한다. 신이 아브라함에게 아들 이삭을 희생 제물로 바침으로써 신앙을 입증하라고 명할 때, 아브라함에게 윤리적 선택은 아들을 죽이지 않는 것이었지만 유아 살해라는 죄를 범하면서까지 신앙을 입증하려고 한 것은 그가 종교 영역에 진입함을 뜻한다.

가령 힘겨운 시기를 지내는 인간이 신에게 매달려 힘을 달라는 기도를 올린다면 그건 그의 실존이 종교 영역으로 이동하는 것이다. 자신의 본질이 신앙에 복종한다는 의미로 즉 기도의 기능은 기도하는 사람의 본질을 내재적으로 바꾼다는 것이다. 신이 인간을 창조했다면 그가 자신의 피조물에게 내린 최고의 선물은 옳고 그름을 선택할 자유, 믿거나 믿지 않을 자유, 어떤 것이 최선의 삶과 행동인지 숙고할 자유라고 언급한다. 그런데 종교의 규약과 관행들이 이러한 자유의지와 개인의 선택을 억압한다면서 그는 다음과 같이 토로했다.

"나는 천상의 임무를 띠고 온 사자와 같다. 나는 어떻게 실존과 인식이 기독교계와 기독교가 일치하는가를 은밀히 조사했다. (…) 설혹 절망적 발걸음으로라도 기존 기독교계에 도화선을 긋게 되는 것은 의미 있는 일"이라고.

실존이란 자유로운 선택을 통한 자아실현임을 알 수 있게 한다.

제8장

학문/ 수기修己

기다림
사자 몸속의 벌레
옛 사람의 찌꺼기
몸소 체득할 수밖에 없다
지나침은 모자람과 같다
시련試鍊
오불시고예
청년의 어리석음이 성공을 한다
중용中庸
온고지신
『대학』의 도
역易의 도
검은 옷차림의 사상가
열자列子, 도를 말하다
회심回心
수오지심
연독延篤의 독서법
대인군자大人君子

기다림

탁타槖駝가 비능사목수차자야非能使木壽且孳也요.

이능순목지천以能順木之天하야 이치기성언이以致其性焉爾라.

탁타가 능히 자기의 힘으로 나무의 수명을 길게 하고, 또 무성하도록 하는 것이 아니요. 나무의 천성을 잘 살려 그 성질이 제대로 이루어지도록 할 따름이다.

당나라 시인 유자후柳子厚의 「종수곽탁타전」의 일구이다.

곽탁타라는 사람이 있어 나무를 잘 심었으므로 종수種樹를 붙여 '종수 곽탁타'라 하였다. 성 씨는 곽이고 탁타는 곱사병을 앓아 등이 낙타처럼 솟아 마을 사람들이 그를 그렇게 불렀다. 나무 심는 것이 그의 직업이었다. 그가 심는 나무는 혹 옮겨 심어도 살지 않은 것이 없고, 또한 크게 무성하였으며 빨리 열매가 열어 번성하였다. 다른 이들이 옆에서 지켜보고 그대로 따라해도 그가 심는 것과는 같지 않았다. 사람들이 나무 심는 비결을 물었다. 그때 탁타가 한 말이 위의 그것이었다.

"다른 게 없고 다만 천성天性에 따라 그 성질을 이루게 한 따름이라고. 나무의 성질은 뿌리를 펴고자 함이요, 북돋기는 편편히 하고자 하며, 그 흙은 고토故土를 좋아하고 다지기는 꼭꼭 밟아서 흙이 밀착되도록 하는 것을 좋아한다. 마친 다음에는 건드려서 움직이게 하지 말며, 또 죽을까 염려하지도 말며 가버린 다음에는 다시 돌아보지도 말 것이니, 다시 말하면 심기는 아들과 같이 소중히 하고, 그것을 두어두기를 내버린 것과 같이 하면 나무는 그 천성을 온전히 하여 자기 성질대로 자랄 수 있을 것"이라고 하였다.

사실 그대로 두고 본다는 것이 얼마나 어려운 일인가. 그러나 아무리 급하다고 해도 뿌리를 들어올리는 '조장助長'을 해서는 안 된다. 또한 귀엽다고 해서 어미 소가 송아지를 핥는 것처럼 양육해서도 안 된다. 깊은 사랑에는 절제와 인내심이 따라야 한다. 무심無心한 척, 유심有心하게 기다릴 줄 아는 지혜가 필요하다. 부모는 늙어서도 동구 밖을 향해 서성거리며 자식을 기다린다고 한다. 지팡이에 기대어 기다려주는 어버이의 연세를 우리는 또한 잊지 말아야 하느니.

사자 몸속의 벌레

사자신중지충獅子身中之蟲.

사자 몸 속에 있는 벌레.

불서『범망경梵網經』에 나오는 이야기다.

동물의 왕인 사자를 어느 짐승 따위가 해하려 들며, 감히 먹어치울 수 있겠는가?

그러나 사자가 죽어 시체가 되면 그 시체를 말끔히 먹어치우는 것은 외부에서 온 짐승이 아니라, 사자 제 몸 안에서 생긴 벌레라는 것이다.

어떤 교단이나 조직에 해를 끼쳐 내부의 붕괴를 가져오는 것은 '사자 몸속의 벌레'처럼 자체 내부의 구성원이라는 비유이다. 마침『로마제국의 쇠망사』를 쓴 영국의 작가 기번의 말이 떠올랐다.

"우리들은 로마제국이 왜 몰락하였는지를 질문하기보다는 오히려 그렇게 오래도록까지 존속하였는가에 더욱 놀라지 않을 수 없다"며 그 거대한 구조물로서의 제국은 그 자체 무게의 압력에 눌려서 우그러졌다는 것이다. 그러니까 외부의 침략에 의한 게 아니라 로마가 쓰러진 것은 내부의 균열에 의한 자체 붕괴라는 뜻이다. 나는 독서를 잠시 멈추었다.

제 몸에서 피어난 녹이 마침내 제 몸을 깎아먹듯. 그렇다면? 정신이 퍼뜩 들었다. 그리고 내 안뜰을 검속할 필요를 느꼈다.

옛 사람의 찌꺼기

윤편왈輪扁曰 착륜斲輪, 서즉감이불고徐則甘而不固 질즉고이불입疾則苦而不入

불서부질 득지어수不徐不疾 得之於手 이응어심 구불능언而應於心口不能言.

윤편이 말했다. 수레바퀴를 깎을 때, 조금이라도 헐렁하면 바퀴살이 빠지기 쉽고, 반대로 조금이라도 빡빡하면 정확히 삽입이 되지 않습니다. 헐렁하지도 빡빡하지도 않게 하는 일은 손짐작으로 터득하여 마음으로 수긍할 뿐이지, 입으로 말할 수가 없습니다.

『장자』「천도天道」 편의 글이다. 짧은 우화寓話로 그는 정곡을 겨냥한다.

제나라 환공이 당상에서 책을 읽고 있었다. 대청 아래에서 수레를 깎고 있던 윤편이 임금께 여쭈었다.

"지금 읽고 계신 것은 무엇이옵니까?"

"성인의 말씀이니라."

"그 성인은 살아 계시옵니까?"

"벌써 돌아가셨다네."

"그럼 임금께서 읽고 계신 것은 '옛 사람의 찌꺼기古人之糟魄'라는 말씀이군요."

직공 주제에 무엄하다고 생각한 임금은 그 설명이 합당하지 않으면 사형에 처하겠노라고 하자, 앞에서 언급한 윤편의 대답이 그것이었다. 그리고 그는 이렇게 말을 보탰다.

"득지어수 이응어심得之於手 而應於心 거기에 비결이 있는 겁니다만 제가 제 자식에게 깨우쳐줄 수 없고, 제 자식 역시 제게서 이어받을 수가 없습니다. 그래서 칠십인 이 나이에도 수레바퀴를 깎고 있는 것입니다. 옛 사람도 그 전해줄 수 없는 것과 함께 죽어버렸습니다. 그러니 임금께서 읽고 계신 것은 옛 사람들의 찌거기일 뿐입니다."

서적을 '고인의 찌꺼기'라고 혹평하는 윤편의 입을 통해 장자는 무엇을 말하고자 함이었을까? 기술에 빗대어 도(진리)를 터득하는 길은 '손으로 알고 마음으로 응하는' 체득이어야 한다는 것이 아닐까. 범람하는 지식의 홍수 속에서 새삼 음미해야 할 지침이라고 생각한다.

몸소 체득할 수밖에 없다

옛날 어떤 도둑이 있었다. 그는 아들에게 자기의 기술을 모두 가르쳐주었다.

조선 초기의 학자 강희맹(1444~1504)이 쓴 「도자설盜子說」의 서두이다.

이 글은 그가 아들을 훈계하기 위해 지은 「훈자오설訓子五說」 가운데의 하나이다. 여러 도둑들이 아들 도둑을 칭찬하자 그의 아비는 자만에 빠진 아들을 경계하기 위해 어느 날 밤 아들을 데리고 어느 부잣집 곳간으로 가서 안으로 들어가게 했다. 그리곤 밖에서 문을 닫고 자물쇠를 잠가버렸다. 일부러 자물쇠를 잠그는 소리를 내어 주인에게 들리도록 했다.

주인은 쫓아나와 살펴보았으나 자물쇠가 그대로 있는 것을 확인하고 안으로 발길을 돌렸다. 곳간 속에 갇힌 아들은 빠져나올 도리가 없었다. 할 수 없이 손톱으로 박박 긁으며 소리를 냈다. "곳간에 쥐가 든 게 틀림없다"며 주인이 곳간 자물쇠를 열고 막 들어가려고 하는 찰나 그때를 기다렸던 아들은 잽싸게 빠져나와 도망치기 시작했다. 가족들이 모두 나와 도둑을 쫓으니 그는 연못을 끼고 달리다가 연못 속에 커다란 돌을 던졌다. 그러자 사람들은 에워싸고 도둑을 찾았다. 그 틈에 아들은 그곳을 빠져나올 수 있었다. 아들이 아버지를 원망하자 그의 아버지가 말했다.

"이제 너는 틀림없이 세상에서 독보적인 도둑이 될 것이다."

기술로는 해결되지 않는 것이 있다. 막힌 곳에서 스스로 뚫고 나오는 지혜야말로 몸소 체득할 수밖에 없지 않은가. 화두를 참구하는 문무관의 수행자들도 또한 이와 다르지 않으리라고 생각된다.

지나침은 모자람과 같다

과유불급過猶不及.

『논어』「선진」 편에 나오는 공자의 말씀이다. 어느 날 자공子貢이 스승께 물었다.

"자장子張과 자하子夏 중에 누가 더 현명합니까?"

"자장은 지나치고[過], 자하는 모자라지[不及]."

"그렇다면 자장이 더 낫겠군요?"

이때 공자는 '과유불급'을 언급한다.

"지나침은 미치지 못함과 같다."

우리는 흔히 지나침은 모자람만 못하다고 과過와 불급不及 사이의 '유猶'를 오히려 '과'를 부정하는 쪽으로 해석한다. 그러나 공자의 취지는 어느 쪽도 좋지 않다는 것이다. 답은 중용中庸에 있다. 공자는 참다운 중용이란 시중時中으로 그때와 경우에 따라 움직이는 것이라고 말한다.

이에 주자는 중용에 대해 "중中은 편벽되지 않고 치우치지 않고 지나침과 모자람이 없는 것을 이르고, 용庸은 평상平常이라"고 정의한다. 공자의 '과유불급'을 주자가 '중용'으로 풀이한 것이다. 지나침과 모자람이 없는 중용中庸, 그것은 아리스토텔레스도 『니코마스 윤리학』에서 인간의 행복에 대해 논의하던 중 중용에 대해 언급한 것이 있다.

"모든 전문가들은 이런 방식으로 지나침과 모자람을 피하며 중간을 추구하고 이것을 선택하는데 이때 중간은 대상에 있어서의 중간이 아니라(양극단의 산술적 평균을 가리키는 것이 아님) 우리와의 관계에서의 중간이다"라고 그는 윤리적인 측면에서의 중용을 언급한다. 그것은 '성품의 덕'과 연관되어 있으며 때에 알맞은 균형 잡힌 태도로 '중용'에서 그는 행복을 추구한다. 중용은 사람이 반드시 지켜야 할 길로, 요 임금이 순舜에게 왕위를 양도할 때 전한 말과도 다르지 않다.

"윤집궐중允執厥中, 진실로 그 중용을 잡을지어다." 즉 어떤 대상에 지나치게 집착하면 화를 부르게 되고 지나치게 소홀하면 아무런 성과가 없다는 뜻이다. 중中은 적절한 것, 때에 알맞은 '시중時中'의 행동임을 명심할 필요가 있다.

시련試鍊

천장강대임어시인야天將降大任於是人也인대 필선고기심지必先苦其心志하며 노기근골勞其筋骨하고 아기체부餓其體膚하며 공핍기신空乏其身하여 행불난기소위行拂亂其所爲니라.

"하늘이 장차 대임을 내리려고 할 때는 반드시 그 심지를 괴롭히고, 그 근골을 수고케 하고 그 체부를 굶주리게 하고 그 몸을 궁핍케 하여 무슨 일을 하건 매사에 실패를 보게끔 하여 시련한다."

『맹자』「고자하告子下」의 말씀이다.

하늘은 왜 어떤 사람에게 큰일을 맡기려고 할 때, 먼저 그 사람의 심신을 괴롭히고, 궁핍한 경우에 처하게 하여 무엇을 행하건 그 사람이 마음먹은 것과는 달리 모조리 역행逆行되는 결과를 빚게끔 일부러 시련하는 것인가? 그에게 장차 어떠한 일도 감당하게 하려함이니, 까닭 없는 시련은 없는 것이다.

어느 날, 과수원 주인이 천신께 이렇게 빌었다고 한다. "일 년 동안 궂은 날 없이 좋은 날만 내려주십시오." 그의 소원대로 일 년 내내 청명한 날만 계속되었고 대풍년이 들어 과수원 주인은 감격에 벅찼다. 그러나 어찌된 일인가? 호두 안에는 알맹이가 들어 있지 않았다. 그는 천신께 항의하며 따져 묻자 천신의 답은 이러하였다.

"도전이 없는 것에는 알맹이가 들지 않는 법이라네. 알맹이란 폭풍우 같은 시련과 목이 타는 가뭄과 고통이 있어야만 여무는 것이라네."

고통과 시련, 어느 것 하나 쓸모없는 것은 없었다. 가뭄과 폭우, 그것에 대한 도전과 극기克己가 여문 호두알을 만들었다. 나는 웅장한 오케스트라로 〈환희〉를 만날 때면 베토벤의 벽창호 같은 그의 참담한 고통을 떠올리며 누르기 벅찬 감동을 느낀다. 고통을 감내한 사람 좌복 밑에는 수북한 파지가 쌓이고 명저가 탄생하게 마련이었다. 사마천의 『사기』가 그렇고, 정다산의 『목민심서』와 빅토르 위고의 『레미제라블』은 유배지에서 쓰였다. 저 유명한 『주역』의 괘사도 문왕이 감옥에서 쓴 것이었다. 인생의 험난한 때를 어떻게 보냈는가? 더욱 근신할 것을 내 스스로에게 명한다.

오불시고예

오불시고예吾不試故藝.

등용되지 않았기에 예藝에 능하게 되었다.

『논어』「자한」 편의 글이다.

"공자는 성인인가. 어찌 능함이 많은가?"

태재의 질문에 자공이 답한다.

"진실로 하늘이 공자의 인격과 역량을 충분히 발휘[縱]하도록 해서 장차 성인이 될 어른이시다."

이때 공자는 "내 젊었을 때 천賤했으므로 소소한 여러 가지 일에 능하게 되었다"며 "오불시고예"를 말했다.

제세안민濟世安民의 이상정치를 꿈꾸며 천하를 주유하였으나 그는 어디에서도 등용되지 않았다. 때문에 서가로 돌아와 유가의 기본 경전이 된 『시경』『서경』『역경』『예기』『악경』『춘추』 등의 6

경을 편정編定할 수 있었다. 이로써 동양철학의 근간이 확립된 것이다.

운명이란 도리어 어긋나는 데서 새롭게 시작되고, 죽은 듯한 곁가지에서 새 싹이 움트는 것을 발견할 때가 있다. 인생이란 차선의 길이 도리어 마땅한 운명이 될 때가 있다.

"일등[上善]보다 차선次善을 더 사랑한다"는 미당 서정주의 말씀을 듣고 어느 날 나는 그것이 곧 내가 명심해야 할 말임을 알아차렸다.

"오불시고예吾不試故藝."

내게도 큰 위로가 되는 말씀이었다.

청년의 어리석음이 성공을 한다

몽蒙은 형亨하니 비아匪我 구동몽求童蒙이라. 동몽童蒙이 구아求我니 초서初筮어든 곡告하고 재삼再三이면 독瀆이라. 독즉불곡瀆則不告이니 이정利貞하니라.

『주역』의 산수몽山水蒙괘의 본문이다.

헤르만 헤세(1877~1962)는 그의 만년작 『유리알 유희』에서 자신이 꿈꾸는 이상국가 '카스탈리엔'을 설정해놓고 문화적 가치를 존중하고 인간의 영성과 진리, 명상 등을 강조한다. 세계대전의 혼동 속에서 "이 무너지는 정신은 어떻게 하면 좋은가?"라는 깊은 사유를 통해 11년이나 걸려 완성된 『유리알 유희』(1942)는 '20세기의 문명비판서'라고 할 미래소설로 평가되면서 1946년 노벨문학상을 받았다.

이 소설은 중국 정신의 기본이 되는 유교사상과 도교철학이 보충적 역할을 하며 『주역』의 체계에 따라 작품이 구성되고 있다. 주인공 요제프 크네히트는 '죽림竹林'이란 암자를 찾아가 노형에게 제자가 되고 싶다고 했을 때 "자, 그럼 괘를 보기로 합시다." 그때 '산수몽'괘가 나왔다. 노형의 판단이 이어진다. 자 그럼 주역 점占으로 괘를 보기로 합시다.

"이 괘에는 젊은이의 어리석음이라는 뜻이 있지요. 위에는 산[艮], 밑에는 물[坎]. 산 밑에서 샘물이 솟아나는데 이는 청년의 비유상입니다."

원전의 '산수몽'괘 판단은 이러했다(빌헬름의 번역본).

"청년의 어리석음이 성공을 한다./ 내가 어리석은 젊은이를 찾는 것이 아니고/ 그 어리석은 젊은이가 나를 찾는다./ 첫 번째 점에서 나는 정보를 제공한다./ 그가 여러 번 물어오면 짐이 되며/ 귀찮게 굴면 나는 가르치지 않는다./ 끈질기게 견디는 것이 길하리라."

노형은 92로 스승 자신이요, 크네히트는 65의 동몽에 해당된다.

헤세는 왜 이 괘를 주목했을까? 그는 어릴 때의 교육이 얼마나 중요한가를 뼈저리게 경험했기 때문이다. "어려서 바르게 길러줌이 성인의 공덕이라"는 단사彖辭에 눈길이 머물지 않았을까?

샘물이 솟아날 때는 우선 그것이 어디로 흐르게 될지 알지 못한다. 그러나 샘물은 끊임없이 솟아나와 가로막는 깊은 웅덩이를 가득 채우고 마침내 자기 갈 길을 찾아가고야 만다는 그의 도달점을 나는 생각하게 된다. 마침내 '카스탈리엔'의 명인名人이 된 크네히트는 거기에 머물지 않고 세속으로 나와 친구의 아들 티토의 생명을 구하고 물속에서 대신 죽음을 맞이한다. 완성된 인간의 지혜란 결국 이타행의 실천, 헤세 인류 구원의 답안으로 읽고 싶다.

중용中庸

천명지위성天命之謂性이요, 솔성지위도率性之謂道이요, 수도지위교修道之謂教니라.

하늘이 만물에게 부여한 것을 '성性'이라 하고, 그 성을 좇아 행하는 것을 '도道'라 하며, 그 도를 닦는 것을 '교教'라 한다.

공자의 손자인 자사子思가 지은 『중용中庸』 그 첫머리에 나오는 글이다.

여기 '천성도교天性道教'가 서로 긴밀하게 연결되어 있다. 그렇다면 하늘이 명부命賦한 '성性'이란 무엇이며, '성性'을 명부한 '하늘天'이란 또 무엇인가?

유교의 천天은 절대자[神]의 굴종이 아닌, 인격적인 초자연력의 모습으로 나타나고 있다. 천은 상제上帝와 동일한 최고 신의 형태로서 인간 문제에 깊이 관여하니 첫째는 왕조의 변역과 결부된 정치적인 천명天命이요, 둘째는 인간의 길흉화복을 주관하는 운명론적인 천명이며, 셋째는 인성人性과 결부된 윤리적인 천명이다. 하늘이 명부한 성性이란 태어나면서부터 그렇게 되어진 생득生得적인 본연의 바탕을 의미한다.

성선관性善觀에 바탕을 둔 유교는 사람은 누구나 다 요순堯舜이 될 수 있듯 인간이 지닌 본디 바탕을 고도로 실현하여 초인, 성인의 경지에 이르는 것을 그 목표로 하고 있다. 성性을 모든 윤리도덕의 총원總源으로 생각한 맹자는 "모든 것이 내게 갖추어져 있다"고 선언함으로써 우리가 약한 존재로서가 아닌 독립자존自存의 주체적 존재로서 자기완성과 자기실현實現의 모든 능력과 책임을 오로지 인간 자신에게로 돌렸다. 나는『중용』12장을 주목한다.

"성誠으로 말미암아 밝아짐[明]을 성性이라 하고, 명明으로 하여 성誠해짐을 교敎라 한다." 성誠하면 명明해지고 밝아지면 성실할 수밖에 없다는 것. 오직 천하의 지극한 정성至誠이고서야 그 성性을 다할 수 있나니 그 성性을 다 할 수 있으면 천지天地와 함께 나란히 설 수 있다는 것이다.

"성誠은 하늘의 도요誠者天之道也, 성誠해지려고 하는 것은 사람의 도이다誠之者人之道也." 성誠은 곧 덕의 최고 형태인 '성聖'에 직결된다.『중용』이란 책은 인도人道에서 천도天道에의 복귀復歸를 가리키며 '천天'으로 시작하여 '천'으로 끝맺고 있다.

온고지신

온고지신溫故知新이면 가이위사의可以爲師矣니라.

옛 것을 되새겨 새 것을 살필 줄 알면 가히 남의 스승이 될 수 있다.

『논어』「위정爲政」 편의 말씀이다.

'온溫'은 삶는 것, 즉 뭉근한 불에 곰국을 우려내듯이 과거와 역사를 농축해 섭취하고, 여기에 새로운 지식을 더해야 즉 고전古典의 근본정신을 잘 알아서 새 지식을 바르게 인식해야 남의 스승이 될 수 있다는 뜻이다.

과거를 알아야 현실을 올바르게 인식할 수 있기 때문이다.

"나는 나면서부터 도를 깨달은 사람이 아니다. 옛 것을 좋아하여 이를 재빨리 알아내기에 힘쓴 사람이다我非生而知之者 好古敏以求之者也"라는 공자의 '호고好古'라는 말씀을 나는 숭상한다. 어찌 고

古가 없이 금今이 있으랴?

역사는 인류의 거울이다.

후한後漢의 사상가 왕충王充은 '온고지신'을 이렇게 풀이했다. "고古를 알고 금今을 모르면 육침陸沈, 즉 역사를 알면서 현실을 모른다는 것은 땅 위에서 익사하는 것이며, 금今을 알고 고古를 모르는 것은 맹고盲瞽, 현실만 알고 역사를 모르는 것은 장님"이라고 하였다. 지나간 것을 돌이켜 미래의 다가올 것을 아는 지혜, 그래서 고전古典은 영원히 새롭다고 하는 것이다.

『대학』의 도

대학지도大學之道는 재명명덕在明明德하고 재친신민在親新民하며 재지어지선在止於至善이니라.

대학의 도는 명덕을 밝히는 데 있고, 백성을 새롭게 하는 데 있으며, 지선至善에 머무름에 있다.

『대학大學』의 서두이다.

『대학』은 『중용』 『논어』 『맹자』와 더불어 '사서'라 일컬어지는 유교 경전 가운데 하나다. 『대학』의 내용은 정치의 최종 목적을 치국평천하治國平天下에 두고 이를 실현하기 위해 먼저 수신제가修身齊家를 하지 않으면 안 된다. 몸을 닦는 데는 마음을 바르게 먹고 뜻을 성실하게 지녀야 한다. 이 '정심성의正心誠意'를 몸에 지니기 위해서는 격물치지格物致知 즉 사물의 도리를 깊이 연구하고 학문을 수득修得해야 한다는 것을 이 책은 정연한 논리로 펼치고 있다.

『대학』의 핵심 골자는 3강령으로 서두에서 밝힌 '명명덕' '친신민' '지어지선'이다. 어른이 학문을 닦는 목적은 첫째 하늘로부터 받은 덕성, 즉 양심良心을 훌륭하게 연마하는 일이며, 둘째 자기만 연마하는 게 아니라 범위를 넓혀서 그것을 세상 사람들에게 어제보다는 오늘, 오늘보다는 내일이라는 식으로 명덕을 새롭게 쌓도록 선도시키는 데 있다. 그리고 세 번째 이 두 가지 항목을 지고지선의 지위에 보전시키는 것이 『대학』의 참다운 목적이라고 한다. 이 3강령의 실현을 위해 8조목條目을 설치했으니 '격물格物' '치지致知' '성의誠意' '정심正心' '수신修身' '제가齊家' '치국治國' '평천하平天下'가 그것이다.

주자朱子는 '격물格物'이란 사물의 이치가 극처極處에까지 이르지 아니함이 없음을 뜻하고 '치지致知'란 우리 마음 가운데 모든 것에 대한 앎이 다하지 않은 것이 없음을 뜻한다고 하였다. 주자의 학문을 조종祖宗으로 삼았던 송시열은 『주자어록』에서 이 대목을 이렇게 언급한다.

"학문의 길은 격치[格物致知]보다 앞선 것이 없고, 격치의 요강은 독서에 있으며, 독서의 요체는 본심을 간직하는 데 있다"고.

'본심本心'이란 8조목 가운데 '성의, 정심誠意正心'을 가리킨다. '독서'의 중요성과 '본심'을 다시 살피게 되는 이유이다.

역易의 도

역易이 여천지준與天地準이라, 고故로 능미륜천지지도能彌綸天地之道하나니 앙이관어천문仰以觀於天文하고 부이찰어지리俯以察於地理라. 시고是故로 지유명지고知幽明之故하며 원시반종原始反終이라. 고故로 지사생지설知死生之說하며 정기위물精氣爲物이오, 유혼위변游魂爲變이라. 시고是故로 지귀신지정상知鬼神之情狀하나니라.

주역의 진리는 천지와 더불어 똑같은지라, 하늘 땅의 도道를 모두 간추렸나니, 우러러서는 천문을 보고 구부려서는 지리를 살피니라. 이런 까닭에 그윽하고 밝은 연고를 알며 시始를 근원으로 하고 종終을 돌이키느니라. 그러므로 죽고 사는 이치를 안다. 정신과 원기는 물질이 되고 넋이 나가면 죽는지라, 이런 까닭에 귀신의 실체와 형상을 안다고 하는 것이다.

공자의 「계사전」 제4장의 말씀이다. 역易이라는 책은 천지의 도와 같다. 그러므로 천지의 모든 일을 다 엮어 빠짐없이 경륜한다. 일월성신의 현상으로부터 산천초목의 생태와 금수곤충의 생리에 이르기까지 모두 관찰하여 만물의 존재가치를 확인하고, 그 변화 체계를 규명한 것이다. 그러므로 천문지리天文地理를 역易으로써 관찰하면 '유명지고幽明之故'를 안다. 즉 땅 속의 이치[幽, 陰]와 하늘의 이치[明, 陽]를 알게 된다. 생은 시始이고 사는 종終이다. 계절로는 봄이 시작이고 겨울이 종말이다. 겨울이 다하면 봄이 오니 죽으면 살고 살면 죽는 이치이다. 역易에서 양陽이 시작해서 종終하게 되면 양은 사라지고 음이 시작된다. 다시 음이 종終하게 되면 다시 양이 시작된다. 이러한 원시반종原始反終의 이치를 앎으로써 '사생지설死生之說'을 알게 된다는 것이다.

'정기精氣'가 합하면 물건이 되어 살지만, 혼이 떠나면 죽는다. 이런 까닭에 귀신의 정상을 안다고 하는 것이다. 신神은 양陽이니 밝은 곳으로 오는 것이고, 귀鬼는 음陰이므로 어두운 곳으로 돌아가는 것이다. 음양의 순환하는 이치를 알면 '유명지고幽明之故'와 '사생지설死生之說'과 '귀신의 정상情狀'을 안다고 하는 것이 그것이다.

검은 옷차림의 사상가

묵墨은 비사렴悲絲染하고, 시詩는 찬고양讚羔羊하니라.

묵자는 흰 실이 물들여진 것을 슬퍼하였고, 시詩에서는 고양편羔羊篇을 기렸느니라.

『천자문』에서 주흥사는 사서삼경과 제자백가를 망라한다. 묵자墨子의 성씨는 묵이요, 이름은 적翟이다. 묵가墨家의 시조로『묵자전서』를 지었다. 그는 어떤 사람이 실에 물들이는 것을 보자 울면서 말한다. "이 하얀 실은 푸르게 물들이면 푸르게 되고, 노랗게 물들이면 노랗게 된다. 마찬가지로 사람도 착한 데에 물들면 착하게 되고 악한 데 물들면 악하게 된다墨子見染絲者而泣曰 染於蒼則蒼, 染於黃則黃, 言其可染於善 而不可染於惡也."

사람의 성품이란 본디 착하지만 버릇의 물들음에 이끌려 착하지 않게 되는 것이 마치 실絲은 본디 흰 것이었지만, 한번 검어지면 흰 것을 되찾지 못하는 것과 같다는 것이다. 주홍사는 악한 풍습에 물들지 않도록 경계한 묵자의 글을 취하고, 또한 『시경』「고양」 편에서 주나라 문왕의 은덕을 입은 사람들의 거짓 없음을 칭송한다. 목수와 공장바치 출신인 묵자는 천민 출신인 그의 제자들과 검은 옷차림으로 평생 노동을 하면서 만민평등을 부르짖었다. "모두가 서로 사랑하고 서로 이롭게 해나간다兼相愛 交相利"는 겸애교리를 주장한 그는 비명론자非命論者로서 천명天命과 운명론에 반대하고 인간의 노력을 중시하였다. 유학자들은 옛 성인의 가르침을 받아서 말할 뿐, 새로운 일은 말하지 않는다고 비난했다.

맹자는 그가 자기의 머리 위에서부터 발꿈치까지 닳아 없어지는 한이 있더라도 천하 겸애兼愛의 이利를 위해서는 그렇게 하겠다고 한 묵자를 비난했다. 무차별한 그의 겸애가 도리어 인륜人倫을 해친다는 이유에서였다. "자신의 머리카락 한 올로 천하가 이롭다 해도 그런 짓을 하지 않겠다"고 한 양주楊朱의 이기주의를 함께 싸잡아 "양묵楊墨을 막는 사람은 성인의 제자"라고까지 말했다. 한무제漢武帝가 유교를 국교로 정하면서 묵가는 흩어지게 되었다. 그러나 후일 공산혁명이 자리잡으면서 그는 제자백가 중 가장 위대한 평등주의 사상가로 자리매김되었다.

열자列子, 도를 말하다

관윤희왈關尹喜曰 재기무거在己無居, 형물기저形物其著. 기동약수其動若水, 기정약경其靜若鏡, 기응약향其應若響. 고기도故其道, 약물자야若物者也.

함곡관을 지키던 관리 윤희 왈, 자기에게 일정한 지위가 없다고 해도 밖의 일을 접촉하는 것을 통해서 그 자신이 드러난다. 그 움직임은 물과 같고, 그 고요함은 거울과 같으며, 그 응답은 울림과 같기 때문이다. 그러므로 그 도道란 밖의 일을 따르는 것이다."

『열자』는 『노자』『장자』와 함께 도가삼서道家三書로 꼽힌다. 전국시대 정鄭나라에 살았던 열자列子는 성이 열列이고 이름은 어구禦寇로 주로 노자의 사상을 계승했다. '도'에 관한 자신의 의견을 피력하는 데도 윤희를 끌어온다.

도를 잘 따르는 사람은 귀도 쓰지 않고, 눈도 쓰지 않고, 힘도 쓰지 않고, 마음도 쓰지 않는다며 도를 따르려 하면서도 보는 것과 듣는 것, 육체와 지혜를 써서 그것[道]을 추구한다는 것은 당치도 않은 일이라고 한다.

"그것[道]은 바라보면 앞에 있다가도 갑자기 뒤에 있다. 그 작용[道]은 온 세상에 가득히 차 있고, 그것을 버려도 그것이 있는 곳을 알지 못한다. 그것은 또한 마음을 씀으로써 멀리 떨어질 수가 없는 것이며, 마음을 쓰지 않음으로써 가까이 다가갈 수도 없는 것"이다. 즉 도道는 사람의 시각이나 청각 또는 힘이나 지각 혹은 감각 같은 육체적인 능력으로는 알 수도 없고 얻을 수도 없다는 뜻이다. 또 마음이나 생각으로 터득할 수 있는 것도 아니며, 반대로 마음을 없앰으로써 얻을 수 있는 것도 아니라고 한다.

"그것[道]은 오직 묵묵히 터득하게 되며, 또 본성으로 그것을 따르는 사람들이 터득하게 된다唯默而得之 而性成之者得之"고 열자는 적고 있다. 본성으로 그것을 따른다고 하는 것은 자연의 질서에 순順하는 것으로서 자신의 삶을 자연에 융합시킴을 뜻한다. 나는 그의 마지막 구절을 손으로 베껴 쓴다.

"지이망정 능이불위 진지진능야知而忘情 能而不爲 眞知眞能也."

'그것[道]에 대해 안다고 하더라도 그 실상을 잊고, 할 줄 알아도 하지 않는 것이 참된 앎이며, 참된 능력'이라고.

나는 다만 터득한 것을 묵묵히 간직할 뿐이다.

회심回心

우리는 이성만으로 진리를 알기에는 너무 약하다.

성聖 아우구스티누스가 『고백록』에서 한 말이다.

『고백록』은 그가 13살부터 32살까지 청소년기의 방황과 육체적 편력을 겪고 나서 한 인간의 정신이 얼마나 위대하게 진화할 수 있는가를 보여주는 사상서이며 신학서라 하겠다. 동시에 훌륭한 자전문학이라고 할 수 있다. 화이트헤드가 "현대의 모든 신학은 아우구스티누스의 주석"이라고 할 만큼 신학에 끼친 그의 영향은 지대하다. 밀라노의 주교 암브로시우스의 설교는 그에게 '신'을 다시 바라보는 계기가 되었다. 지식을 알고 있는 자가 행복한 것이 아니라 '신'을 아는 자가 행복한 자라고 그는 말한다. 논리를 신봉했던 철학자 소크라테스는 '이성적인 논리만이 진리를 향한다'고 믿었는데 성자 어거스틴은 이성만으로는 진리를 알기 어렵다고 실토한다. 거기에는 영혼의 담금질, 철저한 회심回心의 각성이 뒤따라야 한다는 것이다.

그의 『고백록』에서 내가 발목이 잡힌 대목은 "칭찬에 대한 유혹이 왜 죄인가?" 하는 것이었다. 인간의 맨 밑바닥에 도사리고 있는 칭찬에 대한 유혹은 괴테도 『파우스트』에서 어쩌지 못한 인간 최대의 약점은 바로 그 명예욕인 것이다. 어거스틴은 자기 부정을 통해 양심의 껍질을 수없이 벗겨나갔다.

"칭찬의 유혹을 거부할 때조차 그 또한 유혹입니다. 왜냐하면 유혹을 거부하는 바로 그 행위를 통해서 나를 드러내려 하기 때문입니다."

그는 선행조차 자칫 위선이 될 수 있음을 실토한다. 엄격하고도 무서운 자기 검열이다. 그가 밀라노의 정원에서 어린아이의 음성을 들은 것은 서른두 살 때였다. "책을 읽어라" 마침 그가 펼쳐 든 대목은 바울의 『로마서』였다.

"오직 주 예수 그리스도로 옷 입고 정욕을 위하여 육신의 일을 도모하지 말라." 그의 회심의 순간이었다.

수오지심

수오지심羞惡之心은 의지단야義之端也라.

자신의 불선不善을 부끄럽게 느끼고, 남의 악惡을 미워하는 마음은 의로움의 시작이다.

맹자孟子의 사단설四端說 중의 하나이다. 성선설性善說을 주장하는 맹자는 사람에게는 누구나 불인인지심不忍人之心이 있어서 차마 남에게 잔인하게 굴지 못하며, 남의 어려움을 그냥 지나치지 못하는 네 가지 덕성을 지닌다고 하였다. 어린아이가 우물에 빠지려는 것을 보았을 때 무조건 달려가 구하는 마음은 측은지심惻隱之心이요. 측은지심이 없으면 사람이 아니요, 수오지심羞惡之心이 없으면 사람이 아니다. 사양지심辭讓之心이 없으면 사람이 아니고 시비지심是非之心이 없으면 사람이 아니라고 하였다. 측은지심은 인仁의 단서端緖요. 수오지심은 의義의 단서, 사양지심은 예禮

의 단서, 시비지심은 지智의 단서다. 이와같이 '인의예지'의 4단설을 확립한 맹자는 인정仁政을 왕도의 기초로 삼아 양혜왕에게 강조한 것도 '인의仁義'였다.

"임금은 어째서 이利를 말하십니까? 다만 인의가 있을 뿐입니다."

"상하가 한결같이 자기의 이익만을 취한다면 나라가 위태롭습니다."

"의義를 뒷전에 두고 이利를 앞세운다면 종내 남의 것을 빼앗지 않고는 견디지 못합니다."

맹자와 양혜왕과의 대화이다. 나는 국민들로부터 국정을 위임받는 국회의원들의 선거 과정을 지켜보면서 불쑥 맹자가 떠올랐다. 우리를 향한 그분의 일성은 "인불가이무치人不可以無恥, 사람은 부끄러움을 알아야 합니다"라고 큰소리로 외칠 것 같다.

"선비는 궁해도 의義를 잃지 않으며 영달해도 도道에서 벗어나지 않나니, 인仁은 사람의 마음이며, 의義는 사람의 길仁人心也 義人路也"이라고 다만 의義를 강조하시리라. 나는 맹자의 말씀 가운데 "의를 뒷전에 두고 이利를 앞세운다면 결국 남의 것을 빼앗지 않고는 못 견딘다"는 그 경고를 가슴에 새긴다. 혹시 뜻하지 않은 선택의 기로에 선다면 이利보다는 의義를 먼저 생각하려고 다짐한다. 무엇보다 나는 자신의 불선不善을 부끄럽게 여긴다는 그분의 말씀을 숭상한다.

연독延篤의 독서법

"내가 평소 기억력이 부족해, 일찍이 1백여 번씩 읽었던 것도 몇 달 뒤에는 잊어버리는 경우가 많다. 오직 연독延篤의 글만은 몹시 아꼈다. 10여 세 때, 한번 보고 그 자리에서 외우고는 이제껏 50년이 되도록 한 글자도 잊은 적이 없다."

홍석주 선생은 연독의 글을 간추려『학강산필』에 소개했다.

"내가 일찍이 동틀 무렵이면 머리를 빗고서 사랑채에 앉곤 했다. 아침에는『주역』과『서경』『주례周禮』와『춘추』를 외웠다. 저녁에는 안채의 섬돌을 서성이고 남쪽 다락에서 시를 읊조리고, 백가百家의 여러 사람의 것도 틈틈이 익혔다. 아득히 귀에 가득하고 찬란하게 눈에 넘쳐서 어질어질 기뻐하며 혼자 즐거워하였다. 이때에는 하늘이 덮어주고 땅이 받쳐주는 것도 몰랐고 세상에 사람이 있는 줄도, 내게 몸뚱이가 있는지조차도 알지 못했다. 비록 고봉

高鳳이 책 읽다가 폭우가 쏟아지는지도 모르고 (아내의 당부에도 불구하고 그는 마당에 널어둔 겉보리가 모두 떠내려가게 했음) 고점리가 축을 연주할 때, 곁에 사람이 없는 것처럼 했다고 해도 내게 견주면 댈 것도 아니었다"고 한 연독의 일을 홍석주 선생은『여이문덕서與李文德書』에 적고 있다. 연독은 온전히 독서삼매에 들어 심지어 자기 자신마저도 잊었다.

홍석주 선생은 어려서 읽은 이 연독의 글을 왜 평생토록 잊지 않고 간직했던 것일까? 독서라는 것은 단순히 글자가 눈을 통과하는 것이 아니라, 마음을 뚫고 들어가 내적內的 기질을 변화시키고 영혼의 성숙을 도모한다. 그러므로 책 읽기 전과 전혀 다른 사람이 되는 것이다. 선생은 '연독의 독서법'을 통해 우리에게 독서의 효용도 일러준다.

"책을 읽고 스승과 공부한 뒤로는 불효不孝, 불충不忠에 떨어진 적 없고 윗사람과 사귈 때는 아첨하지 않았으며 아랫사람과 사귈 때는 깔보지 않았다"는 대목에 이르러서 나는 밑줄을 긋고 만다. 요즘 독서는 정좌하여 내가 책 속으로 떠나는 몰입이 아니라, 업무를 하는 동안에도 음성의 현상으로 침입하는 오디오북이나 팟캐스트와 같은 형태로 점차 달라져가고 있는 실정이다. 산만하게 파편화된 지식은 사람을 깊게 할 수 없다. 그래서 철든 사람이 귀해지는 까닭인지도 모르겠다.

대인군자大人君子

사람에게 네 가지 소원이 있으니, 안으로 원하는 것은 신령神靈하게 됨과 강력强力하게 됨이요. 밖으로 원하는 것은 부유하게 됨과 존귀하게 됨이다.

토정 이지함(1517~1578)이 쓴 「대인설大人說」의 서두이다. 그는 말하기를 "존귀하기로는 벼슬하지 아니함不爵보다 더한 것이 없고, 부유하기로는 욕심내지 아니함不欲보다 더한 것이 없고 강력하기로는 다투지 아니함不爭보다 더한 것이 없고 신령하기로는 알지 아니함不知보다 더한 것이 없다"고 하였다.

그런데 앎이 없는데도 신령하지 못한 자가 있으니 이는 어리석은 자이다. 다투지 않음에도 강력하지 못한 자가 있으니 이는 나약한 자이다. 욕심이 없는데도 부유하지 못한 자는 빈궁한 자이다. 벼슬하지 않았는데도 존귀하지 못한 이는 미천한 자라고 말한다.

앎이 없[不知]으므로써 신령하게 되고, 부쟁不爭으로써 강력하게 되며, 무욕無欲으로써 능히 부유하게 되고, 부작不爵으로써 존귀하게 되는 것은 오직 대인군자大人君子만이 할 수 있는 것이라고 적고 있다. 알려고 하지 않으면서 능히 신령스러운 경지, 그것은 허령虛靈이 아니고서는 가능하지 않다.

"마음을 기르는 데에는 욕심을 적게 하는 것보다 더 나은 것이 없다. 적어지고 또 적어져서 적어질 것이 없는 데까지 이르면 마음이 비고 신령스러워진다"고 그는 「과욕설寡欲說」에서 다시 언급한다. 그것이 바로 기심허명其心虛明이다. 토정 선생은 물욕을 경계하며 허심자명虛心自明으로써 도학자답게 '일월日月과 더불어 그 밝음을 천지에 합할 수 있었'던 진정한 대인이었다. '허심자명虛心自明'을 가슴에 담는다.

제9장
마음

나는 누구인가
두 마음
마음을 어떻게 쓸 것인가
마음은 오직 현상일 뿐이다
모든 것은 마음이 지은 바
마음은 본디 손상된 바가 없다
안심경安心竟
영혼은 있는가
존재와 시간은 서로 인대因待한다
나는 생각한다. 그러므로 나는 존재한다
인생
비곗덩어리
맥베스

나는 누구인가

"불행시불佛行是佛"

"부처가 무엇입니까?"라는 어느 제자의 물음에 혜능 스님은 "부처의 행위가 부처다"라고 말씀하였다(『육조단경』). 행위가 그 사람이라는 말씀이다. 악인과 선인은 처음부터 따로 존재하는 것이 아니라 악한 행위가 악인을 만들고, 선한 행위가 선인善人을 만든다는 것이다.

나는 누구인가? 혜능 스님의 말씀에 대입한다.

'아행시아我行是我' 내가 행한 것이 곧 나라고 하겠다. 내 행위가 나를 규정짓는다. 그것은 온전히 내 의지에 달려 있다. 존엄한 자유의지의 영역이기도 하다.

학창시절 교과서에서 만난 호손의 「큰 바위 얼굴」이 떠오른다. 당시 조용히 품었던 나의 표상. 소년 어니스트는 석양에 빛나는 산골짜기의 '큰 바위 얼굴'을 바라보며 언젠가 나타나리라는 '큰 바위 얼굴'을 한 거룩한 사람이 찾아오기를 기다렸다. 개리 골드라는 재력가가 나타났고, 올드 블러드 앤드라는 장군이 찾아왔다. 올드 스토니 피즈라는 정치가도 성공한 인물로 귀향하지만 모두 그들의 천박한 속내는 '큰 바위 얼굴'에서 풍기는 내면의 평화와 인자함과는 거리가 멀었다. 전도사가 된 어니스트의 머리에는 어느새 서리가 내리고, 원하지도 않은 명예와 존경이 그를 따랐다. 그의 설교에는 착한 행위와 신성한 사랑으로 된 그의 일생이 융해되어 있었다. 어니스트의 이야기에 귀를 기울이던 어느 시인은 참을 수 없다는 듯 벌떡 일어나 큰소리로 외쳤다.

"보시오. 보시오. 어니스트야말로 큰 바위 얼굴과 똑같습니다."

어니스트라는 소년의 마음속에 늘 자리잡고 있던 '큰 바위 얼굴'이 어느새 그의 얼굴에 옮겨져 있었다. 평생을 지향指向하던 바가 이루어진 것이다. 그가 그런 사람이 된 것이다. 그렇다면 나는 누구인가? '아행시아我行是我', 내 행동을 돌아보게 된다.

두 마음

평소 '죽음이 삶보다 고귀하다'고 믿고 있던 나의 희망과 조언은, 결국 이 불유쾌로 가득찬 삶이라는 것을 초월할 수 없었다. 나는 지금도 반신반의하는 눈으로 물끄러미 자신의 마음을 바라보고 있다.

일본의 국민작가 나츠메 소세키(1867~1916)의 수필집 『유리문 안에서』 제8장의 글이다. 연하의 청년과 연애에 빠져 그 청년을 자살시킨 과거를 가진 여자가 찾아왔다. 그녀는 자살할 시기를 기다리고 있노라고 자신의 심정을 고백했다. 평소 죽음이라는 것을 삶보다 더 편안한 것이라고 믿던 소세키가 그 여자에게 불쑥 던진 말은 "죽지 말고 살아달라"는 것이었다. 그리고 그는 이 글의 결미에서 이렇게 말한다. "나는 지금 그런 두 마음을 생각하고 있다." 흑백논리에 쉽게 떨어지지 않고 어느 쪽도 다 고려해보는 신중한 그의 태도가 침착한 용모에 겹쳐서 떠올랐다.

고령의 양친에게서 5남 3녀의 늦둥이로 태어난 그는 환영받지 못한 존재였다. 어느 고물상의 수양아들로 보내졌지만 곧 생가로 되돌아왔고, 두 살 때 시오바라 쇼노스케의 양자로 보내졌으나 양부모의 싸움소리로 매일 밤 잠을 설쳐야 하는 어두운 환경으로부터 다시 본가로 돌아온 것은 아홉 살 때였다. 양부는 14년 전에 겐조[소세키]가 쓴 증서를 갖고 찾아와 복적復籍의 대가로 금품을 요구한다. 소세키는 그때의 아픔을 소설 『미치쿠사道草』에서 털어놓았다.

"뭐, 생가에 맡겨두었으니까 어쨌든 어떻게 되겠지. 그 사이 겐조가 커서 슬슬 일할 나이쯤 되면 그땐 소송을 해서라도 뺏어오면 돼."

친아버지가 그를 허드레 물건으로 취급한 데 비해, 양아버지에게는 당장 무슨 도움을 받으려는 이용물일 뿐이었다. 그러나 소세키는 작중인물 겐조의 눈을 통해 양부는 물론 자신마저 '신의 눈'으로 물었을 때, 거기에는 자신도 양부와 같은 존재가 아닐까? 반문한다. 그리고 "만약 그 신의 눈으로 자신의 일생을 통해 본다면 이 욕심덩어리 노인의 일생과 별반 다르지 않으리라는 느낌이 강하게 들었다"고 48장에서 쓰고 있다. 그는 늘 자기를 성찰하고 객관화하는 두 개의 눈을 가슴에 지닌 작가였다.

마음을 어떻게 쓸 것인가

지인지용심至人之用心은 약경若鏡이며
부장불영不將不迎이며 응이부장應而不藏이라.

지인至人의 마음이 움직이는 것은 거울과 같다.

사물을 보내지도, 맞아들이지도 않고 사물에 응하되 감추지 않는다.

『장자』는 지인至人의 마음씀[用心]을 이와같이 짚었다.

어떻게 마음을 쓸 것인가? 거기에는 주관主觀을 갖고 따로이 노력할 필요가 없다는 것이다.

오는 경계대로 사물이 임하면 그냥 거기에 응하고, 감추지 않으면 될 뿐이라고 한다.

옛 말에 이르기를 '군자는 사거이 심수공君子 事去而 心隨空' 하나니, 일이 가버리면 마음도 따라서 텅 빈다고 하는 것이니, 지극한 사람의 마음씀은 '응이부장應而不藏' 그것이라 하겠다. 사물에 응하되 감추지 않는 것. 투명한 거울이다.

"마치 구름이 가거나 오거나 하늘은 본디 고요한 것처럼, 꽃이 피거나 지거나 나무는 본디 한가한 것처럼 雲去雲來 天本靜 花開花落 樹常閑." 야보 선사의 '천본정天本靜 수상한樹常閑'의 경지가 알 것도 같다.

마음은 오직 현상일 뿐이다

마음이 생하는 까닭에 온갖 것들이 생기고, 마음이 멸하면 땅막土龕과 무덤이 둘이 아니네. 세계는 오직 마음이요, 모든 현상은 오직 마음일 뿐이다. 마음밖에 아무것도 없는데 무엇을 따로 구하랴.

원효(617~686) 스님의 오도송이다. 그가 깨달은 마음의 진리는 무엇인가?

"세계는 오직 마음이요, 모든 현상은 오직 마음일 뿐三界唯心 萬法唯識"이라는 유식唯識 사상과 맥을 같이 하고 있다.

서기 650년 원효는 의상 스님과 당나라 유학길에 올랐다. 배를 타기 위해 서해안의 당항성으로 가던 중 비가 오고 날이 저물어 캄캄한 밤중에 굴과 비슷한 땅막에 들어갔다. 심한 갈증에 주위를 더듬으니 바가지에 물이 있어 달게 마시고 다시 잠에 빠졌다. 새벽에 보니 땅막이라고 여겼던 곳은 무덤이었고 달게 마셨던 바가

지의 물은 해골에 담긴 썩은 물이었다. 그는 구역질을 하다가 한 생각 돌이켜 일체유심조一切唯心造의 도리를 깊이 깨달았다. 이때의 게송이다.

더러운 것도 깨끗한 것도 마음을 떠나 별도로 존재하는 것이 아닌 것을. "마음밖에 아무것도 없는데 무엇을 따로 구하랴心外無法胡用別求"라고 외쳤다. 마음은 본래 생겨나지 않았으나 대상을 따라서 있게 된다. 앞에 대상이 없다면 마음 또한 없을 것을. 마음을 멸하니 땅막과 무덤의 분별이 사라졌다.

"마음이 없어서 얻을 것도 없으니/ 얻은 것이 있다면 법이라 할 수 없네./ 마음이 마음 아닌 줄 깨달으면/ 비로소 마음과 마음의 법을 알리라"던 미차가 존자의 말씀이 떠오른다.

모든 것은 마음이 지은 바

약인욕구지 삼세일체불若人欲求知 三世一切佛
응당여시관 심조제여래應當如是觀 心造諸如來

만일 어떤 사람이 삼세일체의 부처님을 알고자 한다면
응당 법계의 성품이 오직 마음으로 된 줄을 관해야 한다.
『화엄경』'야마천궁 보살설게품'의 게송이다.

마음은 그림 그리는 화가와 같아서[心如工畵師] 가지가지의 오음五陰을 그려내나니 일체의 모든 세간 중에 무슨 법이나 짓지 못하는 것이 없느니라.

그 마음과 같이 부처님도 그러하며, 부처와 같이 중생도 그러하여 마음과 부처와 중생 이 셋은 차별이 없느니라. 일체는 마음을 좇아 일어나나니 만일 이와같이 능히 안다면 그 사람은 참 부처를 보리라.

마음이 몸에 있지 아니하며, 몸이 마음에 있지 아니하되 일체의 불사를 능히 짓나니 이러한 자재함은 일찍이 없었다.

'자재미증유自在未曾有'의 마음, 일체는 그 마음을 좇아 일어나나니 이것을 알면 내 안의 참부처眞佛를 보게 되리라. 하여 '심불급중생心佛及衆生' 마음과 부처와 중생, 이 셋은 차별이 없다고 한 것이다.

'삼세 일체의 부처님을 알려면 응당 법계의 성품이 오직 마음으로 된 줄을 알라'고 하신 여래림보살의 게송을 되뇐다. 모든 것은 마음이 지은 바深造諸如來이다.

마음은 본디 손상된 바가 없다

유관화상惟寬和尙 인백거이문因白居易問 기무분별旣無分別 하이수심何以修心 사운 심본무손상師云 心本無損傷 운하요수리云何要修理 무론구여정無論垢與淨 일체물기념一切物起念.

백거이가 유관 화상에게 물었다. "분별이 없으면 어떻게 마음을 닦습니까?" 유관 화상이 답하였다. "마음은 본래부터 손상된 바가 없는데 닦을 필요가 어디 있겠는가? 더럽다 깨끗하다 따지지 말고 아무 생각도 일으키지 마시오."

『직지直指』 58번에 수록된 글이다. 향산香山 거사로 불리는 시인 백거이는 많은 선승과 교류하며 마조 도일의 제자인 유관에게 심요心要를 받았다. 이에 그가 유관 화상에게 다시 물었다.

"닦지도 않고 생각하지도 않으면 이 또한 범부와 무엇이 다릅니까?"

"범부는 무명無明이고, 이승二乘은 집착이니 이 두 가지 병을 떠나야만 참된 닦음眞修者이 되는 거요. 참된 닦음眞修者이란 '부득근부득망不得勤不得忘' 부지런 떨지도 말고 잊지도 않아야 하는 것이니, '근즉근집착勤則近執着' 부지런하면 집착에 가깝고 '망즉낙어무명忘則落於無明'이라. 잊은 즉 무명에 떨어지게 되나니 '차위심요此爲心要' 이것이 심요라오."

마음은 본디 손상된 바가 없으므로 닦을 필요가 없지만 잊은 즉 무명에 떨어진다는 유관의 심요를 되새긴다.

안심경安心竟

광왈 아심미녕光曰 我心未寧 걸사여안乞師與安

사왈 장심래여여안師曰 將心來與汝安

왈 멱심료불가득曰 覓心了不可得

사왈 여여안심경師曰 與汝安心竟

광(혜)이 말하였다. "제 마음이 아직 편안하지 않습니다. 스님께서 저를 편안하게 해주십시오."

사(달마)가 말하였다. "마음을 가져오면 내가 그대의 마음을 편하게 해주겠다."

"아무리 찾아도 마음을 찾을 수가 없습니다."

"그대의 마음을 편안하게 해주었다."

『직지直指』 중국의 조사祖師 편에서 만날 수 있는 글귀이다. '마음'을 찾을 수가 없다는데 '마음'을 편안히 해주었다니…. 이 반어

법에는 마음이 편치 않다는 것도 이미 근거 없는 분별임을 전제한 것이 된다.

혜가慧可는 언하言下에 깨달았고 달마는 그에게 법을 부촉했다. 무엇을 깨달았을까? 마음은 본디 공적空寂한 것인데, 찾으려고 일으킨 한 생각의 작용이라는 그것을 자각한 것이리라.

우리는 오온色受想行識을 마음으로 삼지만 그것에도 '나'라고 할 만한 것은 없다. '나'도 없고 '주재'도 없고 '마음'도 없다. 다만 이것들은 인연과 조건에 따른 연기법에 의해 나타났다가 사라지는 무상한 것들이다. 마음은 없다. 어디에 '심미녕心未寧'과 '안심경安心竟'이 있겠는가.

*광神光 혜가의 속명.

*사初祖 보리 달마 스님을 지칭.

영혼은 있는가

사실 영혼의 본성이 무엇인지는 알려져 있지 않았다. 영혼은 육체와 함께 나오는가, 출생 때에 도입되는가? 죽음의 파괴 속에 우리와 함께 소멸되는가? 오르쿠스(명부의 신)의 암흑과 그 처참한 심연을 찾아가는가?

고대 로마의 철학자이며 시인인 루크레티우스는 『사물의 본성에 관하여』에서 이 같은 질문을 제기하고, 영혼이 있다고 믿는다면 영혼의 소재는 어디며, 사후에 그 영혼은 어떻게 되는가를 묻고 있다. 그의 질문은 우리가 생각할 수 있는 범주를 망라한다. 영혼과 육체, 정신과 물질에 대한 논의는 2,500년을 넘어 지금까지도 논의되고 있다. 이원론자들은 '인간은 영혼과 육체로 이루어졌다'고 보며 정신을 비물질적인 존재로 본다. 반면에 일원론자는 영혼의 존재를 거부하며, 인간은 육체로 이루어져 있으며 '육체 그 자체'라고 말한다. 물리주의자는 '영혼은 없다', 즉 영혼은 없고 육체만 존재한다는 일원론을 주장한다.

『과학의 종말』을 발표한 존 호건 박사는 유전자 코드 해독분야에서 거둔 유전공학의 쾌거를 칭송하며 이렇게 선언한 바 있다.

"인간의 영혼은 없다."

뿐만 아니라 예일대학에서 죽음을 강의하던 셸리 케이건 교수는 "영혼이란 감각에 의해 조작된 환상"이라 하고 신경과학자 프랜시스 크릭은 "영혼은 팅커벨(피터팬에 등장하는 요정)처럼 오로지 그것의 존재를 믿는 믿음 때문에 영속되는 환상에 불과하다"고 말한다.

기원전 2세기경, 미란다 왕이 나가세나 비구에게 '영혼은 있는가, 없는가'를 물었다. 그때 그는 이와같이 답했다.

"대왕이시여, 여기에서 눈과 색[色](대상)의 관계에서 안식眼識이 생기고 수受, 상想, 사思, 촉觸, 작의作意가 그것과 같이 생깁니다. 이와 같아서 그러한 법(사람의 몸)은 연緣에 의해서 생깁니다. 여기서 영혼vedagū은 없습니다."(『나선 비구경』 중에서)

나는 서가에서 『잡아함경』을 꺼내 「5비구경」을 펼쳤다.

"비구들아, 육체色에는 실체적인 나我가 없다. 수상행식受想行識에도 나가 없다."

솔직히 고백하자면 나는 육체에 실체적인 '나'가 없다는 '무아無我'는 쉽게 수긍할 수 있었다. 그런데 『반야심경』의 '수상행식'에

'나'가 없다는 것은 글귀로 읽었을 뿐, 내 속에 영혼이 없다는 것은 나와 상관없는 이야기로 여겼다. 무아無我, 비아anâtman는 이해하면서도 '아트만'을 버리지 못했던 것이다.

왜 식識에 '나'가 없는가? 정신, 마음, 의식, 영혼을 함의하는 식識조차도 인연과 조건에 의해서 가합假合되어진 (실체 없는) 것들이기 때문이다.

"불교는 영혼과 같은 어떤 요소가 인간에게 존재한다는 것을 단호하게 부정하는 유일한 종교"라고 언급한 프랑스의 철학자 앙드레 바로Andres Bareau의 말을 기억한다.

존재와 시간은 서로 인대因待한다

인물고유시因物故有時 이물하유시離物何有時.

물상무소유物尙無所有 하황당유시何況當有時.

존재로 말미암아 시간이 만일 있다면, 존재를 떠나서 시간은 어디 있을 것인가.

그런데 어떠한 존재도(실체로서는) 존재하지 않는다. 어디에 시간이 있을 것인가.

인도의 학승 나가르주나(AD 150~250)의 저서『중론中論』가운데「시간의 고찰」에서 뽑은 글이다. 시간이란 무엇인가? '시간의 광맥을 캐는 광부'라고 자칭했던 아르헨티나의 작가 보르헤스는 많은 고찰 끝에 이런 답안을 내놓는다.

"시간은 지속입니다. 존재한다는 것은 시간이 되는 것이며 우리들이 바로 시간"이라며 "시간은 나를 이루고 있는 본질이다. 시간은 강물이어서 나를 휩쓸어가지만, 내가 곧 강"이라고 밝혔다.

나는 왜 내가 강인가를 생각해본다. 그것은 내가 태어난 시간과 함께 저들도 태어났기 때문이며 또한 내가 죽으면 저들도 죽는 것이기 때문이다. 즉 시간과 강물은 나와 함께 태어났고 나와 함께 죽을 것이다. 이것을 철학자 다니엘 폰 체프코는 "시간은 나 이전에 존재하지도 않았고 나 이후에도 존재하지 않을 것"이라고 바꾸어 말했다. 이들의 말대로 존재한다는 것은 시간이 되는 것이다. 우주도 시간과 함께 태어났다. 모든 존재는 생멸生滅하기 때문에 시간이 경과하고 또한 시간이 경과하기 때문에 생멸한다.

나가르주나의 말대로 존재와 시간은 서로 인대因待한다. 만약 존재가 없다면 어떻게 시간이 있을 수 있겠는가? 시간의 없음을 여실히 보게 될 때, 단지 시간의 없음만을 보는 것이 아니고 시간에 따라 변해간다고 생각하는 자아自我도 없다는 것을 알게 된다. 왜냐하면 시간과 자아는 실체가 없는 하나의 허구이기 때문이다. "시간은 하나의 환상입니다"라던 그리스의 철학자 파르메니데스의 말이 생각난다. 시간은 왜 환상인가? 그것은 시간이 인대因待한 존재 자체가 자성自性이 없는 환幻이기 때문이다. 존재와 시간에 대한 질문은 결국 내가 누구인가로 귀결된다고 하겠다.

나는 생각한다. 그러므로 나는 존재한다

나는 생각한다. 그러므로 나는 존재한다.

프랑스의 철학자이며 수학자, 과학자인 르네 데카르트(1596~1650)가 그의 『방법서설序說』에서 언명한 일성이다. 라틴어의 '코기토 에르고 숨cogito ergo sum'으로 회자되는 유명한 말이다. 원래의 책 제목은 『이성을 옳게 인도하고 여러 학문에서 진리를 구하기 위한 방법서설』로 세 가지 과학 논문의 서론으로 쓰여진 것이다.

데카르트는 1619년 11월 독일의 어느 조그만 마을에서 학문에 관계된 신비한 꿈을 세 가지나 잇따라 꾸었다. 그러고 나서 그는 자신의 사명이 '수학과 자연과학을 통해 진리를 찾는 것'임을 확신하게 되었노라고 밝혔다. 철학도 수학처럼 명백하고 분명한 지식이 되어야 한다는 것이다. 그는 『철학의 원리』에서도 어떤 것이 명백하다는 것은 애매하지 않다는 것이고, 분명하다는 것은 모호하지 않은 것이라고 말한다.

『방법서설序說』 2부에 이렇게 적고 있다.

"내가 자명하게 그러하다고 알고 있지 않은 어떤 것도 참된 지식으로 받아들이지 않겠다"며 그는 자신이 알고 있는 모든 것들을 의심하기에 이른다. 이 같은 그의 '방법적 회의'는 자기의 확실성을 증명하는, 즉 자명한 철학을 세우기 위한 수단으로서 고의적인 의심인 것이다. 철저한 회의 끝에 그가 내린 결론은 모든 것은 다 의심할 수 있으나, 의심할 수 없는 단 하나의 명제가 있다고 한다.

즉 나는 내가 신체를 전혀 갖지 않았다고 가상할 수도 있다. 또 내가 들어 있는 어떠한 세계도 어떠한 장소도 존재하지 않는다고 가상할 수 있다. 하지만 내가 존재하지 않는다고 가상할 수는 없는 일이다. 오히려 내가 다른 여러 사물이 실제로 있는가를 의심하려고 생각하고 있다는 그 사실 자체에서 매우 명백하고 분명하게 '나는 존재한다는 결론이 나온다'는 것이다. 이 명제를 그는 철학의 '제일원리'로 명명하였다.

인생

그는 늘 자던 메디슨스퀘어 공원의 한 벤치에 앉아 불안스럽게 몸을 움직이고 있었다.

미국 작가 오 헨리(1862~1910)의 소설 『순경과 찬송가』의 첫 구절이다. 소피(작중인물)의 무릎에 낙엽이 한 장 떨어졌다. 그것은 겨울을 알리는 신호다. 그는 지난 밤에도 세 장의 일요신문을 윗도리 안쪽에 접어넣고, 발목에 두르고 무릎에 덮고 했지만, 그런 것으로는 이 오래된 공원의 분수 가까이 있는 벤치에서 잠을 자는 동안의 추위를 물리칠 수 없었다. 그러자 소피는 지난 몇 년 동안, 겨울나기 좋은 숙소가 되었던 블랙웰 형무소를 떠올린다. 식사와 침대와 마음에 맞는 친구가 보장되고, 북풍과 푸른 상의(경찰)를 걱정하지 않아도 되는 그 3개월이 소피에게는 가장 바람직한 것으로 여겨졌기 때문이다.

그에게는 '법률'이 '자선'보다 훨씬 더 자비롭게 생각되었다. 그곳으로 가기 위해 고의적인 범행을 저지르기 시작한다. 소피는 상점의 진열장을 돌로 깨보고, 함부로 음식을 시켜먹기도 하고, 숙녀에게 일부러 치한 노릇을 해도 이상하게 목적이 달성되지 않았다. 결국은 자기가 기거하는 공원으로 되돌아가던 중 교회에서 울려나오는 멜로디를 듣고 그만 발걸음을 멈춘다. 잃어버린 자신을 돌아보며 그때 사람다운 사람이 되어 보자고 다짐한다. "일자리를 구해봐야지. 이제 나는 다른 사람이 되는 거야. 이제 나는…." 하필 그때 소피의 팔에 차가운 감촉이 닿았다.

"여기서 뭘 하고 있는 거지?" 순경이 물었다. "아, 예, 뭐 별로." "그럼 따라와." 다음날 아침 경범 재판소에서 치안판사가 그에게 선고했다. "섬에서 징역 3개월."

예상을 뒤엎고 마는 반전, 우리네 인생도 때론 이와 같지 않던가. 퇴직한 남편과 퀸즈에 잠시 머물 때였다. 때 이른 뉴욕의 어느 가을날, 오 헨리를 생각하며 작품의 현장인 메디슨스퀘어 파크를 찾았다. 한 손에 물병을 들고, 빵 한 조각으로 허기를 때우는 사람들. 즐비하게 놓인 벤치에 피부색이 다른 얼굴들이 우두커니 앉아 있었다. 나는 어느새 소피 같은 인물을 나도 모르게 눈으로 찾고 있었다.

비곗덩어리

불 드 쉬프는 허둥지둥 일어나왔기 때문에 먹을 것을 준비하지 못했다. 아무도 그녀 쪽을 보려고도 않고, 생각해주려고도 하지 않았다. 처음에는 그녀를 희생양으로 제공하고 그러고 나서 쓸모없는 더러운 물건처럼 내던져버린 놈들. 그녀는 이 자들이 떼거리처럼 처먹어버린 맛있는 음식들이 가득히 담겨 있던 자기 바구니를 생각했다.

모파상(1850~1893)의 단편 「비곗덩어리」의 결미 부분이다. 학창시절에 읽었던 이 가엾은 여인이 갑자기 떠오른 것은 권력자의 성추행을 언급한 서지문 교수의 글(문화일보 2020. 7. 21)을 읽으면서였다.

"박 전前 시장을 변호하고 동정하는 모든 여성에게 묻는다. 그의 '절절한' 텔레그램 메시지나 피해자 무릎의 멍에 대한 '연민'이 그 여성을 애절하게 연모하고 아끼는 마음에서 나왔을까. 박 전 시장이 피해자를 느긋하게 놀리며 그녀의 불안과 공포를 즐기는 동안 그 여성은 발 없는 새처럼 내려앉을 곳이 없어 계속 날개를 파닥였을 것이다." 피해자 ㄱ씨는 4년이 넘는 기간 동안 성(관련) 고충과 전보 요청을 20명 가까이 되는 전·현직 서울시 비서관 등에게 호소했으나 보호받지 못했다. 2019년 7월 근무지를 이동했다가 올해 2월 다시 비서업무 복귀를 요구받았다. 담당자들은 '남은 30년 공무원 생활 편하게 해줄 테니 다시 비서실로 와 달라' '예뻐서 그랬겠지' '(인사 이동은) 시장에게 직접 허락받아라' 등의 답을 했다고 한다, 전 법무부장관 조국의 말이 생각난다. "성추행은 연애가 아니다. 성추행·성폭행의 동기는 사랑이 아니고 약탈본능의 충족이다." 죽음으로 도피한 박원순의 또 다른 모습에 할 말을 잃고 만다. 어디까지가 인간일까?

모파상은 이 작품을 통해 인간의 집단이기주의, 폭력성, 추악한 인간의 본성을 날카롭게 파헤치고 있다. '불 드 쉬프Boule de suif(비곗덩어리, 매춘부)'로 불리는 이 여자는 고운 살결과 검은 눈을 가지고 있었다. 프로이센군軍이 점령한 루앙에서 마차 한 대가 출발한다. 10명의 승객, 도중에서 적군 장교에게 불 드 쉬프가 몸을 허락한 후, 일행의 출발이 가능해진 것이다. "창피해서 우는 거야." 그녀의 눈물을 본 여자들의 수군거림이 이어졌다.

맥베스

꺼져라, 꺼져. 이 덧없는 촛불이여! 인생이란 걸어다니는 그림자일 뿐, 잠시 자기에게 주어진 시간을 무대 위에서 뽐내고 으스대지만 그때가 지나면 영영 사라져버리는 가련한 광대. 그것은 바보가 들려주는 이야기, 소리 높여 흥분하고 지껄여대지만 아무런 의미도 없는 것이다.

『맥베스』 5막 5장의 글이다. 자진했다는 아내의 부음에 맥베스의 독백은 이렇게 시작된다.

"그녀는 언제인가는 죽을 운명이었다. 이와 같은 소식의 알림은 언제인가는 오게 될 것이었다. 내일, 또 내일-시간은 총총걸음으로 이 삶의 마지막 순간까지 소리 없이 다가오고 있다. 어제라는 그 모든 날은 어리석은 자들이 티끌로 돌아가는 죽음의 길을 비추어왔구나." (다시 앞으로 가서) "꺼져라, 꺼져. 이 덧없는 촛불이여!"로 이어진다. 이것은 우리를 향한 셰익스피어의 메시지다.

스코틀랜드의 맹장 맥베스는 전쟁에서 개선하여 돌아오는 길에 세 명의 마녀를 만나 자신이 왕위에 오른다는 예언을 듣게 된다. 욕망에 이끌린 그는 아내와 모의해 덩컨 왕을 시해하고 왕위를 찬탈한다. 마녀들의 예언대로 왕위에 올랐지만 장군의 후손이 왕위에 오른다는 불길한 예언 때문에 동료인 뱅코우마저 암살한다. 뱅코우의 망령은 맥베스 부부 앞에 끊임없이 나타난다. 불면증에 시달리는 맥베스는 그의 아내에게 "불안한 악몽에 사로잡혀 마음의 고문을 당하느니 차라리 저 죽은 자, 우리가 마음의 평안을 얻기 위해서는 영원한 안식처로 보낸 저 죽은 자와 같이 있는 것이 낫겠어"라고 말한다.

권좌란 호랑이 등과 같아서 다시 내려올 수도 없는 상황, 자신의 야심에 의해 자신이 피해를 겪게 되는 가련한 운명이다. 셰익스피어의 비극은 언제나 때늦은 깨달음을 동반한다. 『리어왕』은 자신이 내쫓은 막내딸이 효녀라는 걸 뒤늦게 깨닫고, 『오셀로』는 데스데모나가 결백한 천사임을 그녀를 살해한 뒤에야 깨닫는다. 권력의 허무함을 깨닫는 맥베스의 영탄詠嘆, "인생이란 짧은 촛불! 걸어 다니는 그림자일 뿐!" 결국 그도 맥더프에 의해 살해되고 만다.

제10장

불교

자정기의自淨其意

제악막작諸惡莫作하고 중선봉행衆善奉行하라.
자정기의自淨其意면 시제불교是諸佛敎니라.

모든 악은 짓지 말고, 모든 선은 받들어 행하라.
스스로 그 뜻을 깨끗이 함이 모든 부처님의 가르침이다.
『조당집祖堂集 3』에 나와 있는 「칠불통계게七佛通戒偈」다.

과거 칠불이란 석가모니불 이전의 6불과 석존을 합한 것이다. 7불佛은 비바시불毘婆尸佛, 시기불尸棄佛, 비사부불毘舍浮佛, 구류손불拘留孫佛, 구나함모니불拘那含牟尼佛, 가섭불迦葉佛, 석가모니불釋迦牟尼佛을 일컬으며 이분들이 모두 말씀하셨다는 게송이다. 하나하나 계誡를 제정하지 않고, 한 게송으로 '금계禁戒'로 삼았다니 계 중의 골수에 해당한다고 하겠다.

중국 당나라 때 도림道林 선사는 진망산秦望山에 살면서 늘 소나무 가지에서 좌선을 하였으므로 사람들은 그를 조과鳥窠 선사라고 불렀다. 당대의 시인이며 시랑侍郎인 백낙천이 스님을 뵈러 왔다.

"스님! 위태로워 보이십니다. 내려오시지요."

"자네의 불안한 마음이 더 위태로워 보이는군."

백낙천이 스님께 여쭈었다. "스님 어떤 것이 불법의 대의입니까?" "모든 악은 짓지 말고, 모든 선을 받들어 행하라."

실망의 빛을 거두지 못한 백낙천이 말한다.

"그것은 세 살짜리 아기도 할 수 있는 말입니다." "세 살짜리 아기도 말할 수는 있으나 팔십 세의 노인도 행하기는 어렵다네." 선사와 시인의 유명한 일화이다.

팔만대장경의 말씀을 한마디로 요약한 대도 이것일 뿐이다. 욕망의 심지를 낮추고, 고요한 평정심에 이른다면, 세상과 나의 평화는 물론이요, 이것들은 모두 그 맑은 마음에 연원을 두나니, 스스로 맑은 마음을 간직하자. 무엇보다 지구가 더 간절히 원하는 일일 게다.

정견正見

궁영의위사갈弓影疑爲蛇蝎 침석시위복호寢石視爲伏虎.

활 그림자를 보고도 뱀이나 전갈로 알고, 바위를 보고도 엎드린 범인가 두려워한다.

『채근담』의 말씀이다. 속담에 '자라 보고 놀란 가슴, 솥뚜껑 보고 놀란다'는 경우처럼 사물을 바로 보지正見 못하고 마음의 동요를 일으키는 수가 많다. 어두운 밤길, 나는 길게 누운 새끼줄을 보고 뱀인가 흠칫 놀란 적이 있었다. 가까이 다가가 실체를 확인하곤 그때 다짐한 것 한 가지가 있다. 엎드린 바위가 진짜 호랑이일지라도 미리 겁먹지 말고 실체를 확인한 다음 놀라자고. 일단 의심하는 마음이 들면 그 의심은 암귀暗鬼를 낳는다. 그 때문에 죽을 병에 걸린 사람이 있었다. 진晉나라 사람 두선은 악광樂廣을 만나 술잔을 받았는데 술잔 속에 뱀이 떠 있는 것을 보았다. 상사 앞이라 사양하지 못하고 단숨에 마셔버렸는데 그 후 백약이 무효인 병에 걸려 다 죽게 되었다. 악광이 그를 다시 불러 전처럼 술을 따랐다. 술잔에 뱀 그림자가 떠오르자 그가 말했다.

"자, 이건 벽에 걸린 활의 그림자일 뿐일세. 달리 괴이한 것이라곤 없네."

마침 북쪽 벽 위에 붉은 활이 걸려 있었는데 그 모습이 술잔에 비춰 뱀의 모양을 띤 것이었다. 그의 병은 단박에 나았다. 병 중의 병은 마음의 병이 아닐까. 그 가운데서도 가장 고통스러운 병은 죽음이리라. 달라이 라마 존자는 '죽음이 없다'고 말한다. 그러니 없는 것 가지고 괴로워하지 말라고 우리에게 충고한다. 어슴푸레한 빛 속에서 얼룩덜룩한 끈을 뱀으로 착각하고 공포감을 느낀다. 그러나 불을 켜면 곧 그 물체가 뱀이 아니라는 사실을 알게 된다. 그 사람이 뱀을 없앤 것이 아니다. 왜냐하면 뱀[죽음]은 존재한 적도 없었으니까. 달라이 라마 존자는 왜 죽음이 없다고 하시는가? 그건 이미 죽을 내가 없기 때문이다. 우리의 존재란 실체實體 없는 몸과 정신이 단지 인연과 조건에 의해 가합假合된 집합체일 뿐이기 때문이다. 무아無我를 바로 아는 이것을 정견正見이라고 한다.

오온개공五蘊皆空

관자재보살觀自在菩薩이 행심반야바라밀다시行深般若波羅密多時 조견오온개공照見五蘊皆空할새 도일체고액度一切苦厄하니라.

관자재보살이 깊은 반야바라밀다를 실천할 때, 존재의 실상인 오온이 다 공함을 비추어 보고 모든 괴로움에서 벗어났느니라.

이는『반야심경』의 서두로서 불교의 요체를 함축하고 있다. '오온개공五蘊皆空'을 알면 모든 괴로움에서 벗어날 수 있다는 붓다의 처방전이기도 하다. 괴로움이 생기는 것은 내我가 있다는 생각 때문이다. 불교에서는 인간 존재를 5온蘊 즉 몸[色]과 정신적 요소인 수상행식受想行識(감수작용, 표상작용, 결합작용, 분별작용)의 다섯 가지 요소로 규정한다. 마치 여러 가지 목재가 모여 수레라 일컫는 것처럼 오온이 모인 것을 존재[衆生]라고 부른다. 그러나 어느 것 하나 실체적인 것이 아니다. 비실체적인 요소들의 덩어리,

그 오온에 아我는 없다. 무아無我다.

"끌어모아서 얽어매면 한 칸의 초가집. 풀어헤치면 본래의 들판인 것을."

위의 시구처럼 '나'란 나를 포함한 일체의 현상이 원인과 조건으로 연기緣起된 것이기에 실체가 없으며 본질적으로는 공空이다. 공을 안다고 하는 것은 존재의 본질實相에 대한 지혜이다.

"색色은 무상한 것이요, 수상행식도 무상無常한 것이다. 색(육체)에는 '나'가 없고 수상행식에도 '나'는 없다. 그러므로 그들은 '나'가 아니요, 내 것도 아니며 나와 내 것은 꼭 있어야 할 것이 아니다. 이렇게 해탈하면 곧 하분결下分結을 끊으리라"던 붓다의 게송이 떠오른다. 중생의 감각적 쾌락을 묶어두는 번뇌에서 벗어남을 뜻한다.

왜 수상행식에 '나'가 없다고 하는가? 궁금했던 적이 있었다. 식識은 우리의 감각기관眼耳鼻舌身意 6근根과 상응물질인 형태, 소리, 냄새, 맛, 감촉, 생각의 6경境이 부딪쳐 안식眼識 비식 등 여러 가지의 정신현상이 발생하게 되는 것이다.

무아無我란 식識에 연기된 마음의 공성空性을 아는 일이다. 내가 없는데 어디에 고통이 따라붙겠는가.

무한서처無寒暑處

거승擧僧이 문동산問洞山하되 한서도래寒暑到來에 여하회피如何迴避닛고. 산山이 운云 하불향무한서처거何不向無寒暑處去오. 승僧이 운여하시무한서처云如何是無寒暑處닛고. 산山이 운한시한살도여云寒時寒殺闍黎하고 열시열살도여熱時熱殺闍黎니라.

동산양개洞山良价(807~869) 스님에게 어떤 스님이 물었다. "추위와 더위가 다가오는데 어떻게 피하시렵니까?" "왜 추위도 더위도 없는 곳으로 가지 않느냐?" "추위와 더위가 없는 곳이 어디입니까?" "추울 때는 추위가 너를 얼려 죽이는 곳, 더울 때는 더위가 너를 쪄 죽이는 곳이지!"

『벽암록』 제43칙 「동산한서洞山寒暑」라는 제목의 글이다.

오래 전 『벽암록』 공부를 하다가 나는 이 구절이 사무치게 다가왔다. '무한서처' 더위도 추위도 없는 곳이라니? 나도 동산 스님께 그것을 다시 여쭙고 싶었다.

"추울 때는 추위가 너를 얼려 죽이고, 더울 때는 더위가 너를 쪄 죽이는 그곳으로 가라"는 말씀을 품속의 거울처럼 간직하고 생각날 때면 꺼내들곤 했다.

『벽암록』은 설두중현(980~1052) 스님이 조사들의 언행 중 귀감이 될 만한 고칙古則 100개를 정리하여 송고頌古를 붙인 것인데 거기에 원오극근(1063~1135) 스님이 '수시垂示', '평창評唱', '착어着語'를 달았다. '수시'는 일종의 문제 제기이고 '평창'은 본칙과 송頌에 대한 설명이다. '착어'는 간단한 평가라고 할 수 있다.

원오 스님은 '평창'에서 '무한서처'에 대해 "선禪을 함에는 굳이 산수山水를 필요로 하지 않는다. 마음이 사라지면 불은 저절로 시원해진다"고 하였다. 그 '멸각심두화자량滅却心頭火自凉'을 생각해 본다. 또 한번은 조산曺山 스님이 어떤 스님에게 물었다. "이처럼 무더운 날씨에 어디에서 피서를 하려느냐?" "확탕鑊湯 노탄爐炭 지옥에서 하겠습니다" "확탕 노탄 지옥에서는 어떻게 피서를 하겠느냐?" "전혀 괴롭지 않습니다"라고 한 그 '중고불능도衆苦不能到'에서 나는 고통의 무고통화를 떠올린다. 이것은 선사들의 문답인 만큼 생존의 본질과 깊이 관련된 문제이다. 설두 스님의 한마디가 귀에 오래도록 남는다. "토끼는 찾아서 뭐하려고?" 그렇다. 무고통화無苦痛化에 다다르면 그만인 것을.

동안상찰의 무심無心

막위무심변시도莫謂無心便是道 무심유격일중관無心猶隔一重關.

무심無心이 곧 도道라고 이르지 말라. 무심도 한 겹의 관문, 격隔하고 있느니라.

동안상찰同安常察(?~961) 스님의 『십현담十玄談』 중 첫 번째의 시 「심인心印」의 결구이다. 알 듯 모를 듯, 이 시구가 의중에 감겨 들어와 가슴 뛰던 것은 20여 년 전, 이원섭 시인과 선시禪詩를 공부할 때였다. 무심을 도라고 알거늘 어찌해 동안상찰 스님은 무심을 도라고 이르지 말라고 하셨을까?

10현玄이란 선禪의 원리를 심인心印, 조의祖意, 현기玄機, 진이塵異 등 10현에 각각 7언율의 송頌을 붙인 문학성이 빼어난 선시禪詩들이다. 매월당 김시습과 만해 한용운 선사의 주註가 전한다. 「심인心印」의 본문을 소리 내어 읽는다.

"묻노니 심인은 어떻게 생겼기에/ 심인을 누가 감히 전수傳授한다는 거랴./ 무수겁 평등할 뿐, 차별의 상相 없거니/ 심인이라 부름이 벌써 거짓말, 알지니 본래부터 허공 같으매/ 불 속의 연꽃에나 비유해야 될 것이리./ 무심이 곧 도라고 이르지 말라. 무심도 한 겹의 관문을 격하고 있느니라."

'심인心印'이란 붓다의 깨달음을 인印에 비유하여 절대적 깨달음인 붓다와 조사들의 마음 자체를 이른 것이다. '마음'이란 있는 것인가? 영축산에서 붓다가 꽃을 들어 보이자 모두가 먹통인데 오직 가섭만이 미소를 지었다. 염화미소의 자리에서는 언어가 필요치 않다. 붓다는 "내 정법안장正法眼藏 열반묘심涅槃妙心을 이제 가섭에게 부촉하노라"고 하였다. 마음이란 본디 없는 것이거늘 누가 누구에게 무엇을 주고받는단 말인가. 다만 자기가 자기에게로 돌아가는 것뿐, 무심으로의 환원이다. 무심은 심인 그 자체요 도道라 하겠다. '무심의 한 겹 관문'은 사족蛇足이요, 한 겹 관문이 있다는 '무심'의 집착을 경계하기 위한 노사의 친절이 아닐까 생각한다.

업業에 대한 관찰

제번뇌급업諸煩惱及業 작자급과보作者及果報
개여환여몽皆如幻與夢 여염역여향如炎亦如嚮.

모든 번뇌와 업, 업을 짓는 자와 과보는
모두 환幻과 같고 꿈과 같으며 햇살무늬와 같고 메아리와 같다.

나가르주나의 『중론』 제17장 「업에 대한 관찰」에서 읽을 수 있는 글귀이다.

세상의 모든 업業이 번뇌로부터 생겨난다고 하면, 번뇌도 실재하지 않거늘 어찌 업이 실재하겠는가?

모든 번뇌와 업은 몸을 인연으로 한다고 하나, 번뇌와 모든 업이 공空하거늘 어찌 모든 몸이 공하지 않겠는가?

만일 업도 없고 그것을 지은 자도 없다면, 업으로부터 생겨나는 과보는 어디 있을 것인가. 또한 과보가 있지 않으므로 어디에 그것을 받는 자가 있을 것인가? 어째서 업은 생겨나지 않는가? 그것은 자성自性이 없기 때문이다. 만일 '나'라는 생각, '내 것'이라는 집착이 떨어져 업(행위)과 번뇌가 지멸止滅되면 고苦로부터의 해탈이다. 그런데 업과 번뇌는 아무리 욕망의 대상이 옆에 있어도 마음이 일어나지 않으면 생겨나지 않는다. 그것은 욕망의 대상 자체에서 발생하는 것이 아니라 그 대상에 대해 내가 일으키는 좋고 나쁨의 분별심에서 생겨난 때문이다. 사물의 본체에는 자성이 없다는 제법무아諸法無我의 공성空性을 알면 마음도 일어나지 않고 따라서 업과 번뇌도 생겨나지 않는다. 업은 내 마음이 일으킨 한 생각의 의도에 따른다.

진실로 내가 없다면無我 업은 어디에 있을 것인가?

마음도 없고 마음으로부터의 상속相續도 없다면 윤회는 어디에 있을 것인가? 모든 존재는 연기緣起된 것이고 연기이므로 실체實体가 없다. 윤회의 주체인 제8아뢰야식까지도 공空하다는 것을 알면, 윤회에서 벗어난다는 선사의 말씀을 천천히 되새긴다.

윤회는 없지만 새로운 생존은 있다

유업보이 무작자有業報而 無作者

차음멸이 이음상속此陰滅已 異陰相續.

업과 과보는 있지만 그것을 짓는 자는 없다.

이 존재가 사라지면 다른 존재가 계속한다.

『아함경』의 말씀이다. 업業과 과보는 있지만 왜 그것을 짓는 자는 없는가?

짓는 자는 실체성이 없는 무아無我이기 때문이다. 그렇다면 무아가 어떻게 윤회하는가? 상속이론에 의하면 우리들이 '존재' 또는 '아我'라고 부르는 것은 간단間斷없이 순간순간 발생하고 소멸하는 요소들의 연속을 가리키는 것에 불과한 것이다, 마치 영화의 영사映寫와 같다.

"존재란 지속되지 않는 요소들로 형성된 하나의 '연속連續'일

뿐"이라고 벨기에 철학자 루이 드 라 발레 푸생은 말한 바 있다. 그는 "윤회는 없지만 그러나 새로운 생존은 있다"고 말한다. 그리고 과보를 받는 것은 식識과 같은 '어떤 것'이 아니라 '상속相續'이라고 지적한다. 상속이론에 의하면 '어떠한 영혼'도 어떠한 정신적 물질적 요소도 한 생生에서 다른 생으로 이동하지 않는다. 실체적인 존재가 없음에도 불구하고 이 상속은 존재가 죽어도 끊이지 않고 계속된다. 왜냐하면 그 자체 속에 계속의 원리가 있고, 그것은 업에 의해서 계속되기 때문이다. 또한 『나선비구경』에서 나가세나는 이렇게 말한다. 건물이 목수의 작업과 재목과 흙의 결합에 의해 세워지는 것처럼, 항아리가 옹기장의 작업과 흙과 물과 불의 결합에서 만들어지는 것처럼 인간 존재도 여러 가지 요소들의 결합에 의해서 만들어진다. 이 경우 목수와 옹기장이의 역할을 하는 것은 '뿟갈라(영혼)'와 같은 '어떤 것'이 아니라, 업業 karman이 즉 현재의 존재가 업을 짓고 업에 의해서 다음 존재가 만들어진다는 것이다. 상속설에 의하면 죽은 자는 다시 태어난 자와 동일한 '존재'가 아니다. 왜냐하면 존재를 구성하는 모든 요소들은 나타나자마자 즉시 사라져버리기 때문에 아무것도 한 존재에서 다른 존재로 옮아가지 않는다. 그렇지만 전자(죽은 자)는 후자(재생한 자)와 전적으로 다르지 않다. 왜냐하면 후자는 전자 없이 존재할 수 없기 때문이다.

나비의 알이 변해서 애벌레로 되고, 애벌레가 번데기로, 번데기가 변해서 나비가 되는 경우처럼 무아윤회란 고정불변하는 어떤 주체가 한 생애에서 다른 생으로 옮아가는 것[移轉]이 아니라, 존재 그 자체가 변화하면서 '계속'하는 거라고 한다. 그것을 붓다는 "업과 과보는 있지만 그것을 짓는 존재는 없다. 이 존재가 사라지면 다른 존재가 계속한다"고 설명한 것이다.

나가세나의 재미있는 비유가 있다. 어떤 사람이 소 치는 사람에게 우유 한 항아리를 사서 맡겨두고 다음날 찾으러 갔다. 그 사이 우유는 낙酪으로 변해버렸다. 두 사람 사이에 실랑이가 벌어졌지만 아무튼 우유는 낙이 되었고, 엉긴 우유에서 생소(버터)와 숙소가 되고 숙소는 제호(치즈)가 되었다. 결과물은 다르지만 이것들은 모두 우유에서 나왔다. 이로써 나가세나는 아트만과 같은 '어떤 것'이 없는 무아無我이면서 사라져버린 존재가 지은 업의 결과를 받는다는 윤회의 문제로 '같은 것도 아니고 다른 것도 아니라'는 상속이론으로써 풀이했다.

나는 한동안 의문에 빠져 있었던 적이 있다. 윤회는 있는가 없는가? 윤회는 있다. 그러나 우치愚痴의 번뇌를 '훅' 불어 끄고 열반을 이룬 사람에게 재생再生은 없다. 업은 의도이다. 우리는 자신의 의도에 의해 업을 짓고 그 업으로 윤회를 받는다. 그러나 지혜의 해탈을 얻는다면 이들은 더이상 윤회하지 않는다. 여기서 나는 『육조단경』의 말씀을 다시 한번 되새긴다.

"중도정견中道正見을 알지 못하면 이기심과 분별심으로 집착이 생기면서 업이 형성되고, 업은 윤회를 한다. 그러나 실체로는 본성은 업이 없고 윤회도 없는 무생법無生法인 것도 믿어야 한다."

본성에서는 업이 없고 윤회도 없다. 그러나 우리는 분별심의 업 때문에 윤회를 한다. 아라한은 망념妄念의 정화淨化로 더이상 윤회하지 않는 것이다. 그러고 보면 한 생각(의도)의 창출創出이 또한 생사生死가 아닐까 여겨진다.

*『나선비구경』은 기원전 2세기 중엽 인도 서북지방을 통치했던 매난드로스 왕과 나가세나 비구 사이에서 행해진 토론을 집대성한 것으로『밀란다왕문경』또는『밀란다팡하』라는 책으로 불린다.

모든 것은 변한다

"내가 죽은 뒤에는 법과 계율이 그대들의 스승이 될 것이다. 자 이제 마지막이니 무엇이든 물어라. (제자들은 흐느껴 울 뿐 아무도 나서지 않는다) 모든 것은 변한다. 그러니 열심히 정진하거라."

이것이 붓다의 마지막 말씀이었다. 일본의 종교철학자 나카무라 하지메中村元는 여러 원전을 참조하여 붓다 만년의 모습을『붓다의 마지막 여행』이란 책에 담았다. 그분의 삶은 그 자체가 여정旅程이었다.

그분은 늘 걷고 계셨다. 길에서 태어났고 길에서 눈을 감았다. 깨달음을 얻어 붓다가 된 후 갠지스강 유역의 각지를 돌아다니면서 설법을 하고 제자들을 가르치는 일관된 삶을 살았다.

80 노구를 이끌고 어느 날, 베살리에 당도했다. 우안거에 들어

갔는데 병 때문에 몹시 고통스러웠다.

"아난다야, 생겨나고, 존재하고 만들어지고, 소멸하는 성질을 지닌 것을 괴멸하지 않게 만드는 것이 이 세상에 있을까? 그런 도리는 존재하지 않는다."

붓다는 한 벌의 누더기와 하나의 발우를 들고 열반의 땅, 쿠시나가라에 도착하여 사라나무 아래 자리를 깔고 누웠다. 북쪽으로 머리를 두고 오른쪽 옆구리를 바닥에 대고 발을 포개고 고요히 누워 제자들에게 최후의 설법을 하였다.

서두의 글이 그것이다. "모든 것은 변한다. 그러니 열심히 정진하라"는 말씀.

"그대들은 나에게 무엇을 기대하고 있느냐? 나는 안팎을 가리지 않고 하나하나 이치와 법을 설명했다. 무엇인가를 숨기는 듯한 이른바 '교사의 주먹' 같은 것은 없다. 수행 승려들의 무리가 나에게 의지하고 있다는 생각은 하지 않는다. 내가 죽은 뒤에는 타인을 의지하지 말고, 스스로를 의지하며 법을 의지처로 삼아야 한다. 결코 다른 것을 의지처로 "삼지 말라."

저 유명한 '자등명自燈明 법등명法燈明'의 유훈이다. 법緣起法을 깨우쳐 그것을 등불로 삼고 정진하라는 말씀으로 되새긴다. 나카무라 하지메는 이 책에서 임종 과정을 지루하다 싶을 만큼 느리게 모노톤으로 담았다. 그만큼 원음에 가깝다는 말이 되겠다. 우리와 다르지 않은 몸을 가지고 그분은 제행무상諸行無常의 도리를 몸소 보여주었다.

"모든 것은 변한다."

이것만큼 확실한 진리가 또 있을까? 그분 나이에 이르니 어느새 몸으로 법계法界가 체득된다. 그러면서 죽되 죽지 않는 불생불멸, 변역變易 속의 불역不易, 그 본질을 또한 생각하게 되는 것이다.

적멸위락寂滅爲樂

제행무상諸行無常 시생멸법是生滅法
생멸멸이生滅滅已 적멸위락寂滅爲樂.

세상의 모든 것은 무상하다. 이것은 났다生가는 사라지는滅 법이다.

태어나고 죽는 생멸生滅이 없어진 자리에 적멸寂滅은 그대로 즐거움이다.

『열반경』 4구게다. 어떻게 해야 생사의 고통에서 벗어날 수 있을까? 생사고生死苦를 고뇌하던 싯달타는 '생멸生滅이 적멸寂滅'임을 깨닫고 적멸락을 얻어 붓다가 되었다. 적멸락은 생사의 고통을 여의고 즐거움을 얻는 바 열반적정寂靜이다. 불교의 궁극적 목표이기도 하다. 그렇다면 생사의 고통을 어떻게 여의는가? 그건 죽음이 없다는 것을 아는 일이다. 죽음이 없다기보다 내가 죽는 일은 아예 없다는 것이다. 죽을 내가 없다는 그 무아無我를 아는 일이다. 왜 내가 없는가? 인연이 합하면 불이 있다가 인연이 다하면 불이 꺼지는 것처럼 연기緣起에 의해 가합된 이 몸뚱이가 바로 나이기 때문이다. 이 몸뚱이는 무자성無自性으로 인연 따라 변화하는 것이다. 얼음이 물인 것처럼 생멸生滅이 적멸寂滅이다. 얼어도 물이고 녹아도 물이다. 생겨도 생긴 게 아니고 없어져도 없어진 게 아니다. 생멸生滅은 무자성無自性이기 때문이다. 그래서 본래 '적멸'인 것이다.

어느 날 설산동자가 만행을 다니던 중 '제행무상 시생멸법'의 게송을 듣자 말할 수 없이 기뻤다. 후렴구를 기대하며 주위를 살폈으나 사람을 잡아먹는 나찰밖에는 보이지 않았다. 동자는 그를 향해 후렴구를 간청했다. 나찰은 배가 고프다며 동자의 몸을 요구했다. 그 조건에 응한 동자는 '생멸멸이 적멸위락'의 후렴구를 듣고는 약속대로 나무 위로 올라가 나찰을 향해 몸을 던졌다. 그 순간 나찰은 제석천으로 변하여 설산동자를 받아 안았다. 설산동자는 부처님의 전신前身이라고『대열반경』은 기록하고 있다. '생멸멸이生滅滅已'란 생사를 좇아가는 미혹한 마음이 사라졌음을 뜻한다. 그대로 '적멸위락'이다.

무심無心이 도道다

마조인승문馬祖因僧問 여하시불如何是佛 즉심시불卽心卽佛

우문 여하시도又問 如何是道 무심시도無心是道

어떤 스님이 마조 스님에게 물었다. "어떤 것이 부처입니까?"

"마음, 그대로가 부처니라." "그렇다면 어떤 것이 도입니까?"

"마음 없음無心이 바로 도이니라."

『직지直指』 40번의 글이다. 마조 도일 스님은 '즉심시불' '무심시도'라는 직지直指로 정곡을 향한다.

제자가 다시 물었다. "부처님과 도는 얼마나 떨어져 있습니까?"

마조가 답하였다. "도는 손을 편 것과 같고, 부처님은 주먹을 쥔 것과 같다."

"도는 닦는 데에 있지 않다. 만약 닦아서 이룰 수 있는 것이라고 말한다면 닦아서 이루었을 때, 도리어 무너지고 말 것이니 이는 성문聲聞과 같을 것이요, '닦지 않는 것'이라고 한다면 범부와 같다."

어떤 사람이 물었다. "어떤 견해를 가져야 도를 깨달을 수 있겠습니까?"

마조가 답하였다. "자기 성품에 본래부터 갖추어져 있으니自性本來具足 선악에 막히지 않는다면 도를 닦는다고 말할 것이다. 도는 닦는 것이 아니니 그저 더러움에 물들지 않게 하라道不用修但莫染汚"는 '단막염오'를 되새기며 선사의 충고를 다시 여기에 적는다.

"사람들은 선善을 취하고 악을 버리고, 공空을 관하고, 선정에 드는데 이것은 곧 짓는 일에 속한다. 다시 밖을 향해 정신없이 구한다면 더욱 멀어져갈 뿐이다."

방한암 스님의 편지

"도道란 본래 천진天眞하고 또한 방소方所가 없어서 실로 배울 수 없음이라. 만일 도를 배운다는 생각이 있다면 문득 도를 미迷함이 되나니, 다만 그 사람의 한 생각 진실함에 있을 뿐이다."

강원도 상원사에 계시던 방한암方漢岩 스님께서 도를 묻는 20세의 청년 탄허 스님에게 보낸 답서의 글이다.

"도를 배운다는 생각이 있다면 문득 도道를 미迷함이 되나니."

마치 제 집에 돌아와 봄을 만난 사람처럼 이 글귀가 이제서야 눈에 들다니….

"하늘이 내게 액을 주시거든 나는 도를 형통해서 그것을 뚫으면 '형오도亨吾道하여 이통지以通之하면' 하늘인들 또 내게 어찌하시랴"던 구절을 붙들고 도를 간절히 알고 싶었던 때가 있었다.

그리스 철학자 제논Zenon도 도가 간절히 알고 싶었던가보다. 그는 견유학파 중의 한 사람인 크라테스 문하에 머물며 그가 하라는 대로 밥 짓고 빨래를 하였다. 한 해가 지나도 가르쳐주는 것은 아무것도 없었다. 어느 날 제논이 죽을 담은 큰 항아리를 이고 돌아오는데 크라테스가 거기에 돌을 던졌다. 항아리는 깨지고 죽이 흘러내렸다. 제논은 크라테스의 욕이 무서워 달아나기 시작했다.

"이 페니키아의 얼빠진 녀석아! 뭐가 무서워 도망을 치는 거냐?"

뒤에서 고함치는 소리가 들려왔다. 제논은 걸음을 멈추고 자기 자신으로 돌아왔다. 내가 왜 도망치고 있는 것일까. 무엇 때문에? 무엇이 무서워서. 그때 제논의 가슴에는 한 줄기 서광이 비치기 시작했다. (본래 구족한 법신불의 확인이다.) 달아나던 발걸음을 멈추고 스승을 향해 큰 절을 올렸다. 스토아철학의 시조 제논이 탄생하는 순간이다.

그는 삶의 의미를 자기 자신의 일치에서 찾으려고 했다. '어떻게 해야 인간이 자기 자신과의 합일에 도달하는가?' 그것은 인간이 자연과 합치되어 살게 됨으로써 가능하다고 보았다. 자기 자신과 합일하여 행동하고 자신의 내부에서 그 본성을 실현하는 사람이 동시에 우주의 포괄적 법칙과도 합치된다는 것이다.

도법자연道法自然, 인간은 자연을 따른다. '도를 배운다는 생각이 문득 미迷함이 되나니' 나, 이제 그것마저 내려놓는다.

한 줄로 읽는 고전
하늘의 피리소리

지은이_ 맹난자
펴낸이_ 조현석
펴낸곳_ 북인
디자인_ 푸른영토

1판 1쇄_ 2022년 04월 15일

출판등록번호_ 313 - 2004 - 000111
주소_ 121 - 842 서울 마포구 서교동 460-34, 501호
전화_ 02 - 323 - 7767
팩스_ 02 - 323 - 7845

ISBN 979-11-6512-048-1 03810

책값은 뒤표지에 있습니다.
저자와 협의 아래 인지를 생략합니다.

본래 그 자리

본래 그 자리

LES ESSAIS · 오래된 나의 노트

본래 그 자리

맹난자 수상집

**간다 간다 하지만 본래 그 자리요,
이르렀다 이르렀다 하지만 떠난 그 자리네.
나 밤하늘을 우러러 시始와 종終이 하나인
그곳으로의 귀향을 꿈꾼다.**

이제 관여觀如 여사의 사유와 세상에의 감수성은 강물을 다하여 바다에 이르렀도다.
그의 그치지 않는 구도求道의 깊이가 어러 경계에 닿는 넓이로 펼처졌도다.
대승大乘 이래의 과감한 시야가 상고 역易 사상과도 상승相乘하고 거기에 서양의 인식론 또한 곁들여졌도다. 그 동안 미려한 수필 문예에 익은 문체가 여기서도 만산홍滿山紅으로 눈부시도다.

— 고은/ 시인

사바고娑婆苦를 떨구고 빛나는 나목裸木으로.

— 김홍근/ 문학평론가

무욕無欲, 허심虛心의 문학!
이는 신고辛苦의 긴 도정을 거치면서 자신의 내면을 끊임없이 다져온 사람만이 쓸 수 있는 문장이다.

— 정진권/ 수필가

존재란 무엇인가? 영혼은 있는가에서부터 마음, 죽음 없다에 이르기까지 그리고 우리는 어디로 가는가? 그 일귀하처一歸何處가 몹시 궁금했었다. 고금古今에 정신을 의탁하고 침침한 눈을 비비며 한 가지씩 답을 달아 보았다. 선인先人들의 철학과 사상을 참고했다. 총 11장에 70편의 글이나 문예적인 산문이 아니어서 '에세'라고 이름 붙였다.

—「책머리에」중에서

사육판 양장본, 472쪽, 18,000원

book

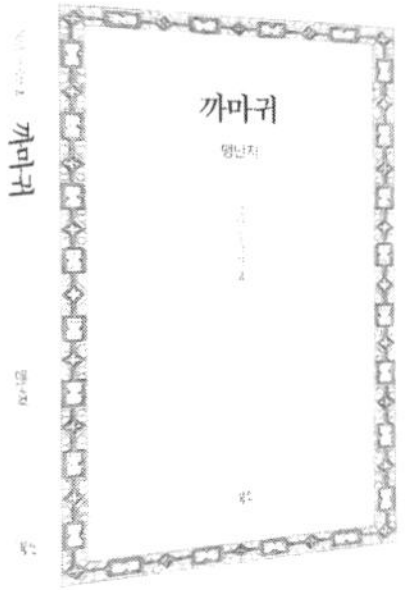

까마귀

맹난자 수필선집

양장본, 376페이지, 16,000원

잊을 만하면 머리맡에 와
내게 할喝을 던지는 까마귀
그 일구一句를 놓치지 않으려고
애썼다

목 쉰 매미처럼 내 뜨거운 삶을 사랑하며
어느새 팔십 노구에 이르렀다

눈물이 나도록 맑고 시린 저 겨울하늘
하늘과 나 사이에 아무런
간격이 없다

이제 바라밀다의 포구浦口에서
신 한 싹을 남긴다

— 「작가의 말」

●… 맹난자는 철학수필이라 불릴 만한 글이 드문 한국문학계에서 철학수필의 전범을 제시한 작가이다. 그의 작품은 '그 하나는 어디로 돌아가는가'라는 화두를 잡고 죽음에 대해 탐구한다. 긴 구도의 여정 끝에 맹난자는 말한다. "봄을 찾아 헤매 돌던 나그네가 제 집 매화나무에서 봄을 본다고 하듯, 나 또한 작가들의 묘지를 돌며 죽음을 찾아다니다가 고희를 훌쩍 넘긴 이즈음에서야 내 몸 가운데에서 태극을 본다. 생사生死란 음양의 순환이요 다만 자연의 변화인 것을. 진晉나라 시인 도연명처럼, "인생 그것은 어차피 환幻, 종내는 공空과 무無로 돌아가리"라던 그와 마음을 합한다. 그녀의 말처럼, 맹난자의 수필은 문학이 구도求道의 여정임을 우리에게 증명해주고 있다.

—지혜경/ 연세대 철학연구소 연구원, 철학박사

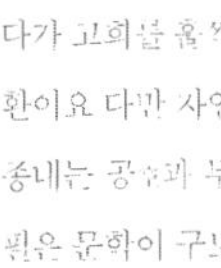

한국수필문학진흥회 고문, 국제펜문학 자문위원, 「문학나무」 자문위원, 『에세이문학』 발행인과 한국문인협회 상벌제도위원장을 역임하고 현재 문화일보에 「한 줄로 읽은 고전」을 연재 중이며 『The 수필』 선정위원으로 활동하고 있다. 수필집 『시간의 강가에서』 『본래 그 자리』 외 다수가 있다.